ullstein

Günter Habicht ist 63, frühverrenteter Busfahrer, leidenschaftlicher Kleingärtner und Zeltplatzwart. Er hat zu allem eine Meinung und für ihn zählt, was schwarz auf weiß irgendwo steht. Das gilt aber nicht fürs Internet! Er ist nur Mitglied in der WhatsApp-Gruppe »Abendfrieden«, weil er sonst keine Infos mehr aus der Gartenkolonie bekommt.

Torsten Rohde, Jahrgang 1974, hat in Brandenburg/Havel Betriebswirtschaft studiert und als Controller gearbeitet. Unter dem Pseudonym Renate Bergmann hat er bereits zahlreiche Bestseller veröffentlicht. Nun startet seine neue Serie mit dem Offline-Opa Günter Habicht.

Günter Habicht

Wo kommen wir denn da hin

Der Offline-Opa sorgt für Ordnung

Ullstein

Besuchen Sie uns im Internet:
www.ullstein.de

Originalausgabe im Ullstein Taschenbuch
1. Auflage November 2021

Umschlaggestaltung: zero-media.net, München
Titelabbildung: © Rudi Hurzlmeier
Satz: Pinkuin Satz und Datentechnik, Berlin
Gesetzt aus der Amasis MT
Druck und Bindearbeiten: CPI books GmbH, Leck
ISBN 978-3-548-06479-6

Gestatten Sie, dass ich mich vorstelle?

Habicht. Günter Habicht, 63.

Günter ohne h. Es gibt auch Günter mit h, aber meine Mutter war schon immer pragmatisch veranlagt und entschieden gegen jedes überflüssige Getüddel. Sie ist eine Preußin durch und durch. Ich habe auch keine weiteren Vornamen, nicht wie mein Freund Erbse, der eigentlich Eberhard Gottlob Walter heißt. Höhö. Fast wie Prinz Charles, der hat auch vier Namen!

Ich bin verheiratet und habe ein Kind. Na ja, Kind … Mareike wird jetzt bald 30, aber Kinder bleiben sie ja schließlich immer, das sieht meine Frau Brigitte genauso wie ich.

Ich bin pensionierter Busfahrer und passionierter Ordnungsliebhaber. Pensioniert ist nicht ganz korrekt, »in Rente« müsste es wohl genau heißen, aber … ich fühle mich nicht so alt und wie ein Rentner! Rentner sind alte Damen mit Kompotthut und Herren mit Hörgerät, aber doch nicht Brigitte und ich!

Ich sag Sie das, wie es ist, es kam für mich sehr überraschend, als die Chefin mich ins Büro bestellte und mir Kaffee anbot. Das war in über 40 Jahren nie gewesen, da wurde ich gleich hellhörig. Das Angebot nahm ich natürlich an, man kriegt ja nichts geschenkt im Leben, aber misstrauisch war ich auch. Dann palaverte sie eine lange Rede lang über Kosteneinsparungen, Effizienz und neue Strukturen und kam dann irgendwie auf das Thema Abfindung und Vorruhestand und solchen Kram. Langsam dämmerte mir, dass die mich nach Hause schicken wollte.

Mich! Einen Mann in der Blüte seines Lebens, einen, der Erfahrung, Übersicht und Tatkraft in sich vereint und der im Gegensatz zu so vielen jungschen, angelernten Hüpfern, die sie da jetzt auf den Bock setzen, noch mit Herz und Seele Busfahrer ist.

War. War, nicht ist.

Es hatte ja keinen Sinn, sich aufzuregen. Wenn die einen loswerden wollen, drücken sie das auch durch, und wehrt man sich, ist von Abfindung plötzlich keine Rede mehr, und man ärgert sich auf den Ämtern oder vor Gericht rum. Und so stehe ich nun meiner Frau in Gänze unterstützend zu Hause zur Seite.

Brigitte und ich sind ein Jahrgang, wir haben uns in der Schule kennengelernt. Sie ist gelernte Einzelhandelskauffrau und arbeitete als Kassiererin in einem großen Supermarkt. Bei ihr war die Schulter nach den langen Jahren am Kassenband morsch, und ein paar Wochen bevor mir meine Chefin eröffnete, dass ich nun … dass ich mich ins Private zurückziehen würde, hatte sie Altersteilzeit beantragt. Die spinnen da ja auch, im Supermarkt. Die haben fast keine Vollzeitkräfte mehr, nur noch Aushilfen. Also Studenten oder Rentner, die sich was dazuverdienen. Die sollen für ein paar Euro schuften wie volle Kräfte. Deshalb hat Brigitte, sobald sich die Gelegenheit bot und sie ihre Jahre voll hatte, in Rente gemacht. Jawoll, sie musste Abschläge hinnehmen und Abstriche machen, aber lieber so, als dass sie durchknechtet, bis sie auf den Knochen gar nicht mehr kann, oder was? Es ist bei ihr nicht anders als bei mir, ob nun jahrzehntelang auf dem Fahrerbock oder an der Scannerkasse – das geht nicht nur an die Nerven, sondern auch auf die Knochen. Und ich spreche nicht nur vom Rücken! Das ewige Sitzen tut nicht gut, das ist ja allseits bekannt, und auch in den Schultern hat man nichts als Verspannungen. Drehen Sie mal so einen Buslenker! Nee, wenn es genug ist, ist es genug. Und der Verkehr wird ja auch immer verrückter. Wir fanden uns also ab und waren eigentlich recht zufrieden.

Nur … Wir hatten nun schlagartig eine Situation, mit der wir erst mal lernen mussten umzugehen, das sag ich Sie ganz offen, so wie es ist. Sicher, wir sind über 40 Jahre verheiratet und kennen uns, aber wir haben vorher in Schichten gearbeitet. Brigitte hatte versetzte Wochen und lange Samstage, bei mir gingen die Schichtblöcke oft auch über Sonntag. Das war ganz selbstverständlich. Manche Tage sahen wir uns nur kurz, und gemeinsam frei kam nicht unbedingt jede Woche vor. Da muss man sich erst mal dran gewöhnen, dass man nun jeden Morgen nebeneinander aufwacht und der andere dann auch da ist und vor allem, dass er bleibt.

Wir lernten uns völlig neu kennen und mussten erst mal lernen, uns zu ertragen. Äh, *ver*tragen natürlich.

Brigitte war auf einmal IMMER da!

Schon bald merkte ich, dass meine Frau wirklich anstrengend sein konnte, Ihnen darf ich das ja sagen. Sie konnte nie »Fünfe gerade sein lassen«, wie man so schön sagt, und war ständig am Wirbeln. Mit Vorliebe rückte sie zum Beispiel Möbel um. Ich sag Sie das, wie es ist: Das Schienbein habe ich mir an der Couchlehne blutig geschlagen, weil das Sofa auf einmal mitten im Raum stand! Das hatte sie in einer amerikanischen Serie gesehen. Nun ist aber Spandau nicht Hollywood und ich bin nicht zu Besuch bei den »Golden Girls«, deshalb bestand ich darauf, dass das wieder zurückgeschoben wird. Ich hätte sonst beim Fernsehen Nackenstarre gekriegt!

In Brigittes Augen machte ich alles falsch. Saß ich am Frühstückstisch und las den *Spandauer Boten*, regte sie sich auf, dass ich im Weg wäre, weil sie staubsaugen wollte. Ging ich ins Bad, klopfte sie an die Tür und drängelte, weil sie an die Waschmaschine musste. Und bot ich an, zu helfen und vielleicht die Kartoffeln für das Mittagbrot zu schälen, war das auch wieder nicht richtig, und sie meckerte, ich solle ihr nicht in die Arbeit pfuschen.

Es krachte immer mal wieder, und wir taten uns anfangs recht schwer damit, uns aneinander zu gewöhnen. Man musste sich erst arrangieren. Brigitte hätte es am liebsten gesehen, wäre ich tagsüber aus dem Haus gegangen. »So eine Tagesbetreuung für Frühpensionäre, eine Kita für Rentner, so was muss es doch geben!«, hörte ich sie sich am Telefon bei ihrer Freundin Doris beklagen. Ständig hielt sie mir Vorträge über sinnvolle Beschäftigungen und dass ich mir was suchen sollte, was mich ausfüllte.

Ich fand es sehr ausfüllend, gemütlich die Zeitung

zu lesen und endlich auch mal Zeit dafür zu haben, ein bisschen intensiver auf Ordnung und Sicherheit hier im Haus und im Kiez zu achten. Brigitte meinte das aber anders, ihr kam es vor allem darauf an, dass ich regelmäßig und für längere Zeit weg war.

Pah! Dabei hatten sich die Nachbarn Marotten angewöhnt, die es erst mal zu ahnden galt. Viel zu lange habe ich das Querulantentum hier durchgehen lassen.

Die Mülltonnen zum Beispiel. Ich sag Sie das, wie es ist: Es sah aus, als wäre eine Rotte Wildschweine auf dem Hof gewesen und hätte in den Tonnen gewühlt. Das lag nur daran, dass die falsch gefüllt wurden und da so viel reingestopft wurde, dass die Deckel offen stehen blieben. Das lockte die Krähen und Elstern an, die die ganze Pampe auf der Suche nach Fressbarem auf dem Hof verstreuten. Ist doch logisch! Da habe ich aber auf den Tisch gehauen und bei jeder Mietpartei geklingelt und auf die Hausordnung hingewiesen. Da steht ganz genau, dass getrennt werden muss. Wenn man keine Essensreste in den Restmüll donnert und die Deckel zumacht, haben die Krähen auch keine Chance und es sieht aus wie bei ordentlichen Menschen und nicht wie bei … Ich schreibe es lieber nicht, sonst muss das nur geschwärzt werden. Und was ist die oberste Devise beim Altpapier? Na? Klein machen!

Ich hatte also alle ermahnt und bezog nun, um die Einhaltung der Maßnahmen zu überwachen, mit Klemmbrett und Stift Position auf dem Balkon. Brigitte fand das lächerlich, sie regte sich fürchterlich auf und meckerte, ob ich nichts Besseres mit mir anzufangen wüsste, als die Nachbarn anzuschwärzen. Sie hatte offenbar nicht im Ansatz verstanden, worum es ging. Die Frau Glaubrecht aus dem dritten Stock zum Beispiel, die habe ich erwischt, wie sie die Plastikverpackung ihrer Strumpfhose zwischen zwei Zeitungen in die Papiertonne geschmissen hat. Und in der Fischbüchse, die in die Restmülltonne flog, war noch fast eine halbe Portion drin! Na ja … auf die Entfernung war das ohne Fernglas nicht so gut zu sehen, aber auf jeden Fall war sie nicht ausgewaschen. Wie das stinkt und das Ungeziefer anlockt, ist der Dame egal. Aber wenn erst mal Ratten da sind, die ja zwangsläufig von solchen Schlampereien angezogen werden, dann schreit die selbst am lautesten. Na, da bin ich aber hoch zu ihr und habe ihr einen Vortrag gehalten. Brigitte war das alles peinlich, die zischte ständig, ich würde sie unmöglich machen, ich solle mich nicht als Hauswart aufspielen und die Frau Glaubrecht würde sie schon schneiden. Ich würde den Zusammenhalt der Nachbarschaft gefährden.

Ich! Den Zusammenhalt gefährden! Na, da platzte mir aber der Kragen. Wenn ich auf die Einhaltung der Ordnung achte, die gerade diesen Zusammenhalt regelt, dann lasse ich mir das nicht zum Vorwurf machen. Die spinnen doch wohl alle, meine Frau vorneweg.

SIE hatte mit dem Zuhausesein Probleme, nicht *ICH*! Ihr fiel doch die Decke auf den Kopf, und schon nach ein paar Wochen ging sie wieder aushilfsweise kassieren, wenn Not an der Frau war. Mareike – also unsere Tochter – meinte mal süffisant zu mir, ob ich mir wohl vorstellen könnte, dass Mama nur arbeiten geht, um ein paar Stunden von mir weg zu sein. Merkwürdige Vorstellungen haben die jungen Leute, pah!

Brigitte wurde trotz ihrer Ausflüge an die Kasse immer ungehaltener. Es gab kaum noch ein nettes Wort zwischen uns. Alles, was ich vorschlug, wurde seziert und pingeligst genau umgedreht, bis es nichts mehr mit dem zu tun hatte, was ich eigentlich gesagt hatte. Die hat mir Vorhaltungen gemacht, da fehlen einem die Worte.

Ich mache mal ein Beispiel. Wir überlegen immer ein bisschen im Voraus, was man denn mal wieder essen könnte, und wenn mir eine Idee kommt, sage ich die. Meist fragt Brigitte und ist dankbar für Vorschläge, denn oft beschwert sie sich, dass sie nicht weiß, was sie kochen soll. Wir saßen bei Forelle Müllerin am Tisch und aßen – es schmeckte ausgezeichnet, und ich machte Brigitte das Kompliment auch! –, da kam mir Appetit auf Kartoffelpuffer. »Kartoffelpuffer könnten wir auch mal wieder machen«, sagte ich kauend, und ich verstehe bis heute nicht, was daran falsch war.

»Ja!«, ging sie gleich in die Luft wie von einer Hornisse gestochen, »WIR könnten das mal wieder machen! Günter, ist dir eigentlich klar, was das für Arbeit macht? Ich schufte in der Küche und schäle Kartoffeln, reibe sie und rubbele mir blutige Finger und stehe dann am Herd, um das Zeug im stinkenden Fett auszubacken, und du setzt dich einfach nur hin und haust dir die Dinger rein!«

Also ich weiß nicht. Sagt man was, ist es verkehrt, sagt man nichts, ist es auch nicht richtig. Es war keine gute Stimmung, im Allgemeinen und in dieser Situation ganz speziell. Ich aß manierlich den Fisch auf, zog mir meine Jacke über und ging erst mal eine Runde durch den Kiez. In der Situation hatte es gar keinen Sinn zu diskutieren. So geladen, wie die war, wäre eh jedes Wort falsch gewesen. Als ich im Hausflur stand, fiel mir ein, dass ich schon lange nicht auf dem Wäscheboden gewesen war. Da muss man auch immer mal einen Blick reinwerfen. Eigentlich klappt es ganz gut, dass die Frauen aus dem Haus da der Reihe nach fegen und ihren Dreck wegräumen, aber die sollen auch wissen, dass ich da hinterher bin und gucke. Sonst zieht der Schlendrian ein.

Es war allerdings so weit alles in Ordnung. Gut, der Besen stand nicht richtig, aber darüber konnte ich hinwegsehen und beließ es dabei, Frau Büssenschlick einen freundlichen Hinweis in den Briefkasten zu stecken. Notizblock und Stift hab ich natürlich immer dabei.

Als ich aus der Haustür trat, hörte ich Brigitte am offenen Fenster. Sie telefonierte offenbar mit unserer lieben Mareike und beklagte sich.

»Der geht mir so auf die Nerven, Kind, ich nehme bald die Axt. Wie der Vater in dem Loriot-Film, der auf einmal zu Hause ist und nichts mit sich anzufangen weiß. Der rennt wegen jeder leeren Flasche extra zum Glascontainer und bringt sogar die Zeitung und die Werbeblättchen getrennt weg, nur um Zeit totzuschlagen. Und wenn er wiederkommt, erzählt er mir, wen er getroffen hat und was der wieder angeblich falsch gemacht hat. Neuerdings schreibt er alle Autos auf, die am Glascontainer halten – da ist nämlich Parkverbot. Kein Mensch parkt da, die halten alle nur kurz und schmeißen ihren Dreck weg und sind dann wieder verschwunden. Aber dein Vater nimmt mit der Stoppuhr die Zeit und schwärzt jeden an, der mehr als drei Minuten braucht, um seine Pappe in den Schlitz zu schieben. Frau Eberzahn grüßt mich nicht mehr, und Herr Griebnitz hat gestern an der Kasse seine Ware wieder eingepackt und sich wortlos nebenan angestellt. Der Mann macht nicht nur sich, sondern auch mich zum Gespött der Leute! Ich werde bald wahnsinnig! Und alle Stunde erzählt er mir, was wir mal wieder kochen könnten. WIR. Der hat in seinem Leben erst einmal gekocht, und danach mussten wir die Küche kalken, und ich brauchte neue Töpfe. Seit der seine Arbeit nicht mehr hat, weiß der nichts Sinnvolles mit sich anzustellen!«

Ich war mir nicht ganz sicher, aber ich hatte ein bisschen den Eindruck, als redete die von mir. Das war ja wohl ein Ding, wie sie die Tatsachen verdrehte! Ich wurde richtig sauer. Wenn ich nun, als frühverrenteter Privatier, endlich Zeit hatte, die Ordnungs- und Sicherheitsorgane bei der Umsetzung ihrer Vorgaben zu unterstützen, hatte das doch nichts mit Langeweile zu tun! Ich nahm lediglich meine Bürgerpflicht wahr. Die Eberzahn hatte direkt vorm Hydranten geparkt, und das waren nicht drei Minuten, nee, die Uhr war auf 4 Minuten 23 Sekunden, als sie den Zündschlüssel drehte und den Wagen startete. Wenn das nun jeder so machen würde, wo kämen wir denn da hin?!

Mit der Anzeige musste sie rechnen. Ich hatte sie in der Woche davor gewarnt, die soll mal nicht so tun, als kam der Ärger aus dem Nichts. Vorm Hydranten stand sie, ich sag Sie das, wie es ist, direkt vorm Hydranten! Hätte es gebrannt, die Feuerwehr hätte erst den Eberzahnschen SUV wegschleppen müssen, bevor das Wasser geflossen wäre. Wie oft lese ich das in der Zeitung, dass die Rettungskräfte gar nicht an die Brandstelle kommen wegen zugeparkter Wege! Das kann man doch nicht zulassen, da darf man doch nicht weggucken! Ob die Krähe mich nun grüßt oder nicht, ist mir schnurz, aber ein Hausbrand ist kein Kindergeburtstag!

Man hört ja bei so einem Telefongespräch immer nur, was einer sagt. Aber irgendwie muss Mareike ihr geraten haben, sich mit Doris zu besprechen über »das Problem Günter«.

Doris ist eine Freundin von Brigitte. Die ist ein Stück was jünger, sie wohnt ein paar Straßen weiter und ist in Brigittes Nordic-Walking-Gruppe. Ich habe nichts gegen die, eine nette Person ist das. Unaufdringlich. Wenn die zu Besuch ist und bei uns Essenszeit ist, geht sie. Das ist mir sympathisch. Nichts ist doch schlimmer als Besuch, der einfach sitzen bleibt, wenn man den Tisch deckt! Doris sollte Brigitte also offenbar beraten. Na, da ist die ja nun die Letzte, die mitreden kann. Ihren Sohn hat sie allein aufgezogen und lebt bis heute als Single und »à la carte«, wie sie selbst sagt. Und von so einer sollte meine Frau nun Tipps beziehen, wie sie ihre angeblichen Probleme mit MIR wieder auf die Reihe kriegt? Verstehe einer die Frauen! Die gucken zu viel Fernsehen und plappern dann nach, was die in den Serien sagen, wenn man mich fragt. Pah! Na, das würde noch spannend werden bei uns zu Hause …

Ich machte erst mal meine Runde durch den Kiez, damit sich Brigitte beruhigen konnte. Doch keine zwei Schritte hatte ich gemacht, da kam mir auf dem Gehweg schon wieder so ein tobender Bengel entgegen.

»Hier wird nicht gerannt!«, gab ich dem laufenden Meter laut und deutlich zu verstehen. Wenn man kurz schroff wird, machen die zwar trotzdem weiter, aber mit ein bisschen Glück woanders, und man hat wenigstens vor der eigenen Haustür seine Ruhe.

»Der Junge rennt doch gar nicht, Herr Habicht, er rollert!«, krähte Frau Büssenschlick von oben. Die hing schon wieder aus dem Fenster und mischte sich ein. Hatte die nichts Besseres zu tun? Die ergreift immer Partei für alles und jeden. Die sammelt auch Unterschriften für die Rettung von Käfern auf dem verwilderten Bahngelände und so einen Quatsch. So eine ist das, immer Feuer und Flamme für irgendwas Gutes und durch und durch nachhaltig. Sie trägt grundsätzlich Funktionskleidung aus dem Weltladen wie zum Wandern und schleppt immer eine große Tasche mit Weckgläsern mit sich rum. Wenn sie was einkauft, dann selbstverständlich Mehrweg oder ohne Verpackung, was ja lobenswert ist. Am liebsten lässt sie das Getreide frisch im Laden schroten und trägt das denn im mitgebrachten Leinensäckchen mit vor Freude rot gewordenen Wangen nach Hause.

Letzten Sommer hatte sie sich den Fuß gebrochen, na, da war was los! Sie hat ein paarmal Kinder aus der Nachbarschaft einkaufen geschickt. Aber was die ihr brachten, hatte Konservierungsstoffe, und das ging ja nun gar nicht. Sie hat sich dann ein Taxi bestellt bei »Femocar – Taxis von Frauen für Frauen«, und sich zum Hofladen fahren lassen. Ich will gar nicht wissen, was das gekostet hat.

Femocar ist so ein Start-up, wo nur Frauen die Autos fahren und die nur Frauen als Fahrgäste nehmen. Äh, oder Gästinnen? Na ja, ich habe jedenfalls in der Zeitung darüber gelesen, die haben das groß vorgestellt. Brigitte findet das wunderbar, sie sagt, das ist wichtig und gibt vielen Frauen Sicherheit und nimmt ihnen die Angst. Ich habe da meine Zweifel. Es ist gefährlich, weil die während der Fahrt ständig schnattern und sich gegenseitig ihrer Solidarität versichern und nicht auf den Verkehr achten. Frauen im Straßenverkehr sind an sich immer ein Risiko, ich sehe das eher als Gefahr denn als Sicherheit, wenn da nur Weiber unter sich im Auto fahren. Man kennt das doch, eine zieht sich die Lippen nach, und die andere kreischt sofort los: »Was ist denn das für ein irres Rosa!« und Bäng!, schon ist die Karambolage passiert. Ich bin aber nun kein Macho und wirklich der Letzte, der was gegen Frauen am Steuer hat, allerdings ist es doch nicht verkehrt, wenn ein Mann wenigstens als Beifahrer mit an Bord ist und ein bisschen mit guckt, dass sie nicht falsch abbiegt.

Und diese Dame mischte sich nun hier in meine Erziehungsansagen gegen den frechen Lümmel ein.

»Er soll auch rollern, aber nicht auf dem Gehweg!«, gab ich ihr klar zu verstehen.

»Kinder müssen doch auch mal toben. Nun lassen Sie den Bengel doch. Wenn der nur vor dem Fernseher hocken würde, würden Sie auch meckern, Herr Habicht!

»ABER NICHT HIER AUF DEM GEHWEG! Und noch dazu in der Einbahnstraße!«

Die ließ ich einfach stehen und ging weiter, es hatte ja gar keinen Sinn, mit der länger zu diskutieren. Mit einer Frau, die nicht mal den Besen ordentlich wegstellen konnte, pah!

Ich machte meinen Kontrollrundgang und besichtigte die Bauarbeiten der Elektrofirma, die in der Hegelstraße

Stromkabel auf dem Gehweg verbuddelte. Da gibt es schließlich auch Vorschriften, das muss gesetzeskonform ausgeschildert und abgesperrt werden. Ich maß die Abstände nach mit meinem praktischen Hosentaschenzollstock und kontrollierte die Verkehrsschilder für die Fußgänger, und der Bauleiter erläuterte mir bereitwillig den Zeitplan. Es gab nichts zu beanstanden. Doch als ich am späten Nachmittag nach Hause zurückkehrte, war Brigitte immer noch in gereizter Stimmung, also machte ich gleich wieder kehrt.

Auf miese Laune hatte ich keine Lust, und deshalb guckte ich rüber zu »Erbses Eck«. Hatte ich noch gar nicht erwähnt? Dann muss ich Sie wohl ein paar Worte zu Erbses Eck erzählen.

Ihnen.

Ich muss Ihnen das erzählen, so ist es korrekt.

Erbses Eck ist früher ein Vereinsheim gewesen. Bis vor einigen Jahren hatte Erbse gut zu tun, da kehrten die Fußballer ein nach dem Training, nach dem Spiel und auch an den Tagen dazwischen; da trafen sich die Skatbrüder, die Kegler und auch der Ortsverein von der SPD zu seinen Versammlungen. Irgendwann wurde es so viel, dass man dem Erbse einen Hinweis gab, er müsse das wohl mal gewerberechtlich absichern und anmelden. Das ging auf Dauer nicht mehr als »Vereinskasse« durch, nachdem er den zweiten Kellner angestellt hatte und selber nur noch zapfte.

Die von der SPD bekamen kalten Schweiß auf der Stirn, weil sie da quasi ja mit drin gehangen hätten, wenn es aufgeflogen wäre, und damals ging es denen ja noch besser als heute, genau wie Erbses Eck. Das ist ja auch alles deutlich weniger geworden. Viele der alten Gäste sind tot und können nicht mehr kommen, der Pittenverein hat sich sogar schon ganz aufgelöst. Die Rassehühnerzüchter meine ich, die springen einen an und gehen die Wand hoch, wenn man »Pitten« sagt. Die waren nur noch zu viert, alle über 80, und kurz nachdem Herbert Daune letzten Sommer das Zeitliche gesegnet hatte, haben sie sich aufgelöst. Da greifen die Behörden nämlich von Amts wegen ein, wenn die Mitgliederzahl unter drei sinkt, so sieht es das Gesetz vor. Die haben mich auch gefragt, ob ich da quasi Schattenmitglied werde, aber bei so einem Gemauschel mache ich nicht mit. Um dem ganzen Ärger zu entgehen, haben sich die letzten drei Überlebenden dann entschlossen, die Hühner zu schlachten und sich offiziell aufzulösen. Zum Abschied gab es noch mal ein großes Fest mit Frikassee und Hühnersuppe vorneweg.

Skat wird doch auch kaum noch gedroschen. Wenn ich mich unter den jungschen Bengels umgucke – mit ihren Handys können die Wettervorschau gucken und mit kleinen Bällen auf Viecher schmeißen, aber was ein Null-Ouvert ist, wissen die nicht. Die meisten gucken ja schon schief, wenn sie ein deutsches Skatblatt sehen mit Schellen und Eicheln. Die kennen wenn überhaupt noch das französische Blatt mit Herz und Pik und denken, bei einer Acht muss man aussetzen. Da muss man sich dann auch nicht wundern, dass der Andrang immer weniger wurde, wenn Erbse »Preisskat« auf die Tafel vor der Tür geschrieben hat. Früher, ja, da musste er Anmeldelisten führen, und wenn einer nachrücken konnte, war er glücklich. Und heute? Wenn wir mal neun Leute beisammenkriegen um an drei Tischen spielen zu können, sind wir schon glücklich.

Immerhin haben wir seit Neuestem Kurt Gläser dabei. Ein Campingplatz-Gast von mir, den ich überredet habe – aber dazu komme ich später noch. Opa Gläser ist an die 90 ran und sieht schlecht, aber er ist ein blitzgescheiter alter Fuchs und freut sich wie wir alle, wenn er mal ein paar Stunden zu Hause raus ist. Da sind wir Ehemänner ja Leidensbrüder. Wir spielen nicht um große Einsätze, es geht nur um den Spaß, darum, mal ein Bierchen zu trinken und ein bisschen dummzuquatschen. Jeder gibt reihum eine Runde, und am Ende der Gewinner »vons Janze« noch eine für den Weg. Aber es wird nicht gesoffen, bis wir stramm sind wie die Nattern. Wenn es hochkommt, kommen da vier, fünf kleine Bierchen zusammen. Schnäpse dürfen wir seit Jahren alle schon nicht mehr. Opa Gläser wegen der Galle, Erbse wegen der Gicht und ich wegen Brigitte. Da will keiner Ärger.

Früher hat die Ilona, was die Feste vom Erbse ist, auch noch regelmäßig gekocht. Was konnte die Frau zaubern an Herd und Topf, ach, nach ihrem Eisbein lecke ich mir heute noch alle zehn Finger! Die hatten nie eine Speisekarte, es gab zwei, drei Gerichte und fertig. Eben wie in einem Vereinsheim. Ilona hatte immer Buletten da und Bockwurst, Kartoffelsalat auch. Den hat sie selbst gemacht, und der schmeckte wie bei Muttern. Dazu dann noch ein Eintopf, meist Erbsensuppe oder so was, und ein Essen, das sie frisch gemacht hat. Oft Eisbein, schön fett mit Schwarte, wie es sein muss. Dazu Erbspüree, Sauerkraut und kräftig Senf – mir läuft schon wieder das Wasser im Mund zusammen, wenn ich nur daran denke. Brigitte hat immer gemosert, wenn ich satt nach Hause kam, weil ich schon bei Ilona gegessen hatte. Aber auf einen Grand Hand musste ich mir zur Belohnung einfach Ilonas Gulasch gönnen! Da war dann zu Hause Stunk, denn Brigitte hatte auch Gulasch gemacht. Ihr Gulasch ist natürlich auch Weltklasse, aber satt ist satt. Was soll man machen?

Im Laufe der Jahre ging »Erbses Eck« immer mehr ein. Heutzutage macht Erbse abends für ein paar Stunden auf, damit der eine oder andere sein Bier trinken kann, aber meist sind nur eine Handvoll Figuren da. Erbse ist im Grunde selbst sein bester Kunde. Ich will nicht sagen, dass er säuft, aber … Ich formulier es mal anders. Letztens habe ich in einer Tierdoku gesehen – so was gucke ich gern –, dass ein Kamel in 15 Minuten 200 Liter Wasser trinken kann. Erbse schafft das auch. Mit Pils.

Geraucht werden darf im Vereinseck seit geraumer Zeit nicht mehr. Dass es mit der Kneipe eher so lala läuft, ist Erbse im Grunde egal, der wohnt gleich eine Etage drüber und hat keinen weiten Weg, und zu tun hat er sonst auch nichts. Aus dem Knebelvertrag mit der Brauerei hat er sich rausgewunden, aus dem Knebel seiner Ilona nicht. Deshalb ist er abends auch gern ein paar Stunden von ihr weg; ob das nun finanziell was einbringt oder nicht, spielt dann nicht die entscheidende Rolle.

Ilona kann wirklich gemein wettern. Eine richtige Keifzange ist das geworden. Die kocht auch fast nicht mehr, das ist ja verständlich. Wenn keiner kommt? Für wen denn?! Ach, ein Jammertal ist das, mit anzugucken, wie das Vereinseck langsam, aber sicher zugrunde geht.

Aber Erbse hält sich tapfer. Finanziell ist er immer knapp. Ihm gehört zwar das Haus, und er hat schon lange kein Personal mehr, deshalb fallen keine großen Kosten an. Aber ich sage immer: Von keine Miete zahlen allein wird noch keiner satt. Es muss trotzdem ein bisschen was in die Kasse kommen.

Der Flaschenkeller läuft noch ganz gut, den macht die Ilona. Die verhökert da aus der Luke heraus Getränke aller Couleur. Sie hat sich da immer weiter zu einer Spezialitätenhandlung entwickelt. Die hat Biersorten, die im Supermarkt nicht gelistet sind, importiert von sonst woher. Da gucken die Leute dann auch nicht so auf den Cent, sondern sind dankbar, wenn Ilona ihnen das Zeug ranschafft. Das läuft wie geschnitten Brot! Da steht immer ein Auto vor der Tür. Sie schachert auch mit Whisky, Gin und Kornbrand aus allen Ecken der Erde. Da kostet die Flasche schon mal 30 Euro, aber den Leuten, die das kaufen, ist das egal. Die bezahlen das, weil sie das Lebensgefühl mit kaufen. Irgendein Reiseführer hat Ilonas Flaschenkeller vor zwei Jahren mal als »Kleinod für Genießer« bezeichnet, und nun schauen viele Touristen rein und kaufen Delikatessen. Na ja, und weil sie nun schon Schwarzwälder Gin aus der Kellerluke reichte, war es auch nicht weit, auch noch Schinken ins Programm zu nehmen und allen möglichen anderen Kram und Spezialitäten. Lavendelhonig aus Frankreich, Tiroler Speck und Oliven aus Spanien. Das KaDeWe in der Bäckerstraße, sagt Brigitte immer spaßig, höho!

Erbse schließt zum Feierabend auf – so um fünf, auf die Minute guckt da keiner – und ist dann da, bis der

Letzte geht. Im Sommer sitzen noch ein paar Hanseln beisammen, dreschen einen Skat und trinken zwei, drei Bierchen – aber das lässt die Kasse nur spärlich klingeln. Das ist dann eher das Deckmäntelchen für Ilonas Kellergeschäft.

Wir Freunde nennen Eberhard immer nur Erbse, deshalb ist Eberhard zu sagen ganz ungewohnt für mich. Unter seinem bürgerlichen Namen werden Sie ihn auch nicht kennen, aber er hat Karriere unter dem Künstlernamen Tony Cordino gemacht. Ja, ich muss mich selber manchmal kneifen, dass ich so einen Star persönlich kenne! Er ist ein ganz Umgänglicher, der hat keine Allüren und ist kein Gelackter, wie man es von einem Prominenten dieser Größenordnung erwarten könnte. Der Mann ist schließlich wer in der Schlagerszene, der war Nachrückkandidat beim Heck in der Hitparade im Oktober 1981! In der Fernsehzeitung war er nicht angekündigt, aber hätte einer der anderen Interpreten einen alkoholbedingten Ausfall gehabt, wäre Erbse dran gewesen. Bei den Proben war er dabei und hat alles mitgemacht.

Die haben damals alle gesoffen wie die Löcher, das ist ja kein Geheimnis. Weil die das schon kannten, hatten sie Nachrückkandidaten organisiert, die kurzfristig einspringen konnten. Es wäre ja eine unschöne Lücke von zehn Minuten entstanden, die hätte nicht mal der Heck zuquatschen können. Und Werbung durften die damals ja noch nicht machen im Zett-Deh-Eff. Da durfte Erbse dann ran und hat gesungen. Also, zumindest in der Probe. In der Sendung nicht, weil alle trocken geblieben waren. »Die Sonne von St. Tropez« wurde trotzdem sein größter Hit, ein so großartiges Lied! Erbse singt das bis heute bei jedem seiner Auftritte.

Aber ob er nun in der Sendung war oder nicht, ist auch nicht wichtig, wichtig sind doch die Kontakte. Der hat da Leute kennengelernt, mein lieber Mann! Da schlackern einem die Ohren. Größen des Geschäfts sind das, GRÖSSEN! Ich nenne hier keine Namen, das macht man nicht. Aber wenn man Kontakt zum Management von Gitta Blümel hat – das öffnet Türen. »Die Sonne von St. Tropez« ist auch ohne Fernsehauftritt ein Evergreen geworden. Erst im Frühjahr, beim Jubiläum im Möbelhaus, hat Erbse es wieder gesungen. Brigitte als Vorstandsmitglieds seines Fanclubs hat uns natürlich einen Platz direkt an der Bühne organisiert, und wir haben Erbse ordentlich applaudiert. Brigitte ist selbstredend in Erbses Fanclub. Genau genommen ist sie nicht nur im Fanclub, sondern sogar Kassiererin – wofür sie von Berufs wegen qualifiziert ist – und Schriftführerin in Personalunion. Den Vorsitz hat Erbse selbst, unter seinem bürgerlichen Namen. Er meinte, er müsste das alles unter Kontrolle behalten. Brigitte kommt mit zu Auftritten, aber wenn wir uns bei Erbse im Vereinseck treffen, redet sie sich immer raus. »Dieser Muff von Zigarrenrauch, Fassbrause und Bohnerwachs, Günter, den kann ich einfach nicht gut ab. Und guck dir mal die Gardinen an! Mich juckt es, wenn ich diese geteerten Strippen sehe. Da müsste mal richtig sauber gemacht werden. Wenn du vom Skat kommst, stinkst du immer, als hättet ihr am Lagerfeuer gesessen und euch mit Bier bekippt. Das ist widerlich!«

Aber nicht nur im Möbelhaus, nein, Erbse hat »Die

Sonne von St. Tropez« auch bei der Fahrstuhleinweihung im Nachbarschaftszentrum gesungen und auf der Seniorendampferfahrt über die Havel. Gut, leben kann er von der Singerei leider nicht. Er ist ein Lebenskünstler und schlägt sich durch. Erbse ist sich für keine Arbeit zu schade, er hat seine Kneipe und nebenher schon überall gejobbt und sich als Aushilfe verdingt. Man weiß nie, was er gerade macht, wenn man ihn anruft. Jedes Mal beim Skatabend ist es eine große Überraschung. Eben war er noch zur Spargelernte auf dem Feld unterwegs, und zack!, ist er schon wieder Fahrer bei Eismann. Er war auch schon als Helfer beim Bestatter, als Not am Mann war. Fachkräftemangel ist heutzutage ja in jeder Branche.

Brigitte folgte offenbar Mareikes Rat und traf sich mit Doris. Was die Weiber da genau bekaspert haben, weiß ich nicht, das machten die natürlich hinter meinem Rücken. Doris sitzt zwar ständig hier am Küchentisch und auch mal auf dem Balkon, aber wenn ich dabei bin, wird nur übers Wetter und über Nachbarn gesprochen. Unverfängliches Zeug. Aber wenn ich nicht da bin, dann … na, man kann es sich denken. Ich vermute ja seit Jahren schon, dass Frauen nur deshalb immer zu zweit aufs Klo gehen, weil die was unter sich bereden wollen. Die sind gar nicht zu blöde, alleine zu pinkeln!

Das Rätsel löste sich auf, als mich Brigitte am nächsten Tag ins Wohnzimmer zitierte und mich bat, mich hinzusetzen. Vor mir auf dem Couchtisch lag ein Buch. Ein Beziehungsratgeber: »Plötzlich zu zweit zu Haus – Wie Sie Ihre Beziehung neu erfinden«, stand auf dem Titel.

Herr im Himmel. Auf so was hatte ich ja nun wirklich keine Lust. So ein Frauenzeug! Wie kam die denn bloß auf so eine Idee? Wir waren 40 Jahre verheiratet und hatten bisher nie ein Buch dafür gebraucht, da fang ich jetzt bestimmt nicht damit an. Ich blätterte lustlos in dem Machwerk rum. »Golden Ager« und »Empty Nest«, las ich. Da musste ich wohl das Vokabelheft aus Brigittes Englischkurs zu Hilfe nehmen.

Aber das war nur vorne, auf den Seiten in der Mitte standen so Dinge wie »Leihen Sie sich für ein gemeinsames Wochenende einen Oldtimer und machen Sie einen Abenteuerausflug«.

Ha, na, das wollte ich sehen! Brigitte nannte meinen Opel Kadett schon »museumsreife Stinkerkiste«, und dabei war der Wagen scheckheftgepflegt! Den Vorschlag merkte ich mir sicherheitshalber. Wenn es hart auf hart käme und ich was aus dem Buch machen müsste, würde ich das vorschlagen. Höhö.

Ich überschlug ein paar Seiten und las: »Räumen Sie einander getrennte Auszeiten ein.« Das Buch begann mir richtig sympathisch zu werden. Da machte ich mal ein Lesezeichen.

Brigitte setzte sich zu mir und freute sich, dass ich im Ratgeber blätterte.

»Geben Sie sich gegenseitig Kosenamen«, stand auf der nächsten Seite.

Meine Angetraute guckte mich streng an. Ich ahnte, was sie nicht hören wollte: Sie wurde putzteufelswild … nee … fuchsteufelswild, wenn sie jemand »Gitti« oder »Biggi« nannte. Das hatte ich auch gar nicht im Sinn, eher so was wie Schatzi oder Mausi. Der Stoiber nennt seine Frau ja Muschi, aber das war mir auch zu blöd.

»Wehe, du nennst mich Günti, Mausi!«, sagte ich, und Brigitte prustete los. Damit war das Thema glücklicherweise vom Tisch.

Wir blätterten noch ein Weilchen in dem Krisenwälzer. Ich war da nicht überzeugt, ich sag Sie das ganz offen.

Wir waren so lange verheiratet, und das ganz ohne Ratgeber! Brigitte bestand jedoch darauf. »Wir müssen jetzt neu zusammenfinden, Günter! Das ist ein ganz anderes ›Miteinander leben‹, als wenn wir beide arbeiten gehen. Solange keine Enkelkinder da sind, müssen wir uns ausreichen, und das ist eine Herausforderung. Ich habe keine Lust, nur jeden Tag dein Lieblingsessen zu kochen und auf die Tagesschau zu warten. Wir müssen ein bisschen Pep in unser Leben bringen, und zwar gemeinsam! Aber wenn du nicht willst, musst du es nur sagen, dann kümmere ich mich alleine um mein Leben.«

Oh, Vorsicht! Der Satz »Lass nur, ich mache es selber!« ist gefährlich, da gehen alle Alarmglocken bei mir an. Als sie mich damals das dritte Mal daran erinnert hat, dass die Glühbirne im Flur gewechselt werden muss, kam auch ein »Lass nur, ich mache es selbst« hinterher. Das sah dann so aus, dass die Sicherung durchschmorte und ich die Decke im Flur neu streichen musste, weil es so gekokelt hat, dass ein halber Quadratmeter um die Lampe herum verraucht war. Brigitte hat den Schlag ganz gut weggesteckt, aber sie bekam achtmal Physio verschrieben für den rechten Arm – und wer musste sie fahren? Ich!

Nee, wenn sie sagt: »Lass nur, Günter, ich kümmere mich selbst«, endet das nicht gut. Ich war recht zufrieden mit unserer Ehe und hatte keine Lust, dass Brigitte die durch »alleine kümmern« so zerlegte und zurichtete wie die Lampe im Flur.

Das Schlimme ist: Brigitte weiß ganz genau, dass ich das denke und dann eingreife. Sie sagt das, obwohl sie es weiß! Sie ist eine ganz Gewiefte, meine Brigitte. Ausgefuchst! Und ich mache es, obwohl ich weiß, dass sie weiß, dass ich weiß … können Sie noch folgen? Na, egal. Es ist wie in jeder Ehe, denk ich mal.

Nur musste unsere Ehe eigentlich weder aufgepeppt noch gerettet werden. Gut, nun waren wir beide Rentner – bäh, wie ich das Wort hasse! Aber bloß, weil wir jetzt nicht mehr arbeiten gingen, mussten wir uns doch nicht »neu erfinden«, wie Brigitte seit Wochen behauptete! Ich bin nun wirklich ein genügsamer Mensch, wenn ich eine warme Mahlzeit auf dem Tisch und saubere Wäsche im Schrank habe, bin ich auch nicht nöckelig. Was die überhaupt wollte mit ihrem Ratgeber und vor allem mit den Einmischungen von Doris? Die war gar nicht verheiratet, und alle Kerle rannten nach ein paar Wochen weg, was wusste die denn von der Materie? Doris ist eine wirklich patente Frau, mit der man auskommen und auch prima feiern kann. Sie ist geschieden, na, wie das eben so ist. Nicht überall klappt es und die Leute bleiben zusammen bis ans Ende ihrer Tage.

Oder zumindest, bis ein Partner anfängt, Beziehungsratgeber zu lesen.

Soweit ich weiß, haben sich Doris und ihr Verscheuchter in sogenanntem beiderseitigem Einverständnis getrennt. Sie haben bis heute guten Kontakt, er zahlt und kümmert sich um den Sohn, und beide sind freundschaftlich verbunden. Wenn das so läuft, kann sich doch niemand beschweren, nee, nun wirklich nicht. Ich bin ja nun wirklich auch für Ordnung, das ist wohl Ehrensache und gehört sich so. Es jibt sone und es jibt solche, und man muss den Leuten auch ihre Freiheiten lassen.

Solange alles im Rahmen der Vorschriften erledigt wird, geht es in Ordnung.

Mich störte das überhaupt nicht, dass Brigitte nun immer zu Hause war. Das war doch keine Krise, im Gegenteil! Jeden Mittag was Warmes hat es vorher nicht gegeben. Und wenn sie mir auf den Zeiger ging, setzte ich mich aufs Fahrrad oder machte einen Kontrollspaziergang durch den Kiez. Ich musste gar nicht weit gehen, ich war kaum aus dem Haus raus, da sah ich den Rotzbengel von Obermanns seinen ausgegnautschten Kaugummi auf die Straße spucken. Den wies ich gleich zurecht. »Aber zurück, Sportsfreund! Das heben wir mal ganz schnell auf! Dich erwische ich doch nicht zum ersten Mal, zum Donnerwetter noch mal!«

Die Blagen haben ja keinen Respekt mehr heutzutage. Ich weiß nicht, was denen vom Elternhaus und von der Schule her beigebracht wird. Seit Corona werden ja nun noch mehr Abstriche an das Benehmen gemacht. Die Kinder waren ewig gar nicht und danach nur in kleinen Gruppen in der Schule, da geht es natürlich darum, denen wenigstens das Gröbste vom Lehrplan in die Köppe zu kloppen. Zeit für Anstand und vernünftiges Verhalten ist da nicht. Die Lehrer sind gut damit ausgelastet, die Eieruhr umzudrehen und alle 20 Minuten das Kippfenster zu öffnen und wieder zu schließen. Wer den Zustand der Fenster in unseren Schulen kennt, weiß, dass das ein Unterfangen ist, mit dem man gut zu tun hat.

Na, und von den Eltern müssen wir gar nicht erst anfangen. Homeoffice ist kein Spaß. Gut, für mich als Busfahrer war das nie ein Thema, für Brigitte auch nicht. Aber wer eben nur auf diesen Affenkisten rumklopft, kann das ja überall machen, auch zu Hause. Das habe ich mir jedenfalls sagen lassen, ich räume ein, dass ich da keine Ahnung von habe. Für mich ist das bis heute ein Buch mit sieben Siegeln, ich fasse keinen Computer an. Immer, wenn ich mit solchen Kisten zu tun habe, kommt da nichts Sinnvolles raus. Mein Rentenbescheid, zum Beispiel, den hat ein Computer ausgerechnet und erstellt, und der stimmt hinten und vorne nicht. Nach über 40 Jahren Maloche auf dem großen Gelben kann das mit den paar Kröten nicht richtig sein, ich sag Sie das, wie es ist!

Computertechnik steckt ja heute überall drin. Das geht beim Bus schon los. Da rechnet ein Computer mit, ob ich wohl passend Geld rausgebe, und vom Bremssystem will ich gar nicht anfangen. Heutzutage kriegste ja nicht mal mehr einen Polo in die Parklücke gesetzt, ohne dass ein Bildschirm angeht und einem die Fernsehkamera das Heck live überträgt! Fehlt bloß noch die Einblendung »Dieser Einparkvorgang wurde Ihnen präsentiert von Krombacher Pils alkoholfrei«, oder besser noch von »Rudis Versicherungscenter in der Badstraße«, höhöhö! Ich halte von dem ganzen Quatsch nichts. Entweder einer kann Auto fahren, dann kann er auch einparken, oder er kann es nicht. Wer solche Hilfen braucht, der senkt nur das Niveau und damit die Sicherheit im Straßenverkehr allgemein. Ist doch wahr! Wenn solche Blindgänger unterwegs sind, die den Wagen nicht gestoppt kriegen, ohne dass einem der Computer beim Bremsen hilft, na, dann wird mir angst und bange. Das greift immer mehr um sich, ohne Affenkiste, wie ich immer sage, kann keiner mehr.

Ich weiger mich. So einen Blödsinn brauch ich nicht. Bisher habe ich immer alles gekriegt, was ich brauchte, ohne im Computer zu gucken. Früher habe ich beim Bus am Zahnrad gedreht, wenn einer eine Fahrkarte wollte, in bar abkassiert und das passende Kleingeld in die Röhrchen plumpsen lassen. Wer es nicht passend hatte, konnte eben nicht mitfahren, basta. Es gab Kurzstrecke, Normal und Tageskarte, dazu für Kinder und Rentner noch ermäßigt. Zack, aus, fertig. Meine Kasse stimmte immer, wie sollen auch Fehler passieren, wenn man keine Scheine annimmt und kein Wechselgeld rausgibt, höhö! Bei Habicht immer nur passend. Draußen nur Kännchen und bei Habicht nur passend, das war über Jahre in Berlin ein Spruch, den … na ja.

Zumindest im Kiez.

Aber dann! Dann haben sie mir meine schöne Drehratsche aus- und einen Bordcomputer eingebaut. Hinter meine Fahrerkabine kam oben ein Fernsehbildschirm dran, und auf dem werden die Linie angezeigt, die nächsten Stationen und auch die möglichen Verbindungen, wenn jemand umsteigen will. Ich musste an jedem Halt »Weiter« drücken, sonst sprang es nicht um. Pah, na so weit kommt's noch! Ich muss schalten, auf den Verkehr achten und auf die Ordnung im Bus, da werde ich noch einen Computer bedienen? Ich fasste das Ding nur zweimal an. Einmal habe ich aus Versehen doppelt gedrückt, da waren wir dann schon eine Station zu weit, und Oma Knabe kletterte eine Station vor dem Friedhof raus. Aber nicht nur sie, ein Viertel der Fahrgäste sprang panisch raus, weil es eine Umsteigestation war.

Na ja. So schlimm war es nun auch nicht, es war

Hauptstrecke, und wir fuhren im Zehn-Minuten-Takt. Der Kollege mit dem nächsten Bus ist sicher bald gekommen. Ich habe dann aus- und wieder angeschaltet, danach ging aber die Klimaanlage nicht mehr, und der Fernseher zeigte die 100er Route an. »Nächste Station: Lustgarten«, sprach die Ansage vom Band, und die letzten Fahrgäste stiegen verwirrt aus. Wir waren in Spandau, und die Museumsinsel lag nun wirklich nicht auf meiner Route!

Von da an ließ ich das Ding immer aus und rief die Halte, wie ich es fast 40 Jahre lang gemacht hatte. Und wer das nicht verstand, pah, na, der hat auch die Pflicht, sich selber ein bisschen zu orientieren und mitzugucken. Man muss schließlich wissen, wo man hinwill, und auch eine Ahnung davon haben, wie man dahin kommt. Als Fahrgast hat man doch auch eine Verantwortung, wenigstens für sich selbst. Ich als Busfahrer trage sie für alle an Bord und bin schließlich kein Taxifahrer, der Sonderwünsche entgegennimmt.

Wenn ich den Bordcomputer ausgeschaltet ließ, konnte ich jedoch auch keine Fahrkarten mehr verkaufen. Das hing alles irgendwie zusammen. Ich musste auf einem Bildschirm, den sie mir neben den Sitz geschraubt hatten, alles Mögliche drücken. Tatsch. Tatsch war auf einmal ganz groß angesagt. Ich tatschte nur einen Sommer lang, dann reichte mir das. Zum Fahren brauche ich keine Brille, für nah dran aber schon. Das bedeutete an jeder Station: Brille auf, tatschen, Geld annehmen oder vielleicht sogar noch Kartenzahlung, wieder tatschen, Brille wieder ab, und weiter ging die Fahrt.

Wie so ein blöder Tatsch-Affe kam ich mir vor. Wie

der, der im Fernsehen immer die Hochrechnungen bei den Wahlen präsentiert. Bei dem geht der Bildschirm auch nie, und er muss fest drücken und dann zur Wettervorhersage schalten. Außer Texas, das geht. Als die Ami-Wahl war, wollte der nach und nach alle möglichen Bundesstaaten antatschen und das Ergebnis zeigen, aber nichts funktionierte. Wahrscheinlich hatte der in der Werbepause gerade eine Stulle gegessen. Das habe ich nämlich festgestellt, dass man mit Fettfingern keine Chance auf den richtigen Tatsch hatte. Egal, was der drückte, bei ihm ging immer Texas auf, weil er da mit seinem Jackettärmel draufkam. Mein Texas war die Tageskarte: Was auch immer ich drückte, es erschien die Tageskarte für 6,80 Euro. Auf der 100er Linie war das kein Problem, da fuhren eh fast nur Touristen mit, und die diskutierten nicht, sondern kauften klaglos.

Aber auf der Spandau-Route gab es Ärger. Wenn einer Einzelfahrschein wollte, konnte ich dem nicht so ohne Weiteres eine Tageskarte schmackhaft machen. Deshalb stellte ich das Ding einfach ab und ließ nur einsteigen, wer ein Ticket hatte. So weit kommt's noch, pah! Ich war Busfahrer und nicht Ticketverkäufer. Wenn die Technik funktioniert hätte und sie mir da was drangeschraubt hätten, mit dem man arbeiten könnte – gerne! Dann ist Habicht dabei. Aber ich ärgere mich doch nicht mit der Affenkiste rum, die ständig streikt und mehr kaputt ist, als dass sie funktioniert.

Die haben sowieso immer mehr Aufgaben auf uns Fahrer abgewälzt. Kartenverkauf war nur ein Teil, kontrollieren sollten wir ja auch noch. Ganz selten, dass sie mal Kontrolleure schickten. Das sollten wir Fahrer alles beim Einlass schon nebenher mitmachen. Ich sag Sie das, wie es ist: Wenn man nicht aufpasst, kriegt man da immer mehr Arbeit aufgedrückt. Wir Kollegen ulkten unter uns immer schon, dass wir wohl demnächst noch Duty-Free-Wägelchen kriegten und wie die Stewardessen Tomatensaft ausschenken und Parfüm verhökern würden, wenn wir im Stau standen.

Wobei das mit dem Parfüm manchmal angebracht gewesen wäre. Vielleicht nicht Parfüm, aber doch Deospray. Viele unterschätzen ja die Kraft der Sonne und machen sich nicht bewusst, dass so ein Bus ein bisschen wie ein fahrendes Gewächshaus ist. Der heizt sich schnell auf, und wenn da an die 100 Personen drinsitzen oder -stehen, müssen Sie nur einen dabeihaben, der sich unter den Achseln nicht eingesprüht hat, und schon stinkt der ganze Salon wie der Pumakäfig im Zoo. Die meisten tragen ja auch diese Billigklamotten aus versponnenem Erdöl. Es heißt schick »Mikrofaser«, aber letztlich ist es Polyester. Plastik. Das kann Schweiß nicht gut transportieren, und deshalb müffeln die schon morgens um zehn, als hätten sie mit einem Iltis geschmust. Pfui Deibel.

Alles immer nur billig, billig und nächste Woche schon wieder einkaufen. Wenn ich die City-Strecke fahren musste, kam ich immer an so einem Lumpen-Discounter vorbei. Ich will hier mal keine Namen nennen, um nicht noch Werbung dafür zu machen. Da kostet ein T-Shirt fünf Euro oder so. Der zieht die Leute aus nah und fern an, da schleppen die taschenweise »Mode« raus. Meist sind das junge Leute, die schon zwei Stationen vorher ganz nervös wurden. Da habe ich beim Einsteigen schon immer gesagt, wo sie aussteigen müssen, man sah denen das ja schon an, wo sie hinwollten.

Na ja. Nun lag also dieser Beziehungsratgeber vor uns auf dem Tisch, und um des lieben Friedens willen täuschte ich Interesse vor, während Brigitte blätterte und vorlas.

»Adoptieren Sie zusammen ein Haustier«, hieß das Kapitel, das Brigitte aufschlug. Ich guckte, sie guckte, und dann prusteten wir beide wieder los.

Nee, das kam nicht infrage, da waren wir uns einig. Das ist doch auch schon mal was! So ein Tierchen wollten wir uns nicht ans Bein binden. Früher, als Mareike noch klein war, da hatten wir immer mal Hamster, Meerschweinchen oder auch Wellensittiche. Aber selbst eine kleine Meersau müffelt!

»Nee, nee, Brigitte, so ein Tier sitzt doch nur in seiner Plastewanne, quiekt, frisst und kötelt.«

»Ungefähr wie du am Wochenende, wenn Fußball läuft«, warf Brigitte ein. Na, die hatte ein Bild von mir! So sah sie mich? Vielleicht sollten wir doch mal darüber reden, was ich eigentlich alles machte. Also zumindest sprengte ich den Rasen im Vorgarten, bevor Fußball anfing. Das machte das Meerschwein nicht.

Nee, realistisch betrachtet kämen da vielleicht ein Hund oder eine Katze infrage. Aber eine Katze ist im Grunde auch nur ein Esser mehr, der noch dazu ein eigenes Klo mit teurer, klumpender Streu braucht und entwurmt werden muss. Außerdem würden wir das Sofa jedes Jahr neu beziehen lassen müssen, weil die sich ja die Krallen immer an den teuersten Stücken in der

Wohnung schärfen, und wir könnten auch kein Lametta mehr an den Weihnachtsbaum machen. Und die Tierarztkosten! Wir müssten uns ständig die Haare von den Hosen bürsten, und einer von uns beiden würde auch nicht mehr auf der Couch sitzen können. Man sieht das doch bei anderen, wenn eine Katze mit im Haus lebt, gibt die das Regiment an. Wie sagt man so schön? Hunde haben Frauchen und Herrchen, Katzen haben Personal. So ist es doch.

Die Oma, die bei Doris mit im Haus wohnt, pflegt auch ständig olle Katzen. Sie hat ein gutes Herz und holt alle paar Monate was aus dem Tierheim. Wenn die mit einer Kühltasche das Haus verlässt, gibt es zwei Möglichkeiten: Meist hat wieder ein Kater das Zeitliche gesegnet – sie ist ja über 80, und wenn sie ins Tierheim marschiert, geben sie ihr keine jungen Viecher mehr, sondern nur solche, die aller Wahrscheinlichkeit nach von der Lebenserwartung mit ihr ... also, dass es korrespondiert. So kriegt sie eben immer Katzen, deren Restlaufzeit überschaubar ist. Die haben noch ein paar schöne Monate bei ihr oder mit ein bisschen Glück auch ein, zwei Jahre, aber irgendwann ... sie begräbt sie dann in Haselhorst. Ein Stückchen weg vom Hauptweg, wo die Hundebesitzer immer Gassi gehen, damit die ... damit die Ruhe der Katzen nicht gestört wird und die Köter sie nicht wieder ausbuddeln. Die Oma ist da recht robust, für sie gehört das Sterben ganz selbstverständlich zum Leben. Ihre Katzen heißen deshalb auch einfach »Katerle«, ganz egal, ob das Jungen oder Mädchen sind. Sie gendert da nicht. Sie sagt, das ist praktisch, so muss sie sich nicht dauernd neue Namen merken.

Wenn sie also frühmorgens mit der Kühltasche loszieht, kann man vom Ableben einer Katze ausgehen. Nachmittags deutet die Kühltasche eher darauf hin, dass sie zu einer Beerdigung geht. Das macht sie für ihr Leben gern, meist mit einer Freundin zusammen. So zwei, drei Mal im Monat, je nachdem, was sie sonst so im Kalender haben, schmeißen die sich in ihre Witwenkluft und gehen zur Beerdigung. Nicht, weil einer ihrer Bekannten verschieden wäre – das hatte ich natürlich erst vermutet. Aber Doris sagt, die beiden studieren die Traueranzeigen, und wenn unter den Angehörigen Ärzte, Anwälte oder andere hohe Tiere stehen, schummeln sie sich unters trauernde Volk. Sie singen den Choral mit, halten sich im Hintergrund, damit sie nicht auffallen – aber ehrlich, zwei alte Weiber in Schwarz auf einer Beerdigung, warum sollten die auffallen? Spätestens, wenn es zu Kaffee und Kuchen ins Hotel geht, schlägt ihre große Stunde. Eine der beiden Omas lenkt die anderen ab, und die andere tuppert ein.

Wir wollten es Doris erst gar nicht glauben, aber es stimmt wirklich. Mutter hat mir erzählt, eine ihrer Mitbewohnerinnen im Heim war zu einer Beisetzung in Berlin. Da hat sie eine alte Dame beobachtet, die ein halbes Blech Bienenstich in eine mitgebrachte Kühltasche mit schwarzem Bezug abfüllte, während die andere mit dem Witwer flirtete und ihre Perlenkette aus dem Dekolleté friemelte. Die Beschreibung passte genau, nee, die haben wohl alle laut gelacht. Die auf der Beerdigung, Mutters Damenrunde im Stift und wir auch, als wir mit Doris zusammensaßen.

Doris sagt, ihre Nachbarin harkt mittlerweile nicht nur

vier Ehemänner, sondern auch an die zehn Kater, die … ja. Der Lauf der Natur, nicht wahr? Sie ist es gewohnt, eine Katze zu haben, und krault das jeweilige Viech da abends vorm Fernseher. Brigitte und ich sind beide nicht an Katzen gewöhnt und waren uns sehr einig, dass es nicht das richtige Tier für uns ist. Vielleicht noch mit Kratzbaum in der Wohnstube, mitten im Weg, dass man nicht mal mehr den Fernseher sieht? So weit kommt's noch!

Die zweite realistische Option wäre ein Hund. Aber ein Hund will beschäftigt sein. Viele unterschätzen das und denken, der frisst nur und wedelt mit dem Schwanz. Ein Hund will jedoch auch bewegt werden. Der braucht seinen Auslauf. Also, zumindest ein richtiger Hund. Ich rede hier nicht über solche Zugluftstopper, die Frauchen in ihrer Handtasche verstauen kann. Das sind keine Hunde, das sind Accessoires, sage ich immer. Und für Accessoires sind wir nicht die richtigen Leute. Ein echter Hund jedoch gehört nicht in die Stadt. Der braucht Platz zum Toben und Spielen und Hund-sein. Ein Körbchen im Flur einer Zweiraumwohnung ist da nicht der richtige Ort.

Es bestand also Einigkeit, dass Haustiere kein Thema für uns waren. Ich fand das eigentlich schon genug »an unserer Beziehung gearbeitet« und wollte mir ein Bier holen, aber Brigitte hatte noch Lust auf mehr. Sie leckte den Zeigefinger an und blätterte um.

»›Trenne dich von deinem Partner und einer liebgewordenen Gewohnheit‹«, las sie vor und stutzte dann selbst. Sie rückte die neue Brille gerade, mit der sie noch nicht richtig zurechtkam, und las noch mal.

»›Trenne dich FÜR DEINEN Partner VON einer liebgewordenen Gewohnheit‹.«

»Jaja. Das kommt davon, wenn man die Brille danach aussucht, ob einem das Gestell gefällt«, sagte ich, aber damit war die Kuh nicht vom Eis. Ich tat erst mal so, als würde ich überlegen, um Zeit zu gewinnen. Ich merkte richtig, wie mir unangenehm warm wurde, und ahnte, dass es wieder unbequem würde.

»Günter!«, mahnte Brigitte, »›TRENNE DICH FÜR DEINEN PARTNER VON EINER LIEBGEWORDENEN GEWOHNHEIT‹ steht hier! Was sagst du dazu?«

Am meisten stört mich ja, dass ich ständig zu allem was sagen soll, was irgendwo geschrieben steht. Wer bin ich denn? Es gibt so viele Sachen, die mich nichts angehen, warum muss ich dann dazu was sagen? Und überhaupt, warum sollte ich mich von einer liebgewordenen Gewohnheit trennen, nur weil ich jetzt in Rente war? Gerade jetzt war doch die Zeit für Gewohnheiten!

In dem Beziehungsschlaumeierbuch von Doris Meiser stand als nächste Empfehlung: »Besuchen Sie gemeinsam den Ort Ihrer ersten Begegnung und lassen Sie die Magie des Augenblicks wiederauferstehen.«

Brigitte las das vor mit einem Singsang in der Stimme wie ihn früher die Fernsehansagerinnen immer hatten. Gibt's ja auch alles nicht mehr.

Ich nahm einen Schluck Bier, das ich mir mittlerweile geholt hatte.

»Trink doch wenigstens aus einem Glas, Günter!«, mahnte sie. Der Fernsehansagerinnenton war verschwunden. Die wusste genau, dass ich nie aus einem Glas trinke, pah! Das spart Abwasch, und es schmeckt auch besser. Gezapftes Pils ist was anderes, aber Flaschenbier muss auch aus der Flasche getrunken werden.

Ich witterte kurz meine Chance und schlug vor: »Wenn ich jetzt verspreche, immer aus dem Glas zu trinken, gilt das dann als Trennung von einer Gewohnheit, und wir hören mit diesem dämlichen Buch auf?«

Brigitte wollte das für diesen Abend gelten lassen und quälte mich nicht weiter. Der Ehetipp-Wälzer blieb allerdings wie eine Drohung auf dem Couchtisch liegen, und zwei Tage später machte sie einfach weiter, wo sie aufgehört hatte. Sie schlug das Buch auf, las und fragte dann:

»Weißt du eigentlich noch, wo wir uns kennengelernt haben, Günter?«

Wie so eine Lehrerin, die den Schulstoff durchackern muss auf Gedeih und Verderb! Ich musste dieses Buch irgendwie ... am besten ins Feuer.

Ich stellte mein Bierglas demonstrativ vorbildlich auf das Untersetzerchen, das mir meine Holde hingelegt hatte, und hoffte auf ein bisschen Lob. Ich dachte, das mit dem dämlichen Ratgeber wäre mittlerweile vom Tisch. Aber da darf man bei Brigitte nie drauf vertrauen. Sie vergisst nichts! Es geht wochenlang gut, auch mal Monate. Aber dann, wenn man überhaupt nicht damit rechnet, holt sie das Thema wieder aufs Tableau.

Es war vorletzten Sommer, da murmelte sie mal beim Abwasch so nebenbei, wie das mit Solar auf dem Dach ist. Ob man da wohl als Mieter selbst aktiv werden und was machen könne, wie die Bedingungen und Regeln wären und ob es Förderung gäbe. »Da müsste man sich mal erkundigen, Günter!«, ließ sie nebenbei fallen, um mich gleich danach zu maßregeln, dass ich die Vase stehen lassen und lieber das Besteck abtrocknen solle, weil das nicht gleich kaputtginge, wenn ich Plasterkopf es fallen ließe. Das war alles, ich sag Sie das, wie es ist, danach hat sie nie wieder das Wort »Solar« in den Mund genommen.

MAN – MÜSSTE – MAL. Dreifacher Konjunktiv. Das ist für mich wie nicht gesagt!

Es ging auch gut, bis zu diesem Nachmittag, als sie mit Doris beim Pilates war. Hinterher bechern sie gern noch ein Glas Spumante auf dem Balkon und tratschen ein bisschen. Sollen sie, man lebt nur einmal ... solange es pünktlich Abendbrot gibt und Doris halbwegs nüchtern aus dem Haus ist, ist mir das egal. Sie nippten also gerade an ihrem süßen Sekt, da rief Brigitte wie aus heiterem Himmel nach mir. Meist muss ich dann eine Hummel verscheuchen (nicht erschlagen, wegen der Bestäubungsleistung, nur verscheuchen!). Aber heute ging es gar nicht um eine Hummel, sondern ihr kam in den Sinn, was wohl aus der Solaranlage geworden war. »Da haben wir doch neulich drüber gesprochen, Günter, du wolltest dich doch mal erkundigen und beraten lassen. Was ist denn nun damit? Hast du Unterlagen angefordert oder mal mit jemandem gesprochen?«

Ja, so ist das mit Brigitte. Sie sagt nebenher »da müsste MAN sich mal erkundigen«, und es klingt ganz unverbindlich, heißt aber in ihrer Sprache: »Günter, du kümmerst dich, ich frage jetzt nicht jeden Tag nach, aber WENN es mir in einem halben Jahr wieder einfällt, erwarte ich, dass das geklärt ist.«

So war das auch jetzt mit dem »Ort des Kennenlernens«. Vor ein paar Tagen hatte sie das schon mal fallen lassen, und nun, wo ich dachte, es wäre Gras über die Sache gewachsen, kam so ein Schaf in Form der Autorin eines Eheratgebers und fraß es wieder weg.

»Ja, natürlich weiß ich das. Wie könnte ich das vergessen? Unser erster Schultag! Die Volksschule in Altgrömersleben, du hast in der Bank vor mir gesessen, hattest diese hübschen Zöpfe und hast mir vom ersten Tag an gefallen.«

»Das war Monika. Ich hatte einen Pferdeschwanz und saß ganz hinten.«

Ich nahm einen Schluck Bier, und Brigitte guckte böse auf den Untersetzer. »Da! Ein Wasserrand. Der wäre jetzt auf dem Tisch!«

Sie fiel wieder in den Fernsehansagerinnenton und las weiter aus dieser Beziehungsfibel vor.

»›Besuchen Sie gemeinsam den Ort Ihrer ersten Begegnung‹.« Brigitte brach sofort ab und rief begeistert: »Günter, das machen wir! Wäre das nicht schön? Lass uns nach Altgrömersleben fahren und unsere alte Schule angucken!«

Nach allem, was ich beim Durchblättern so an Übungen gesehen hatte, erschien mir das nicht als der allerschlimmste Vorschlag, und ich sagte zu.

Aber es kam ganz anders.

Denn dann rief Mutter an. Ob wir nicht mal wieder vorbeikommen wollten auf Besuch, es gäbe was zu besprechen.

Meine Mutter lebte zu der Zeit noch allein in ihrem kleinen Häuschen oben in Mecklenburg, sehr ruhig gelegen. Da war Gegend, viel Gegend. Ich kenne die gut, ich bin da schließlich aufgewachsen. Man kann sich auch nicht verirren, denn das Land liegt flach da und versteckt sich nicht. Und mitten in dieser Gegend stand mein Elternhaus.

Mutter eröffnete uns, dass sie ins Damenstift übersiedeln wollte. Damenstift ist hochgestochen, es ist im Grunde genommen ein Altenheim. Aber Mutter mag das Wort nicht. Die Leute verbinden damit Viererzimmer und Bettpfanne, dabei ist es da so, dass jeder Bewohner ein eigenes Zimmer oder sogar Apartment hat. So erzählte sie jedem, sie ginge ins Damenstift. In ihrem Alter darf man das. Es wäre noch allein gegangen, aber sie hatte das aus freiem Willen so entschieden und wollte es von sich aus. Die ist so eine, die weiterdenkt und die Dinge klar sieht.

»Ich bin jetzt Mitte 80«, hat sie gesagt und dabei frech gelogen, denn sie war 91, »besser wird es nicht. Der Rücken ziept, die Augen werden trübe und die Birne matschig. Jetzt kann ich denen im Heim noch Gang machen und ihnen sagen, wie sie mich zu behandeln haben. Wenn ich aber noch lange warte, liege ich nur noch im Bett und warte auf den Tod. Das sehe ich gar nicht ein. So teuer, wie der Platz ist, will ich den auch ein bisschen abwohnen und mal im Park sitzen und die anderen beim Canasta beschupsen.«

Ich war genau wie Brigitte erst mal baff, aber dann erleichtert, und wir haben ihre grundvernünftige Einstellung mit Respekt bestaunt. Später haben wir dann rausgekriegt, dass sie nachts schon zweimal hinklabaustert war beim Austreten, da hat sie es wohl mit der Angst bekommen so allein. Es ist ja auch das Vernünftigste, und es geht ihr gut da.

Nachdem sie ins Heim übergesiedelt war und dort am dritten Tag den Kopf der Kaffeetafel erobert hatte, mussten wir uns überlegen, was mit dem Häuschen geschehen sollte. Brigitte riss sofort die Hände hoch und stellte, ohne, dass ich auch nur hatte fragen müssen, klar, dass sie unter keinen Umständen »in die Pampa ziehen« würde, wie sie sich ausdrückte. Es war auch keine Rede mehr von Beziehungsarbeit und »besuchen Sie den Ort Ihrer ersten Begegnung«. Das Haus sollte verkauft werden und fertig.

Für Brigitte war das leicht. Sie und Mutter waren sich noch nie grün. Mutter stellte Brigitte anderen Leuten immer als »Das ist Günters erste Ehefrau« vor. Das ist formal richtig, denn Brigitte ist meine erste und einzige Ehefrau, es erweckt aber den Eindruck, dass wir geschieden sind. Die beiden Damen gingen sich aus dem Weg, sooft es möglich war. Weihnachten kommt uns Mutter immer für drei Tage besuchen, aber wenn es darum geht, zu ihr nach Mecklenburg zu fahren, reise ich fast immer allein. Brigitte war so gut wie nie da draußen gewesen seit unserer Schulzeit und hatte auch keinerlei Bindung mehr. Meist kam sie nicht mal mit zu Mutters Geburtstag. Oft hat sie arbeiten müssen, aber alle paar Jahre fällt so ein Tag eben auf einen Sonntag, und da hatte nicht mal Brigittes Kaufhalle auf und sie keine Ausrede parat, da musste sie mit.

Es ist nur gut eineinhalb Stunden weg von Berlin, und für andere wäre es das perfekte Wochenendhaus. Brigitte ist jedoch ein Stadtmensch. Für die riecht es nach Kuh, sobald sie nur einen Kilometer vom Ku'damm weg ist. Höhö. Wenn es nicht nach Kuh stinkt, dann nach Pferd, ganz sicher aber hat sie von den Pollen verquollene Augen wie ein Boxer nach zwölf Runden im Ring mit Klitschko.

Kurzum, die kriegte ich nicht aufs flache Land, auch nicht übers Wochenende. Und dafür wäre das ideal gewesen – so lang ist die Fahrt nicht, und als Wochenendhaus ist Mutters Hütte wie gemacht. Aber ich bin lange genug verheiratet, um zu wissen, was ich zu denken habe, und deshalb haben wir uns zum Verkauf entschlossen. Da musste natürlich vorher ein bisschen »klar Schiff« gemacht werden. In ihr kleines Stübchen im »Haus Rosengarten« konnte Mutter nur wenige Sachen mitnehmen, und was sich im Laufe eines langen Lebens ansammelt, wenn man ein Haus mit Grundstück hat, das ahnt man ja nicht mal. Ich bin deshalb sozusagen »in die Sommerfrische« gefahren und in mein Elternhaus eingezogen. Das ständige Hin-und-her-Fahren von und nach Berlin wäre doch zu stressig geworden, erst recht bei dem Verkehr heutzutage. Die rasen doch alle rücksichtslos! Und wenn sich das mischt mit Sonntagsfahrern, die die schöne Landschaft angucken wollen, na, dann gibt es eine Verkehrslage, die ist nicht gut für meinen Blutdruck.

Das war auch gerade die Zeit, als sich bei uns zu Hause die Ereignisse überschlugen. Brigitte hatte sich auf ihren Ruhestand, der eigentlich ein Vorruhestand ist, sehr gefreut. Aber das ist ein Unterschied, nicht nur finanziell, ich sag Sie das! Es gestaltete sich wirklich schwierig. Irgendwie hatte sie wohl nicht erwartet, dass ich auch zu Hause sein würde. Ich kann es der Frau schon seit Jahren nicht recht machen, aber wir hatten diese … Missstimmung? Kann man das so sagen? Wir hatten diese Missstimmung immer auf den Stress geschoben. Sie schuftete bis spätabends, ich malochte in Schichten, da ist jeder ständig fertig, müde und mit den Nerven runter. Wir hatten an unterschiedlichen Tagen frei, und ich sage Sie das, wie es ist: Hätte ich mir was angelacht nebenher, es wäre nicht aufgefallen. Wir hatten so schon keinen Überblick, wann wir alleine schlafen würden. Manche Abende war es eine Überraschung für Brigitte, wenn ich nicht zum Dienst ging, sondern neben ihr im Bett liegen blieb. Sie hat aber nie was dagegen gesagt, nur manchmal, wenn ich nach einem der seltenen Skatabende bei Erbse ANGEBLICH geschnarcht habe, ist sie mit großem Auftritt und lautem Gezeter ins Wohnzimmer auf die Couch umgezogen und hat da gepennt.

Nun, wo wir beide Rentner geworden waren, wurde ihre Nörgelei aber nahezu chronisch. Ich war an allem schuld, und nichts, was ich machte, war richtig. Immer, wenn es mal wieder rauchte zwischen uns, schnappte sie sich diesen blöden Ratgeber und las demonstrativ darin. Ich empfand es als Frechheit, mir mit so was zu kommen. Da stand Schwachsinn drin, den irgendein verzweifeltes Stück Rock verzapft haben musste. »Besuchen Sie zusammen eine Wahrsagerin«, pah! Wo kommen wir denn da hin?!

Noch hatte Brigitte nicht gewagt, mir ernsthaft irgendeinen Blödsinn davon vorzuschlagen, aber ich kenne sie lange und gut genug. Wenn die auf das richtige Kapitel stößt, geht es los.

Ich fand es schon deshalb gar nicht so schlecht, mal für ein paar Wochen aufs Land zu ziehen in Mutters Häuschen. Die Arbeit da musste sowieso erledigt werden, und im Hochsommer ist Berlin auch wirklich kein Ort, an dem man es gut aushalten kann. Wir hatten über Wochen hinweg keinen Regen und Temperaturen über 30 Grad. Die ganze Stadt stank nach von der Sonne versengter Hundeseche, und es war schwül und brennend heiß, und wenn ich mir dazu noch die ständige Meckerei meiner missgelaunten Brigitte vorstellte, erschien mir die Alternative – Mecklenburg mit lauem Seewind, frischer Luft und ländlicher Ruhe – irgendwie reizvoll. Sicher, ich hatte da viel Arbeit vor der Brust, aber das macht ja auch Spaß, und lieber schlafe ich abends müde vor Erschöpfung ein statt grummelnd und unzufrieden in einer brütend heißen Wohnung, in der das Bierglas auf einem Untersetzerchen steht.

Ich hatte wochenlang zu tun. Wie gesagt, was sich da so im Laufe eines Lebens ansammelt, darf man nicht unterschätzen. Mutter war 91, und sie wurde dort geboren. In der Scheune lagerte noch Holz, das ihr Großvater gehackt hatte. Die Bäume mussten in der Bronzezeit gepflanzt worden sein, höho. Das habe ich alles kleingehackt, zersägt und unter die Leute gebracht. Ich hatte ja den Hänger am Auto, damit konnte ich sozusagen frei Haus liefern. Und wo heute jeder so neumodische Kamine einbaut, die einem das ganze Wohnzimmer vollrußen, fand das Zeug reißenden Absatz. Ich hatte einen Zettel ans Schwarze Brett im Supermarkt gehängt, dass ich Brennholz kostenfrei abzugeben hätte. Mutters Wählscheibentelefon stand gar nicht mehr still! Ich bin bald einfach nicht mehr drangegangen, bin zurück in den Supermarkt und habe »50 Euro je Raummeter« als Preis dazugeschrieben. Es klingelte immer noch wie wild, und ich habe ein paar Scheine extra verdient.

Feine Sache, wo mich Brigitte doch sonst knapp hält mit Geld. Ich habe wohl Kontovollmacht, aber die ist eher so gedacht, dass ich da die Finger von zu lassen habe und nur im Fall des Falles ihre Beerdigung bezahlen kann. Irgendwo in der Geldkassette im Schlafzimmerschrank, da, wo auch der Impfausweis und der Reisepass liegen, ist wohl meine Geldkarte. Ich gehe da nicht dran, das gäbe nur Ärger. Ich kriege mein Taschengeld, ich will mich nicht beklagen. Aber so ein paar Euro nebenher, das ließ ich mir gefallen!

Auch im Haus habe ich aufgeräumt, auf dem Dachboden, im Keller, na, was eben so zu tun war. Man staunt ja, was andere Leute noch alles brauchen können! Ich wurde viel los über das Schwarze Brett, und manch einer, der wegen Vasen klingelte, ging mit Geschirr, Bildern und Tischdecken nach Hause. Ich ließ mir Zeit, mich hetzte nichts, und ich hatte hier ein Dach über dem Kopf und einen eingerichteten Haushalt, von dem ich nur das Stück für Stück weggab, was ich nicht brauchte.

Brigitte rief alle paar Tage an und schimpfte, weil ich kein Handy dabeihatte. Das fehlte mir noch. So weit kommt's noch, dass ich mit so einem Wischgerät rumlaufe und wie ein dressierter Affe auf einer Glasscheibe rumreibe. Nee, solange Mutters olles Bakelittelefon noch ging, konnte mich da jeder erreichen, der wollte. Und wenn ich nicht da war, hatte er Pech. Hat früher auch funktioniert. Wenn es wichtig ist, ruft er noch mal an. So haben wir es bis vor ein paar Jahren alle geschafft zu überleben, und ich habe keine Zweifel daran, dass das auch noch länger gut geht. Ich mach mich doch nicht zum Sklaven der Technik, pah, nee! Am Ende greifen die nur die Daten ab und der Ami oder der Russe oder meinetwegen auch der Chinese weiß, wie lange ich bei Erbse am Tresen gesessen habe? Hört mir doch auf, da mache ich nicht mit.

Ich ließ mir Zeit. Mich zog es gar nicht zurück nach Berlin, ich kam hier prima zurecht. Mutter hatte alles da, Kühlschrank, Fernseher und sogar die alte Waschmaschine versahen vorbildlich ihren Dienst. Jawoll, da suppte zwar schon Wasser vorne aus der Tür, weil das Dichtgummi porös geworden war, aber das habe ich repariert. Die war wieder wie neu!

Das war auch gar nicht schlecht, dass ich hier war, denn so konnte ich ein, zwei Mal die Woche auch Mutter besuchen. Es gab da doch ein paar Probleme bei der Eingewöhnung. Nicht für sie, sie residierte da vom ersten Tag an wie Queen Mum und hatte sich sofort an die Spitze des Altenrudels gesetzt. Aber die anderen hatten doch die eine oder andere Schwierigkeit, sich mit ihr zu arrangieren. Nicht nur Mitbewohner, sondern auch die Schwestern und Pfleger. Eine Schwester weigerte sich, ihr Zimmer zu betreten, nachdem Mutter sie mit ihrem Gehstock geschlagen hatte. Mutter meinte, sie hätte sie nur angestupst. Da war es ganz gut, dass ich ab und an vorbeischaute und ihr half, sich einzufinden. Es war gar nicht so leicht. Sie musste das erst lernen, dass die Leute zwar zu ihrer Hilfe und Unterstützung da waren, sie aber nicht ihr Personal waren. Alte Leute … aber was will man sich aufregen, wir wissen doch insgeheim alle, dass wir mal genauso werden, ich sage Sie das, wie es ist!

Die Angestellten da waren mir sehr dankbar, dass ich Mutter ein bisschen bändigte und ihr ihre Grenzen aufzeigte. Na ja, und als ich die Leiste an ihr Nachtschränkchen geleimt hatte, kam von der Heimleitung das erste Mal die erst noch spaßig gemeinte Bemerkung, dass ich wohl einen prima Hausmeister abgeben würde. Eine Woche später dann hat meine 91-jährige Mutter nachts um eins einen Tisch in die Mitte des Raumes gezerrt, einen Stuhl daraufgestellt und ist von dieser Konstruktion aus an die Lampe gekrabbelt, weil sie fand, dass es genügte, wenn ein Birnchen brennt statt drei. Der Strom wäre viel zu teuer. Sie hat sich nichts getan, nein. Sie hat den Pfleger, der sie da runterholen wollte, mit der Krücke abgewehrt wie ein Zirkusdompteur einen Löwen. Die sind da ja alle von Berufs wegen verständnisvoll und zeigen es nicht so schnell an, auch wenn die Krücke wirklich schlimme blaue Flecken hinterlassen hatte. Trotzdem meinte der Pfleger spaßeshalber, er hatte erwogen, ihr mit dem Blasrohr eine Beruhigungsspritze zu verpassen, um sie zu bändigen.

Ich konnte gar nicht umhin, ich musste der Bitte, ein paar Stunden in der Woche den Hausmeister zu geben, nachkommen. Ich ließ die auch nicht lange betteln, immerhin zahlten die nicht schlecht. Und wie ich schon sagte, so ein paar Scheine extra … Allerdings wollten die es partout nicht in bar auszahlen, sondern aufs Konto überweisen, was ich natürlich mit Brigitte besprechen musste. Das ließ sie aufhorchen, dass ich hier Beschäftigung hatte, die mir Freude machte, und sogar noch ein paar Kröten einbrachte. Das wollte sie ganz genau wissen. Es war kurz davor, dass sie hier angerückt wäre, ich konnte sie am Telefon kaum im Zaum halten.

Wenn Brigitte neugierig ist, ist sie nicht mit dem Lasso einzufangen. Als Doris ihren neuen Kerl das erste Mal zu Besuch hatte, wäre sie mir um ein Haar vom Balkon gefallen. Man kann nämlich, wenn man sich gaaaanz weit über die Brüstung lehnt, das Haus sehen, in dem sie wohnt. Ich erwischte Brigitte im letzten Moment an den Fußfesseln. Wäre die runtergeditscht, na, da hätte der Staatsanwalt MIR am Ende noch einen Strick daraus gedreht!

Derweil langweilte sich Brigitte offenbar in Berlin so sehr, dass sie allen möglichen Blödsinn machte. Man kennt das ja, ist die Katze aus dem Haus, tanzen die Mäuse auf dem Tisch. Eine Dessousparty hat sie gemacht mit den Mädels ihrer Walkinggruppe! Dessousparty ist im Grunde wie Tupper, nur mit Schlüpfern. Die Frauen schlabbern Sekt und lassen sich für teures Geld von einer »Beraterin« schweinchenfarbene Strapse andrehen. Ich kenne die, das ist die Vivien Lehmann. Die hat ein Sonnenstudio auf der Heckelstraße und sieht aus, als würde sie bei voller Leistung auf dem Bräter schlafen. Ich würde da ja nie reingehen in so einen Laden, aber als sie ihr fünfjähriges Jubiläum hatte, war ein Bericht in der Zeitung mit Foto, daher kenne ich die. Na, ich habe da nichts verpasst. Mich hätten die sowieso aus dem Haus geschickt, und ich wäre auch freiwillig gegangen. So weit kommt's noch! Wie Brigitte in Unterwäsche aussieht, weiß ich, sogar ohne, und von den anderen will ich das gar nicht wissen. Pah!

Brigitte hat aber nicht nur kratzende, viel zu knappe Unterwäsche gekauft (hat sie selber zugegeben!), sondern auch das Batiken angefangen. Ich war am Wochenende nach Hause gefahren, weil ich sie ehrlicherweise ein bisschen vermisst hatte. Es hieß aber dann nur: »Pass auf, tritt da nicht hin, reiß das nicht um, Vorsicht, das ist heiß« ... So richtig willkommen und zu Hause fühlte ich mich nicht. Die Wanne sowie alle in unserem Haushalt verfügbaren Eimer und Schüsseln waren mit buntem Wasser gefüllt. Man musste aufpassen, wo man hintrat. Wäre dieser Dreck ausgekippt, hätte sie ein Donnerwetter geschlagen, und selbstredend wäre ich schuld gewesen.

Mit Leidenschaft knetete sie auch Zeugs aus Salzteig. Die Pampe hat den Nachteil, dass sie billig ist und einfach herzustellen, deshalb töpferte Brigitte erst mit Gummihandschuhen, später auch hemmungslos ohne ganze Familien lustiger Zwerge, die in den Blumentöpfen sitzen mussten. Und Türkränze. Türkränze machte sie am liebsten, noch lieber als Glückssteine, die sie nach dem Brennen bemalte und mit Worten wie »Liebe«, »Geborgenheit« oder »Gelassenheit« bepinselte. Den Plunder bekam jeder, der zu Besuch kam, zusammen mit so komischen Säuselworten mit auf den Weg. Ich sah da keinen Sinn drin, Steine zu verschenken. Wenn ich jemanden mag, räume ich dem die Steine aus dem Weg und belaste ihn nicht noch zusätzlich mit welchen. Brigitte reagierte genervt und schimpfte, ich würde einfach nicht verstehen WOLLEN. Wie ich schon ahnte, es war mal wieder meine Schuld, und ich machte mich auf den Weg zurück nach Mecklenburg.

Ich hatte Mutters Häuschen nun so weit leer, dass ich eigentlich einen Immobilienmakler hätte anrufen und den Verkauf in die Wege leiten können, aber irgendwie war alles gerade gut, wie es war. Mutter hatte sich derweil grob an die Regeln im Altenheim angepasst, es gab keine Zwischenfälle mehr. Das bisschen Hausmeistern machte mir Freude und ging gut von der Hand. Obendrein war ich einmal die Woche abends da, wenn die ihren Kulturabend hatten, um den Künstlern das Mikrofon und den Scheinwerfer anzuknipsen, und ansonsten bei Bedarf, wenn es was zu reparieren gab.

An einem lauen Sommerabend saß ich gerade mit einem Bierchen auf der Bank vorm Haus – Flaschenbier, kein Glas, kein Untersetzer! –, als eine hübsche Frau vorn am Gartentor an der rostigen Glocke rüttelte. Ein junges Ding, die Haare streng nach hinten zum Dutt und ganz offensichtlich aus der Stadt. Ein Bild von einem Mädchen, kann ich nur sagen, und eine Figur …

»Holz ist alle!«, brüllte ich ihr zu. Ich hatte den Zettel am Schwarzen Brett zwar schon längst abgemacht, aber trotzdem kamen immer noch ab und an Nachzügler und wollten Brennholz kaufen.

Sie hakte sich das Gartentor trotzdem auf und kam mit ihren Stöckelschuhen Richtung Haus marschiert. Die zerlatschte mir das ganze Geharkte!

Na ja, ich mache es mal kurz. Sie stellte sich als Katharina Schilling vor. Sie wohnte eigentlich in Düsseldorf und war nur hier, um sich um ihr Erbe zu kümmern. Ihr Großvater war verstorben und hatte ihr einen Campingplatz hinterlassen. Um den hatte der Opa Schilling sich wohl bis zu seinem Dahinscheiden selbst gekümmert, und nun war dringend Bedarf nach jemandem, der da mit Sachverstand und Sinn für Ordnung nach dem Rechten sah, und da sie den Pfleger Sascha aus dem Altenheim getroffen hatte …

Ob ich den Platz wohl kannte? Natürlich kannte ich den, schließlich war ich hier aufgewachsen. Der Campingplatz war ein schönes und beliebtes Fleckchen Erde. Schon als kleiner Bengel bin ich da rumgetobt, so manchen Blödsinn haben wir damals gemacht. Mit Wolli und Ralle haben wir Gucklöcher in die Holzbohlen zur Frauendusche hin gebohrt, höhö! Der alte Schilling, was der Opa von der Katharina war, war damals schon ein knorriger Kauz in unseren Augen. Dass der jetzt erst verstorben war, wunderte mich.

Das Fräulein Katharina murmelte etwas unverbindlich, dass sie noch nicht genau wisse, was sie mit dem Platz machen sollte. Sie hielt sich recht bedeckt mit ihren Plänen, aber sie fragte mich unumwunden und ohne groß um den heißen Brei drumrum zu kriechen, ob ich nicht den Sommer über dort für Ordnung sorgen könnte. Sie kannte mich von Opas Erzählungen her, und der hatte ihr auf dem Sterbebett mit auf den Weg gegeben:

»Mädel, wenn du Probleme hast mit dem Platz, wende dich an Günter Habicht. Habicht hat hier als einziger halbwegs den Durchblick, und wenn es einer schafft, durchzugreifen, dann er.« Sie sagte das mit schmeichelndem Augenaufschlag und weicher Stimme. Mir war das fast ein bisschen viel Honig, den sie mir da um den Bart schmierte. Ich bin das nicht gewohnt. Bisher war das sowohl vonseiten der Chefin her, also von Brigitte, und auch vonseiten meiner Vorgesetzten bei den Verkehrsbetrieben so, dass ich klare Ansagen bekam, was zu tun ist. Hier ist der Schichtplan, hier ist der Einkaufszettel, zack, fertig. Kein: »Ach, es wäre so nett, wenn du mal könntest, Günter!«

Ich wurde zwar stutzig, sagte aber nichts. Ehrlich eingeräumt: Ich traute mich nicht, da »nein« zu sagen. Es war auch eine Aufgabe, die ihren Reiz hatte und die mir sicher Spaß bereiten würde. So ein Campingplatz bietet ja auch ganz andere Herausforderungen als mein Spandauer Kiez. »Es soll Ihr Schaden nicht sein, Herr Habicht!«, sagte sie noch und bot mir eine sehr großzügige Vergütung an.

Im Grunde hatte ich so schon mehr als genug zu tun. Ich war ja nicht frühverr… also, in den Ruhestand geschickt worden, um nun mehr zu arbeiten als vorher. Deshalb wand ich mich erst ein bisschen, gar nicht, weil ich mehr Geld rausschinden wollte, sondern weil ich wirklich nur tun wollte, worauf ich Lust hatte. Ich habe schließlich jetzt das Alter, dass ich mir das leisten kann. Andererseits: In Berlin warteten nur Batikfarbe, getöpferte Zwerge, die vor sich hin trockneten, und Brigitte, die maulig nölte, dass ich im Weg sitze, und das alles bei sengender Hitze. Brigitte hatte ihre Bastelphase. Und wenn einen eine hübsche Frau wie Katharina um was bittet, sagt man da nein?

Es gab keinen Grund, übereilt nach Hause zurückzukehren.

Na, ich sag Sie, wie es ist: Da hatte ich mir was aufgehalst!

Auf dem Campingplatz gab es mehr als genug zu tun. Sicher, ich hätte da abends meinen Rundgang machen können, und gut wäre es gewesen, aber wenn Günter Habicht eine Aufgabe übernimmt, dann macht er es richtig. Im Grunde hätte man da sieben Tage die Woche zu schaffen gehabt, 24 Stunden lang, um für Ordnung zu sorgen und die Einhaltung der Regeln zu überwachen. Da war ein gewisser Schlendrian eingezogen, und zwar nicht nur bei denen, von denen man nichts anderes erwartet. Gerade auch die Alteingesessenen nahmen sich Sonderrechte raus und dachten, für sie gelten die Regeln nicht mehr. Daran ist die alte Zeltplatzverwaltung letztlich gescheitert. Der Opa Schilling hatte sich einfach zu gut mit allen verstanden. Der war mit jedem »per Du« und trank hier einen Kaffee, aß dort ein Stück Kuchen und guckte auch fast jeden Abend an einem anderen Grill nach dem Rechten und fraß sich durch. So ist es dann natürlich schwer, sich Respekt zu verschaffen, wenn es darum geht, unangenehme Dinge durchzusetzen. Fing der alte Schilling an mit: »Manfred, alter Bratmaxe, da müssen wir aber noch mal drüber reden«, hieß es da: »Komm, setz dich hin, wir trinken erst mal ein Bier«, und zack!, war es das dann auch wieder mit der Wäscheleine, die zwischen den Tannen gespannt war, obwohl sie da nichts zu suchen hatte.

Neue Besen kehren gut, und hinzu kommt ja noch, dass ich eine natürliche Autorität versprühe und den Menschen Respekt einflöße. Das hat was damit zu tun, wie man auftritt und welche Kompetenz man ausstrahlt. Ich ließ mich da nicht groß auf irgendwelche Gespräche ein und ließ mich auch nicht einladen, so weit kommt's noch! Dann kriegt man nie Ordnung in den Laden. So viel Zeit hatte ich auch nicht, denn schließlich hatte ich auch noch Mutters Kate aufzuräumen und im Altenheim zu werkeln. Da fiel immer mal wieder Arbeit für ein paar Stündchen an …

Es krankte schon daran, dass die hier nicht mal eine richtige Campingplatzordnung hatten. Das war selbstverständlich das Erste, wonach ich fragte, damit ich überhaupt wusste, was hier die Grundlage ist, auf der man zusammenlebt, und was ich zu kontrollieren hatte. Ach herrje, da ging die Sucherei aber los! Letztendlich löste ich mit Tapetenentferner drei vergilbte Seiten aus dem Aushangkasten ab, damit ich überhaupt was Schriftliches in Händen hatte. Schwarz auf weiß, das ist es, was zählt. Das hier war zwar eher dunkler Gilb auf gelbem Gilb, aber immerhin.

Aus dem, was die Sonne, die Motten und der Zahn der Zeit übrig gelassen hatten, las ich raus, dass die Verordnung vom Frühjahr 1964 war – da hatte Kulenkampff gerade mit »Einer wird gewinnen« angefangen. Kein Mensch hat sich seither darum gekümmert. Aber wenn ein Günter Habicht durchgreift, dann auf der Grundlage gültiger Gesetze. Es muss jedem klar sein, was die Regeln sind und dass er sich daran zu halten hat, dann klappt das auch. Dann hat man eine Handhabe gegen Verstöße. Mit irgendwelchen »Das habe ich aber im Internet gelesen«-Argumenten soll mir keiner kommen. Nee, nur Bares ist Wahres, und nur schwarz auf weiß gilt.

»Wer schreibt, der bleibt«, heißt es so schön, und deshalb machte ich mich gleich dran, diese Campingplatzverfassung mal zu modernisieren und ein bisschen Zug reinzubringen. Dazu braucht man keinen Computer, sondern nur gesunden Menschenverstand, einen Block, einen Bleistift und, na ja, vielleicht die Hilfe von Lena, der Studentin, die da auch die Buchhaltung machte und alles, was unbedingt da reinmusste in den Computer klopfte. Die tippte mir die neue Platzordnung ab und vervielfältigte sie auch, sodass ich jedem – gegen Quittungsunterschrift – ein Exemplar aushändigen konnte.

Im Grunde regten die mich *ALLE* auf. Die Dauercamper sind eine ganz eigene Spezies, die denken, sie hätten da so was wie einen festen Wohnsitz und deshalb andere Rechte. Aber Pustekuchen, bei denen griff ich ganz besonders streng durch. Das tat not, denn da war die Lotterwirtschaft im Laufe der Jahre richtig eingezogen. So was wie »Feuer in Grillschalen ist nach 20 Uhr zu löschen« interessierte die gar nicht, aber die haben mich kennengelernt! Mich und meinen Feuerlöscher. Das machen Sie drei, vier Mal, und dann hat es auch eine Elke Hasslinde verstanden, die seit 30 Jahren auf dem Zeltplatz lebt und selbst im Winter, wenn es auf 20 Grad Kälte runtergeht, nicht in ihre Wohnung nach Zehlendorf zurückwill.

Aber nicht nur die Dauercamper waren mir ein Dorn

im Auge, ganz besonders musste man auch einen Blick auf die Tagesgäste haben. Meist war es Jungvolk, was nur für eine Nacht kam und dann weiterzog. Da wusste man schon, dass das Ärger gibt. Die machten laute Dudelmusik bis in die Puppen, ungenehmigte Lagerfeuer und Saufgelage. Und ihren Müll ließen sie auch liegen! Aber nicht mit mir, dem schob ich ganz schnell einen Riegel vor. Ich guckte mir die Sportsfreunde genau an, und wer schon aussah wie ein Rowdie, den ließ ich nicht auf den Platz. Da kann mich schließlich keiner zwingen, lieber habe ich ein paar Mark weniger in der Kasse, aber dafür Ordnung auf dem Platz und Frieden. Man darf sie heutzutage leider nicht ohne Grund einfach abweisen, dann ist das schon Diskriminierung und sie kommen mit Gesetzen und einer ganzen Horde von Freunden, und es wird alles nur noch schlimmer.

Deshalb führte ich eine Kaution ein, die in bar zu leisten war und die es erst bei Abreise wiedergab – sofern der Platz ordentlich hinterlassen wurde. Für jede Beschwerde wegen Ruhestörung oder sonstiger Verstöße gab es Abzug, da griff ich knallhart durch. Und die Kaution war gestaffelt nach Lebensalter, je jünger, desto höher. Damit hatte sich das Problem schon von ganz alleine geregelt, denn welcher Rotzbengel unter 30, der nicht kriminell ist und mit Drogen handelt, kann schon 300 Euro in bar auf den Tisch des Habicht legen? Na, da hatten wir ganz schnell Ruhe auf dem Platz, das sag ich Sie, wie es ist. Es reiste keiner ab, dem ich nicht vorher den Platz abgenommen hatte. Wie sollten die auch, ich hatte die Auto- und Mopedschlüssel ja im Büro im Tresor. Höhö.

Ja, und da auf dem Campingplatz ist mir Oma Bergmann das erste Mal begegnet.

Später habe ich ja erfahren, dass die auch hier in Spandau wohnt, nur ein paar Straßen weiter, aber damals wusste ich es noch nicht. Sie hat das bis heute nicht geschnallt, und ich danke dem Herrn auf Knien für jeden Tag, wo sie es nicht mitkriegt. Sie ist eine liebe alte Dame, aber eben auch neugierig und voller Schrullen und Eigenheiten. Jeden Tag will ich sie nicht hier auf dem Küchensofa sitzen haben, und ich kenne sie nun schon ein bisschen aus Erzählungen – da würde die sich uneingeladen niederlassen, mit geklautem Streuselkuchen von irgendeiner Beerdigung im Gepäck.

Aber der Reihe nach.

Das Lustigste ist ja, dass eine der besten Freundinnen meiner Frau, die Doris, bei Oma Bergmann mit im Haus wohnt. Doris erzählt uns seit Jahren von den Knüllern, die »die alte Wachtel«, wie sie immer sagt, sich wieder geleistet hat. Aber wenn man kein Bild dazu hat und die Oma nicht kennt, na, dann interessiert mich das Geschwätz nicht so. Kaffeeklatsch ist doch eher was für Frauen, und wenn Doris über die Oma aus dem Haus berichtete, dass die ins falsche Flugzeug gestiegen und statt zu ihrer Tochter nach Köln nach London geflogen ist, na, dann fand ich das schon recht absurd. Bei den Sicherheitsvorkehrungen heutzutage kann so was doch gar nicht passieren, war ich mir ganz sicher und tat es als Geschwätz ab und schob es auf den Prosecco, den die beiden Kichererbsen in sich reinschütteten. Aber wenn man Oma Bergmann besser kennt, weiß man: Jo. Die schafft das. Die kriegt das hin. Da ist ne Marke, nee!

Ich hatte jedenfalls gerade halbwegs klar Schiff auf dem Platz gemacht und die Leute einigermaßen zur Ordnung gebracht, da kam auf einmal eine Buchung für einen Stellplatz rein, die mich stutzig werden ließ. Gebucht hatte ein junger Mann, aber dann stand in den Bemerkungen: »Es reisen drei ältere Herrschaften über 80 an, es wäre nett, sie bekämen ein schattiges, stilles Plätzchen mit viel Ruhe weit weg vom Trubel. Danke, Stefan Winkler.«

Na, so spricht Mutter immer, wenn es darum geht, wo sie mal begraben werden will, aber im Grunde konnte ich das gut verstehen. Ich reservierte eine schöne Stelle nah am Kiefernwäldchen, gleich neben den Hupes. Familie Hupe war für drei Wochen hier, das waren wirklich umgängliche Leute, wenn auch nachlässig, wenn es um den Abwasch ging. Bei denen standen die dreckigen Teller vom Abendbrot manchmal noch im Korb, wenn ich meinen Kontrollrundgang zur Nachtruhe machte. Und das, obwohl eindeutig in der Platzordnung stand, dass das Geschirr zur Vermeidung von Ungeziefer unverzüglich nach Beendigung der Mahlzeit im Waschhaus zu spülen war. Un-ver-züglich! Ich hatte schon zweimal mahnen müssen. Da war es vielleicht gar nicht verkehrt, alte Leute neben denen zu platzieren. Die haben nach meiner Erfahrung noch einen Sinn für Sauberkeit.

Die kamen dem Himmel sei Dank nicht selbst angekarrt, nee, der Enkel oder Neffe oder was weiß ich fuhr sie. Dieser Stefan Winkler, der auch gebucht hatte. Die drei Alten waren in jüngeren Jahren regelmäßig zusammen campen und hatten nun gemerkt, dass sie noch ganz gut beieinander waren und dass man in den Caravans von heute mehr Komfort hat als gedacht, und da haben sie kurz entschlossen einen gemeinsamen Urlaub geplant. Ich finde das großartig und wünsche mir, dass ich auch mal so alt werde. Also, dass ich im Alter noch so unternehmungslustig und dem Leben zugewandt bin wie die drei.

Bergmann und Gläser.

Als ich die Namen gelesen hatte, bin ich schon darüber gestolpert, aber der Groschen war noch nicht gefallen. Jetzt, wie ich die drei Senioren aus dem Auto steigen sah, fiel es mir wie Schuppen aus den Haaren: Das musste Oma Bergmann sein, die wohnte bei Doris mit im Haus! Ich grinste in mich hinein und ließ mir erst mal nichts anmerken.

Die beiden Frauen – Renate und ihre Freundin Ilse – konnten kein Auto fahren, und der Herr – Opa Gläser, der Mann von der Ilse – fuhr zwar gern, aber er war an die 90 und hatte eine Brille mit Gläsern dick wie Glasbausteine. Er ballerte zwar noch immer mit seinem Toyota für kurze Strecken durch Spandau, aber gern sah das niemand. »Wenn die Gläsers ein Familienwappen hätten, wäre es irgendwas mit einem Maulwurf drin«, sagte Oma Bergmann mal schulterzuckend zu Doris, als Kurt wieder mal das Auto gegen einen Hydranten gesetzt hatte. Die ganze Stoßstange vorn am Toyota besteht im Grunde aus ein bisschen Restblech und 40 Rollen Panzertape. Es kam immer wieder zu kleinen Karambolagen.

Oma Bergmann ist Witwe, denn der Gatte, den sie hatte, fiel vom Blatte. Höhöhö. Entschuldigung für den kleinen Spaß, ich wollte nur testen, ob Sie noch wach sind. Aber im Ernst, soweit ich weiß, hat sie mehrere

Männer überlebt. Im Detail stecke ich da nicht drin in den Familienangelegenheiten. Die Doris winkt da aber auch ab, sie sagt, wenn man fragt, kriegt man elend lange Vorträge gehalten über »meinen ersten Mann und meinen dritten Mann«, das geht alles munter durcheinander.

Sie hat so ein modernes Wischmobiltelefon. Man kann nur staunen. Ich fasse so was nicht an, so weit kommt's noch! Ich lasse mir nicht mein Leben von einem Telefon diktieren und mich auch nicht überwachen, nicht vom Google und auch nicht von Brigitte. Das fehlte mir noch, dass die tagein, tagaus anrufen kann und ich rangehen muss! Nee, nicht mit Günter Habicht. Oma Bergmann telefoniert nicht nur, sondern fotografiert auch noch ständig mit dem Apparat. Jede Blume am Wegrand, ihre Katze und alle, die auf Besuch kommen. Und sie kriegt oft Besuch, da muss man staunen. Meist lungert sie ja auf dem Balkon rum oder im Vorgarten und fängt die Leute ab. Sie kriegen alle einen Spruch zum Tag mit auf den Weg, und wer nicht aufpasst, muss rein und Kuchen essen.

Es ist mir ein Rätsel, wie alte Frauen das machen, dass die immer Kuchen dahaben. Mutter war genauso, als sie noch zu Hause lebte, also, bevor sie ins Heim ging. Da konnte man kommen, wann man wollte, sie hatte immer gerade frisch gebacken und mindestens zwei Sorten Kuchen anzubieten. Brigitte ist nicht so. Sie kocht auch gut, da will ich nicht klagen, und alle paar Wochen backt sie auch zum Wochenende. Aber dass immer Kuchen da wäre – nee. Das nicht. Na, jedenfalls, wer nicht bei drei auf dem Baum ist und die Füße in die Hand nimmt, sitzt bei Oma Bergmann am Küchentisch und muss Kaffee trinken und Kuchen essen. Da kommt keiner wieder raus, ohne dass sie hinterher alles von der Person weiß. ALLES. Sie lässt nicht locker und fragt die Menschen so geschickt aus, dass die Spezialisten vom Geheimdienst sich noch eine Scheibe bei ihr abschneiden können. Also, von der Fragetechnik, nicht vom Kuchen – höhö!

Nur an der Doris beißt sie sich die Zähne aus, sie wüsste zu gern, wer der Vater ihres Sohnes ist. Doris hat uns im Vertrauen erzählt, dass es eben damals ihre wilde Zeit war und sie es selber nicht so genau weiß, was aber Oma Bergmann fast in den Wahnsinn treibt. Sie hat wohl schon alles versucht und sogar Briefe, die an Doris gerichtet waren, über Wasserdampf geöffnet. Das muss man sich mal überlegen, das ist ja schon ein Delikt, das die Behörden verfolgen sollten. Aus purer Neugierde hat sie das gemacht!

Sie begründet ja alles damit, dass sie sagt: »Wenn man Tür an Tür wohnt, muss man auch wissen, mit wem man es zu tun hat.« Dabei kennt sie jedoch keine Grenzen und will Details wissen, die sie nichts angehen. Na, ich hätte da schon … die hätte mich kennengelernt, wohnte ich da mit im Haus! Doris lacht aber nur und winkt ab, sie sagt, sie findet es sogar amüsant, und der Kuchen ist immer wieder prima. Sie führt sich wohl auch sehr pedantisch auf, was die Hausordnung betrifft. »Da musst du halt besonders laut mit dem Besen mal gegen ihre Tür ballern, dann weiß sie, dass man gefegt hat. Richtig ist es sowieso nie, aber wenn man laut war, ist es schon mal gut. Fegt man leise, kommt sie klingeln und behauptet, es wäre gar nicht sauber gemacht.«

Man müsse sie eben nehmen, wie sie ist, meint Doris.

Sie hat ein dickes Fell und sagt: »Jeder hat seine Fehler, und die von Oma Bergmann kenne ich und kann mit ihnen umgehen. Es hat auch seine Vorteile, dass sie mit im Haus wohnt, es ist immer jemand zu Hause, der die Pakete von allen Kurieren annimmt, und es kommt auch kein Fremder die Treppe hoch, ohne dass der spätestens an der dritten Stufe seinen Ausweis zeigen oder erzählen muss, wie er heißt, woher er kommt, was die Oma für eine geborene ist und was er überhaupt hier will.«

Wenn sie nicht über die Friedhöfe bummelt, treibt sie sich meist mit ihrer Freundin Gertrud rum oder mit den alten Gläsers. Das sind nun wohl genau die beiden gewesen, die sie hier begleiteten.

Ein liebenswertes Pärchen, beide hochbetagt. Sie ist so eine ganz feine, damenhafte Person. War früher Lehrerin. Irgendwann in den 1970ern, als ich noch die Schulbank drückte, hat sie wohl sogar mal Vertretung in meiner Klasse gegeben. Ich kann mich beim besten Willen nicht daran erinnern, aber es kann gut sein, und wenn es ihr Freude macht, soll sie sich gern daran entsinnen. Es tut ja keinem weh.

Er, der Opa Kutte, ist ein Original. So ein dürrer, hagerer Kerl ist das, den seine Ilse knapp mit dem Essen hält, knapp mit dem Bier und auch knapp mit den Zigarren. Er darf auch nicht viel sagen, das erledigt die Ilse für ihn mit. Er könnte einem fast leidtun, wenn man nicht wüsste, dass er es faustdick hinter den Ohren hat und er hinter ihrem Rücken doch macht, was er will. Dadurch, dass er aufpassen muss, dass sie ihn nicht erwischt, bleibt er geistig rege und fit. Streicht seine Ilse ihm beispielsweise das Taschengeld, verdient er sich was dazu, indem er alte Damen zum Friseur kutschiert und ein paar Euro »Taxigeld« einstreicht. Davon kauft er dann wieder heimlich Silvesterraketen, mit denen er Maulwürfe im Garten verscheucht. Vor zwei Jahren hat es wohl eine so heftige Sprengung gegeben, dass ein Birnbaum entwurzelt wurde. Seither darf Kutte nicht mal mehr den Einkaufswagen alleine zurückschieben, weil seine Frau Angst hat, er steckt den Korb-Euro heimlich ein und bringt Geld für weitere Sprengmittel auf die Seite.

Parallel zur Arbeit auf dem Campingplatz werkelte ich an zwei Nachmittagen auch immer noch in Mutters Altenheim.

Altenheim ist wie bereits gesagt das falsche Wort. Das darf man sich nicht vorstellen als Bettenburg mit Viermannbelegung im Zimmer, wo es nach Sebum und Urin müffelt. Das war eine Altenresidenz. Nobel und happig teuer. Aber Mutter sollte es schön haben auf ihre alten Tage, es war ihr Geld, sie hatte dafür ihr Leben lang geschuftet, und nun ging es eben für ihr Wohlbefinden drauf. Das ist genau richtig, niemand soll sich krummlegen für seine Erben. Piekfein, der Laden! Alles weitläufig und großzügig gestaltet, schön wie ein Vier-Sterne-Hotel. Einige, die da wohnten, waren früher gehobene Gesellschaft.

Frau Doktor Matthäus zum Bespiel, die war früher Internistin und hatte eine Privatpraxis in Hamburg-Eppendorf. Nobelst und teuerst, da hätte unsereins nie einen Termin bekommen. Geld hatte sie wie Heu, aber keinerlei Erinnerung mehr. Ein sehr trauriges Schicksal. Da bekam man vor Augen geführt, wie schlecht es das Leben mit manchen Leuten meinte. Frau Doktor Matthäus war redselig und gesellig, aber ihre Welt und die Realität hatten nichts miteinander zu tun. Sie setzte sich jeden Nachmittag im Mantel in das hauseigene Café und bestellte bei der Bedienung kännchenweise Mokka. Sie bekam nur Kaffee Hag, denn jeder kannte sie und wusste, dass sich Koffein mit ihren Medikamenten nicht verträgt. Hätte man ihr echten Kaffee erlaubt, wäre die nachts über Tisch und Bänke gegangen und hätte Remmidemmi gemacht. Aber so saß sie mit ihrem Schonkaffee an ihrem Stammtisch und plauderte. Sie kam mit jedem schnell ins Gespräch, und falls mal niemand zuhörte, störte sie das auch nicht. Sie erzählte von ihrer Praxis in Hamburg und ihrem Theaterabonnement, dass sie die Wohnung verkaufen würde, wenn sie sich entscheiden würde, hier einzuziehen.

Wer sie nicht kannte, hielt sie für ein bisschen komisch und schrill, wäre aber nicht unbedingt auf die Idee gekommen, dass sie schwer dement war. Ein paar Stunden und drei, manchmal vier Kännchen Schonkaffee später ging sie zur Schwester und fragte, ob ihr Sohn denn nun bald käme, um sie abzuholen. Die schüttelte den Kopf und bat sie, doch für die eine Nacht auf ihr Zimmer zu gehen, morgen früh würde ihr Sohn bestimmt kommen. »Wieder in die 315, wie gestern?«, fragte sie dann, und die Schwester nickte und sagte: »Wieder die 315, wie jeden Tag seit elf Jahren.«

Man wird vom Schicksal nicht immer mit Schokolade übergossen. Manchmal packt es einen auch am Schlafittchen und zieht einen durch den Kakao, aber das Wichtigste ist doch, dass man das Beste draus macht. Und Frau Doktor Matthäus weiß zwar nicht immer, wo sie ist, aber sie kann Wirbel einrenken wie keine Zweite und tut das zur Freude ihrer Mitbewohner gern zwischen zwei Kännchen Kaffee Hag in der Cafeteria.

An die achtzig Bewohner hatten sie, und jeder war eigen und hatte seine Geschichte. Ein oller Zirkusdirektor war dabei, ein Dampflokheizer, eine Richterin und auch ein Konzertpianist.

Die meisten alten Leute lieben Kultur. Die haben da in ihrem Wohnheim einen Theatersaal, na, da ist mir fast die Kinnlade runtergeklappt, als ich das gesehen habe. An die hundert Leute gehen da rein, die Stellplätze für Rollstuhlfahrer nicht eingerechnet. Alles voll klimatisiert, und Garderoben haben die, da schnallt man ab! Das ganze Fernsehballett könnte sich gleichzeitig mit Federn schmücken und die Girls-Reihe proben, höhö! Aber die kamen leider nie. Auch technisch ist das da alles vom Feinsten. Viele der alten Herrschaften haben ja Probleme mit den Ohren, und deshalb kriegen die das Signal vom Künstlermikrofon direkt in ihre Hörgeräte eingespeist.

Ich als Hausmeister hatte da selbstverständlich die Verantwortung, und man erwartete von mir, dass ich damit umgehen und alles bedienen konnte. In dem Amt biste ja für alles und jeden verantwortlich, ganz egal, ob auf der Toilette das Papier alle ist oder ob wieder einer zu blöd ist, das Fenster alleine aufzumachen. Wenn es ein Problem gibt, wird der Hausmeister gerufen. Aber dafür ist Habicht ja da, ich helfe doch, wo ich kann.

Die Alten kriegen da wirklich was geboten, da gibt es nichts zu meckern. Jede Woche ist Showprogramm.

Das richtet sich immer ein bisschen danach, wann die Künstler Zeit haben und was im Fernsehen läuft. Mittwochs ist nie Kultur, weil da das Gesundheitsmagazin im Dritten kommt. Da sitzen sie alle auf ihren Zimmern und gucken. Einmal, als die neue Kulturtante sich noch nicht auskannte, hat sie eine Lesung für Mittwoch angesetzt. Das war eine Katastrophe! Erst mal wegen Mittwoch, also, da kamen nur elf Omas und Opas. Mutter hatte mir gleich gesagt, dass sie nicht hingehen würde, denn auf dem Sendeplan in der Fernsehzeitung standen Rosazea, Gicht und Hämorrhoiden, und das würde sie sich keinesfalls entgehen lassen. Es erschienen nur die, die schon ein bisschen tüddelig waren und vergessen hatten, dass der Fernsehdoktor dran ist. Aber es war ganz gut, dass nicht so viele kamen, denn die Kulturtante hatte eine Vertreterin feministischer Lyrik eingeladen, die weder vom Inhalt noch vom Versmaß her den Geschmack des Publikums traf. Sie sagte immerzu laut Adjektive und einen Begriff von … von »untenrum«. Fehlte nur noch, dass sie »Hurz!« gerufen hätte.

Da war früh Feierabend bei der Veranstaltung. Zwei Herren flüchteten schimpfend gleich nach fünf Minuten wieder auf ihre Zimmer. Frau Schulten-Baumann stieß laut Frau Doktor Malesse an, und sie machten sich ebenfalls aus dem Staub, und als Oma Pütz verkündete, dass sie gleich wiederkäme, war nur noch Frau Winterfeld da. Die schlief aber. Wir haben dann abgebrochen.

Für Kultur-Elke war es eine Lehre, von da an gab es keine Veranstaltung mehr am Mittwoch und auch nichts mehr mit Gedichten. Mir konnte das egal sein, ich wurde nach Stunden bezahlt und nicht danach, wie viele Leute kamen. Für mich war das mal ein ruhiger Abend, und was zu lachen hatte ich auch, wenn auch anders als beim Ohnsorg-Abend. Der war für alle lustig, und es wurde viel gelacht, da kam auch Mutter aus ihrem Zimmer runter in den Saal. Aber ich hatte einen Stress, das spottet jeder Beschreibung. Die Alten hatten nämlich heimlich Piccolos mit reingeschummelt und die leeren Flaschen unter den Stühlen versteckt. Das klebte alles, ich musste noch wischen am späten Abend. So eine Schweinerei!

Die Kulturtante guckte, dass sie ein breites Programm anbot. Da war vom Klavierkonzert über den Operettenabend bis hin zum Shanty-Chor alles dabei. Das wurde auch prima angenommen von den Senioren – wenn es nicht gerade Mittwochs war, höhö! – und es war gut besucht. Manche Bewohner gingen zu jeder Veranstaltung, denen war ganz egal, was gegeben wurde auf der Bühne, und ich kriegte sogar Erbse für einen bunten Abend dahin verkauft. Erbse sagte, so einen Auftritt hätte ihm seine Managerin seit fast zehn Jahren nicht mehr verschafft, und bedankte sich, indem er »Die Sonne von St. Tropez« an diesem Abend »meinem lieben Freund Günter, der mit mir durch dick und dünn geht« widmete. Da verdrückte sogar Brigitte ein Tränchen, die als Fanclubkassiererin natürlich auch bei dieser an sich internen Veranstaltung anwesend war und wie immer in der ersten Reihe saß. Da war die extra aus Berlin gekommen, pah! Für Erbse nahm sie die Zugfahrt mit zweimal Umsteigen auf sich. Es war richtig Stimmung im Saal, zum Schluss musste Erbse sogar noch eine Zugabe geben. Er hatte sich gut vorbereitet auf diesen Fall und hatte nichts dem Zufall überlassen. Den Text von »Gute

Nacht, Freunde« kannte er im Schlaf. Es war ein wirklich schöner bunter Abend.

Man kann gut verstehen, dass die Alten das gern annahmen und sich unterhalten ließen. Die kommen doch da nicht groß weg. Erbse sagt auch immer, das dankbarste Publikum hat ein Künstler in der Provinz. Also, in Orten, wo sonst nicht viel los ist. Da fiebert man dem Kulturereignis … 'tschuldigung, aber da muss ich gerade ein bisschen lachen, Erbse und Kulturereignis … höhöhö! … da fiebert man dem »Event« schon lange entgegen und freut sich. In größeren Städten, wo sich die Leute jeden Abend aussuchen können, ob sie ins Kino, ins Theater oder mal ins Kabarett gehen, da ist eine solche Veranstaltung eine von vielen. Es ist wie früher mit »Wetten, dass ..?«, als es nur zwei Sender gab, guckten das 30 Millionen Leute – was blieb ihnen auch anderes übrig? Die alten Leute sind dankbar für die Unterhaltung, genau wie wir früher dankbar für den Elstner waren.

Es gab da auch öfter Lesungen. Ganz beliebt und oben auf der Hitliste sind ja Regionalkrimis. Man sieht das auch, wenn man die Flimmerkiste einschaltet: Jede Stadt, die was auf sich hält, hat ihren eigenen Schnüffler. So was lieben die Leute, das senden die bald noch öfter als das Traumschiff. Aber bevor es verfilmt wird, muss ja jemand die Wälzer schreiben. Das tun viel mehr, als es am Ende ins Fernsehen schaffen. Der Großteil der Regionalkrimis bleibt auch eher eine Bekanntheit im Landkreis, weil sie nämlich durchschaubar und schlecht sind. Ja, ich gestehe, ich bin ein Freund von diesen Schmökern. Ich bin beileibe kein Studierter und lese nicht, um dann hinterher mit meiner Bildung zu prahlen. Aber wie oft hatte ich Wartezeiten mit dem Bus und musste meine Pausen einhalten. Andere rauchen dann, aber ich hatte stattdessen immer einen Krimi mit dabei. Geld kostet es beides, aber von einem Buch habe ich länger was. Und man verbrennt das Papier auch nicht.

Jedenfalls hat nun bald jedes Kuhdorf seinen eigenen Ermittler. Meist ist es die nicht ausgelastete Kommissarin, die in alten Akten wühlt und Geheimnisse aus der Vergangenheit aufdeckt, und dann kommt raus, dass der Bürgermeister der uneheliche Sohn vom Schmied ist, der die Tochter vom Gasthofbesitzer erst geschwängert und dann dem Alten denselben Hammer, mit dem er dem Pferd vom Großbauern die Hufe beschlagen hat, über den Schädel gezogen hat. Oder so verquerer Kram.

Gern mischen die das mit dem, für das ihre Stadt oder Region bekannt ist, und weben eine alte Sage mit ein, oder der Mord passiert auf dem berühmten Stadtfest, oder das Denkmal eines prominenten Bürgers wird geschändet. Sehr gern säuft die Kommissarin auch, oder der Ermittler hat gerade die Scheidung durch und kraucht seelisch so auf dem Zahnfleisch, dass man mehr um ihn bangen muss als um das nächste Opfer des Serienkillers.

Diese regionalen Krimischreiber gingen da ein und aus im Heim, das kostete die Kultur-Elke nicht die Welt aus ihrem Kunst-Budget. Die Autoren sind dankbar, dass sie ein paar Hanseln ihr Geschreibsel vorlesen dürfen, und manchmal kaufen ein paar ältere Herren aus Anstand sogar noch drei, vier Bücher nach der Veranstaltung. Dann versaufen die Herrschaften Autoren die Einnahme gleich an dem Abend noch im Ratskeller.

Einmal aber tauchte eine Schauspielerin auf. Schauspieler sind ja ganz besondere Fälle. Schriftsteller sind meist unkompliziert, die kommen mit dem Zug, schlafen im Hotel und zicken nicht groß rum. Denen schalte ich das Mikrofon ein und knipse das Licht an, und fertig ist die Laube. Dann lesen die eine knappe Stunde, nippen noch kurz am Wasser, signieren unter Umständen eine Handvoll Bücher und verschwinden wieder. Wenn es hochkommt, fragen die noch nach was zu essen, aber so spät am Abend hat ja meist schon alles zu, und da machen die auch kein großes Federlesen, sondern essen ein paar Kekse und gehen schlafen. An solchen Tagen habe ich früh Feierabend.

Aaaaaber … wenn Schauspieler kommen, wird es schwierig. Die Kultur-Elke hat schon mal durchblicken lassen, dass die auch die Hand aufhalten und großes Honorar fordern. Über Zahlen redet sie ja nicht, das fällt unter Diskretion, aber das muss schon ganz schön happig sein, was die einstreichen. Mit dem Taxi kam sie vorgefahren, die Dame. Hat im Tatort die Kommissarin gespielt, und nun hält sie sich für einen Star. Ich habe alle Folgen gesehen, im Grunde hat sie jedes Mal nur gefragt, wo wer zur Tatzeit war, und ansonsten ihre geliftete Visage in die Kamera gehalten. Manchmal ging sie noch dem Gerichtsmediziner auf die Nerven, dass der mit den Augen gerollt hat, als sie weg war. Ich streckte die Hand aus, um sie zu begrüßen und mich vorzustellen – aber sie rauschte eiskalt an mir vorbei und warf ihren müffelnden Mantel, der voll mit Katzenhaaren war, über meinen ausgestreckten Arm und rief: »Der Taxifahrer kriegt noch sein Geld!« So muss die Dietrich gewesen sein oder die Callas, denen hätte ich so einen Auftritt auch zugestanden, aber nicht Madame »Wo waren Sie am Dienstagabend um neun?«.

Die hatte ich schon gleich mal gefressen, bevor es richtig losging. Die Garderobe, die nun wirklich vom Allerfeinsten war, war ihr nicht recht. Es zog angeblich, und ich musste ihr einen Heizlüfter bringen. 28 Grad waren es in der Bude, von wegen: »Es zieht hier«! Die brauchte nur einen Grund sich wichtig zu tun und sich in den Mittelpunkt zu spielen. Anschließend inspizierte sie den Saal und fing sofort an zu mosern. Das Licht war ihr nicht genehm, zu kalt war es sowieso, und das Mikrofon würde angeblich »schnarren und ploppen«. »Ruhig, Günter«, sagte ich zu mir, aber es half nicht lange. Denn im Grunde konnte ich mit der Tonanlage nicht viel machen außer an- und ausschalten. Die ist von Fachleuten eingestellt, das ist qualifiziertes Personal gewesen, das alles ausgemessen hat und den ganzen Kram so eingestellt hat, dass man die Tonspur durch die Hörgeräte der Alten schleifen konnte. Aber noch bevor ich antworten konnte, war sie schon wieder von der Bühne entschwunden und drehte die Heizkörper im Saal auf.

Ich dachte, ich spinne. Weiß die denn nicht, was Heizen heutzutage kostet? Vielleicht ballern wir den Saal hier auch noch auf Brutkastenhitze wie ihre Garderobe! Ich bin gleich hinter ihr her und habe die Heizung wieder abgedreht. Während Gudrun aus der Cafeteria ihr mit viel Augenrollen in der Stimme einen heißen Tee hinstellte, den sie bestellt hatte, um zu verdeutlichen, WIE kalt ihr war, drückte ich gleich erst mal die Sicherung raus für die Steckerleiste, an der ihr Heizpuster in der Garderobe hing. Bei der hackte es ja wohl, dachte ich mir. Das geht doch ins Geld! Was hier an Heizkosten entsteht, wird letztlich auf die Heimmiete der ollen Leute umgelegt, und das musste es ja wohl nicht sein. Und ich wusste auch, dass später sowieso jedem wieder warm werden würde. Das war bei Schröders Silberhochzeit auch so, erst war es ein bisschen frisch im Raum, aber später, als der Saal voll war mit Leuten, wurde es bullig warm. Erst recht, als getanzt wurde.

»Wir tanzen hier aber heute nicht, es ist eine LESUNG!«, belehrte Frau Kommissarin mich von oben herab, und das bezog sich nicht nur darauf, dass sie auf der Bühne stand und ich unten im Zuschauerraum. Schnepfe!

Sie fummelte schon wieder an den Heizkörpern rum und hatte vier Teelichter angezündet. »Vielleicht heizen die ein bisschen, wir wollen ja nicht, dass sich hier noch jemand eine Lungenentzündung holt!« Die wurde eklig schnippisch, aber mit so was kann man mich ja nicht ärgern. Das bin ich von Brigitte gewohnt und habe Jahrzehnte Erfahrung, das mit stoischer Ruhe wegzublocken. In der Hinsicht biss die sich an mir die Zähne aus. Ich tat so, als würde ich ihre Wünsche in Sachen Ton erfüllen, und ließ mich nicht aus der Ruhe bringen. Tatsächlich drehte ich nur einmal ganz leise, dann wieder ganz laut und zum Schluss in die Ausgangsposition. Da war sie zufrieden, weil auf einmal das Knacken und Ploppen weg war. Das konnte gar nicht weg sein, aber wichtig war ja nur, dass sie Ruhe gab.

Tat sie aber nicht.

Kurz vor Beginn der Veranstaltung erschien die Buchhändlerin, die den Heimbewohnern im Anschluss ein paar Exemplare der Lebenserinnerungen der Dame andrehen sollte. Sie sollte gleich sagen, wie kalt es ist, was sie aber nicht richtig bestätigen wollte. Im Gegenteil, sie zog sich direkt die Jacke aus und fächelte sich erst mal Luft zu. Die Hedwig Bartels war im Wechsel und hatte immer Hitze, und damit hatte sie schon verloren bei dem Möchtegernsternchen. Die belehrte nun erst mal die Buchhändlerin, wie sie ihren Beruf richtig erledigte. Sie war offenbar nicht nur erfahrene Bühnenmeisterin, sondern auch examinierte Buchhändlerin. Und das neben der darniederliegenden Karriere als ehemalige Tatort-Ermittlerin, höhö!

Sie hatten sie nämlich rausgeschrieben, angeblich, weil sie sich »künstlerisch weiterentwickeln« wollte und »nicht mehr nur auf die Rolle der Ermittlerin« festgelegt werden wollte. So konnte man es überall lesen, sie rannte ja zu jeder Zeitung, die es nicht schaffte, sie abzuwimmeln. Die künstlerische Weiterentwicklung sah dann so aus, dass sie ihre Lebenserinnerungen aufgeschrieben hat. Das verkaufte sich wohl mehr schlecht als recht, ich kenne mich doch ein bisschen aus hinter den Kulissen. Schließlich ist mein Freund Erbse ein Star von internationalem Ruf. Wenn einer im Altenheim aus seinen Büchern vorliest, ist es nicht weit her mit der Karriere.

Die Dame saß trotzdem immer mal wieder im Fernsehen und erzählte zusammen mit ihrem Mann davon, wie glücklich sie ist. Ich habe mir das Geschwaller zweimal angeguckt, es ist immer dasselbe. Der Mann ist auch Schauspieler, bei ihm läuft es jedoch besser. Sie malt jetzt, wie früher Elke Sommer, und kümmert sich um das Kind, das aber eigentlich im Internat lebt. Aber die meiste Zeit des Tages kniet sie nieder und dankt für das Glück der großen Liebe ihres Mannes. Der hatte Schweiß auf der Stirn, genau wie die Moderatorin, die sie befragte. Ich konnte mir schon vorstellen, was sie da im Fernsehstudio wieder alles an Heizpustern hat auffahren lassen und wie sie alle zur Weißglut trieb.

Bei uns war ihr der Stuhl, auf dem sie sitzen sollte, erst zu hoch, und als ich einen anderen holte, war der viel zu niedrig. »Denken Sie denn nicht ein bisschen mit, Herr Bussard? Da kann mir ja jeder unter den Rock gucken! Meine Güte, ich möchte EINMAL bitte nur mit Profis arbeiten. Es müssen ja nicht mal Profis sein, es reichen ja Krümel von Intelligenz!«

»Habicht«, korrigierte ich ruhig und maß nach. Der »zu niedrige« Stuhl war 62,5 Zentimeter, der »viel zu hohe« hatte 64 Zentimeter. Ich holte ihr noch ein Kissen, damit sie – die übrigens gar keinen Rock, sondern eine Hose trug – selbst entscheiden und entsprechend ausgleichen konnte. Am Ende las sie im Stehen und wedelte sich mit ihrem Kissen Luft zu, weil sie »die Bullenhitze in diesem völlig überheizten Raum« nicht mehr aushielt.

Sie lachte auch als Einzige über ihre Anekdoten, die älteren Herrschaften waren doch eher pikiert über die ganzen Bettgeschichten, die sie zum Besten gab. Es war ein eher lauer Abend, mal abgesehen von den Temperaturen.

So ging der Sommer vorüber und nahm ein trauriges Ende. Katharina verscherbelte den Campingplatz an Immobilieninvestoren, die dort nun ein Projekt mit Luxus-Wochenendhäusern für gutverdienende Großstädter in den mecklenburgischen Sand pfropften. Ausgenutzt kam ich mir vor, denn die paar Kröten, die sie mir zugesteckt hatte, waren ein Witz gegen den Reibach, den sie selbst machte! Dabei hatte ich den Campingplatz auf Vordermann gebracht, dass der sich sehen lassen konnte. Aber was hilft klagen um vergossenen Wein, ich machte Mutters Kate winterdicht – zu einem Verkauf hatte ich mich erst mal nicht durchringen können – und widmete mich nun zum Herbst hin wieder mehr meinen Pflichten als Ehemann und Haushaltsvorstand in Spandau. Viel hatte ich hier nicht verpasst. Zwei lila Schlüpfer, ungefähr 40 Zwerge aus Salzteig und es gab ein bisschen Aufregung, weil Brigittes Nichten sich mit dem Auto verfahren hatten in der Mark Brandenburg.

Ich habe überhaupt nichts dagegen, dass Frauen Auto fahren. Ü-ber-haupt nicht! Aber man muss sich dann eben auch nicht wundern. Zwei nette Mädels sind das, wirklich, und wie das heute so ist, haben sie auch gleich den Führerschein gemacht, als sie 18 wurden. Dann sind sie zum Schlagerfestival gefahren irgendwo in die brandenburgische Provinz. Einen schönen Abend hatten sie mit fetziger Musik und Erdbeerbowle – natürlich nur jeder eine, und gleich am Nachmittag. Selbstverständlich waren sie nüchtern, als es spät am Abend auf den Weg nach Hause ging. Alkohol am Steuer gibt es in der Familie Habicht nicht, das ist ein Tabu, und das gilt auch für die angeheiratete Verwandtschaft.

Na ja, sie sind auf jeden Fall los im Dunkeln und haben sich auf den Heimweg gemacht. Leider hat das Gen für Orientierungssinn von der Seite Brigittes Mutter her einen Defekt. Es funktioniert einfach nicht. Man kann die Frauen in der Familie einmal im Kreis drehen, und sie gucken einen an wie ein verirrtes Rehkitz und finden nicht mehr nach Hause. Morgens um drei haben sie in einem Dorf, das so ähnlich hieß wie ihr Heimat-Kaff, nach Hilfe geklingelt. Sie waren 80 Kilometer von zu Hause weg, und Horst, was der Vater der beiden und Brigittes Schwager ist, musste los und sie abholen. Wir haben dann zu Weihnachten ein Navi geschenkt, das war gebraucht, aber tat seinen Sinn. Es war ein bisschen verstellt und sagte die Strecke immer auf Spanisch, aber meine Güte, einem geschenkten Gaul schaut man nicht ins Maul. Statt »Kreisverkehr« sagte das Ding immer »Rotonda«, was ganz schön nervig war, aber immerhin lernten die beiden so noch was. Sprachen sind ja so wichtig heute, und wir mussten uns keine Sorgen mehr machen, dass sie den Weg nach Hause nicht finden würden. Schlimmstenfalls würden sie im Kreisverkehr in Barcelona landen, höhö.

Ich will das auch gar nicht verallgemeinern, es gibt

auch Männer, bei denen ich Sorgen habe, wenn die hinter dem Steuer sitzen. Erst neulich habe ich zwei junge Bengels gesehen, die im Übermut und unter Einfluss der wallenden Hormone mit ein bisschen viel Schwung in die Parklücke reingeschossen sind. Es gab hässliche Geräusche und ein Telefonat, das mit: »Hey Papa, hier ist Leon … mir ist nichts passiert …« begann. Die dürfen ja heute schon mit 16 Fahrerlaubnis machen und mit 17 dann fahren, zwar in Begleitung von Erwachsenen, aber wer kontrolliert das denn schon? Und wenn es dann zur Disco gehen soll, heißt es: »Du musst uns nicht abholen, Mama, schlaf schön. Ich kann ja fahren!« Die Eltern sind letztlich froh, dass sie ins Bett können und sich nicht die Nacht als Taxikutscher um die Ohren schlagen müssen.

Wann die heutzutage losgehen zum Tanzen, da lagen wir früher ja schon längst im Bett! Nun, nicht jeder in seinem, aber das ist was anderes. Nee, dass die mit 17 schon selbst fahren, das hat es früher nicht gegeben, und ich bezweifle, dass sie überhaupt die Reife haben, die es erfordert, ein Kraftfahrzeug zu steuern. Wählen dürfen sie schließlich auch erst mit 18, das hat doch alles seine Gründe. Mir ist jedenfalls nicht wohl dabei, wenn ich das sehe. Und es sind nicht nur die Bengels, auch die Mädchen! Wobei ich da sagen muss: In dem Alter sind Mädels ja verlässlicher und fahren eher sachte, bedächtig und weniger besorgniserregend als die Kerle – wenn sie denn den Weg finden. Später verwächst sich das, spätestens, wenn sie Kinder haben. Ich weiß nicht, woran das liegt, aber der Mutterinstinkt überwuchert anscheinend alles, was an Augenmaß, Vernunft und Rücksicht im Kopp vorhanden ist.

Ich bin grundsätzlich dafür, dass Frauen nur große Autos fahren dürfen. Da wundern Sie sich jetzt vielleicht, aber meist fahren die jungen Muttis nämlich kleine Karren, Clios oder so. Damit werden sie komplett übermütig, weil sie glauben: »Ach, da passe ich schon durch.« Da brummen die steifes Bein aufm Gas auf einen zu und brettern mit so wenigen Zentimetern Abstand an einem vorbei, dass manchmal nur ein Blatt Papier dazwischengeht. Nee, da wäre es besser, wenn die nur große Autos fahren dürften, dann hätten sie wenigstens Angst anzuecken und würden vorsichtiger fahren.

Bei uns im Kiez sind die Straßen eng. Links und rechts darf geparkt werden, was dazu führt, dass mittig nur eine Spur bleibt. Wenn einer von vorn kommt, muss der andere rechts rein in eine Lücke oder fährt gar nicht erst in die Straße rein. Nun ist es aber so, dass am Ende der Untreustraße ein Kindergarten ist. Wenn Abholzeit ist, gehen sie mit den Muttis durch, die Hormone, und die Mutterinstinkte schlagen Purzelbäume, dann ballern die in die Straße mit den Twingos, dass man nur sehen kann, dass man Land gewinnt. So ein Auto ist an die zwei Meter breit, die Straße 2,20 Meter. Wozu da bremsen, wenn ein Radfahrer von vorne kommt? Der passt schon vorbei. Unter dem Einfluss der Sehnsucht nach dem Kind geht die Kalkulation auf. Und letztlich kann der Radfahrer ja absteigen und auf den Gehweg springen, meine Güte! Na, die haben die Rechnung aber ohne Habicht gemacht. Da bin ich erzieherisch tätig und fahre mit meinem Rad die Straße auf und ab zur Abholzeit, und zwar mit dem ausgeklappten Abstandhalter.

Verkehrserziehung darf man als Bürger ja nicht aktiv

machen, sagt Mareike. Das wäre Amtsanmaßung. Recht hat meine schlaue Tochter. Aber ich tue es auf meine Weise. Wenn ich mit dem Kadett über Land fahre oder auch durch die Stadt, mache ich immer mal wieder Lichthupe. Das ist nur als Warnung erlaubt, ich weiß, man muss da abwägen. Aber wiegt nicht die Wirkung des Verstoßes, nämlich, dass der Raser vorschriftsmäßig fährt und die Höchstgeschwindigkeit einhält, das Vergehen wieder auf? Die meisten verstehen das nämlich so, dass sie panisch abbremsen, weil sie denken, ich warne sie vor einem Blitzer. Höhö. Ich sag Sie das, wie es ist: Ich habe bestimmt schon mehr Unfälle verhindert mit dem Warnen vor Blitzern, die es gar nicht gibt, als so manche Verkehrskontrolle!

Brigitte war das alles natürlich unangenehm, und sie fing schon wieder das Nörgeln an.

Ich kam gerade vom Altglascontainer nach Hause, wo ich den alten Griebnitz erwischt hatte, wie er eine Grünglasflasche in den Container für Weißes schmeißen wollte, und während ich mir im Flur die Schuhe auszog, hörte ich Brigitte telefonieren.

»Ich halte das nicht mehr lange aus, Mareike. Der raubt mir den letzten Nerv.«

Ach, sie sprach mit Mareike! Ein Prachtmädel. Ich bin nicht auf viel stolz in meinem Leben, aber Mareike, die ist uns gelungen. Sie ist jetzt 28 und Polizeioberkommissarin. Ein patentes Mädchen ist sie, durch und durch gelungen. Die macht auch der Oma die Füße ohne zu murren. Mutter hat so mit eingewachsenen Nägeln zu tun, da muss die Kleine alle paar Monate mal Hufschmied spielen. In Köpenick wohnt Mareike jetzt, der Arbeit und der Liebe wegen. Da hat sich alles gefunden. Sie wurde befördert und hat neue Streifen an ihre Uniform gekriegt, und auf diesem Lehrgang für Profiler – sie schlägt halt nach mir, ihrem Vater – den Dennis kennengelernt.

Ja, gut, ein etwas blasser, mickriger Bengel ist er schon. Er kann kein Auto reparieren, kriegt kaum einen Nagel in die Wand und ist Amerikaner. Er spricht nur gebrochen Deutsch, aber er trinkt nicht, raucht nicht und kann eine Familie ernähren. Das ist mehr, als man heute an Ansprüchen an einen Schwiegersohn stellen kann. Er sagt nicht viel, und wenn, dann versteht Brigitte ihn nicht, wegen Englisch. Ich bin da ja weltgewandt, schon wegen der vielen Touristen, die ich immer im Bus hatte.

Bei den ersten »Familientreffen« habe ich es noch auf seine Schüchternheit und Nervosität geschoben, aber wir haben ihn wirklich mit offenen Armen empfangen und ihn nicht etwa Spießruten laufen lassen. Brigitte hat ihm sogar als Erstem die Bratkartoffeln aufgetan, als Mareike ihn zum Abendessen mit nach Hause gebracht hat. Das habe ich dann aber hinterher klargestellt, dass das nicht geht. Gastfreundschaft hin oder her, aber dass der Herr des Hauses hintanstehen muss, das kann ja nun auch nicht sein. Wo kommen wir denn da hin! Demnächst sitzt er noch am Kopf der Tafel, oder was? Man muss dic Kirchc aber auch im Dorf lassen! Dennis überreichte Brigitte zur Begrüßung mit zittrig-feuchten Händen einen Blumenstrauß und sagte dann nur noch »Bitte« und »Danke« an diesem Abend. Dieser mickrige Schleimer! Erst meiner Tochter den Kopf verdrehen, und dann kratzt er sich auch noch bei meiner Frau ein, na danke. Aber Brigitte kam trotz Blumen nicht wirklich mit ihm zurecht. Es war sehr still bei diesem ersten Abendessen, aber nachdem wir uns ein paarmal »beschnuppert« hatten und ich auch Recherchen über ihn angestellt hatte und sicher war, dass er kein per Steckbrief gesuchter Drogenkurier oder Mädchenhändler ist – DAS HAT MAN ALLES SCHON ERLEBT! –, fand ich mich mit ihm ab. Einen musste Mareike sich ja nehmen, das Mädchen war ja keine Nonne. Und bei Licht betrachtet konnte man mit ihrer Wahl wirklich zufrieden sein.

»Jetzt ist er beim Altglascontainer«, klagte Brigitte dann weiter am Telefon. »Er kontrolliert die Einhaltung der Einwurfzeiten. Den Sommer über wären da unglaubliche Schlampereien eingerissen, meint er. Der ist genauso pedantisch wie vorher. Weißte, Mareike«, sagte sie und atmete tief durch, »ich versuche jetzt mal, den vorm Fernseher zu parken. Die Sommerpause beim Fußball ist doch vorbei, vielleicht kann er sich dafür begeistern.«

Dabei gucke ich nur noch wenig Fußball. Nicht nie, das will ich nicht sagen. Aber viel weniger als früher. Ich bin aus dem Zirkus ausgestiegen und lasse mir nicht mehr vormachen, ich würde da irgendwas verpassen. Ach, das ist ein leidiges Thema …

Fußball ist nicht mehr, was es mal war. Die Spieler, Trainer, Manager und was da alles rumspringt haben schon immer gut verdient, und das sollen sie auch, jawoll, schließlich halten sie die Knochen hin, und mit spätestens Mitte dreißig ist es vorbei mit Geld verdienen. Jedenfalls bei den meisten, von den ganz Großen mal abgesehen. Früher haben sie nach der Karriere eine Tankstelle geführt oder ein Vereinsheim übernommen, und manche sind Trainer geworden. Aber heute? Heute kriegen sie so viel Geld in den Allerwertesten geblasen, dass sich keiner mehr Gedanken darüber machen muss, womit er nach dem Ballspielen mal Geld verdient. Da reist dann der eigene Friseur mit dem Herrn Fußballstar mit, oder es kommt auch mal Blattgold auf das Steak, weil sie sonst nicht wissen, wohin mit der Kohle. Der Beckenbauer hat noch Reklame für Maggi-Brühwürfel gemacht, und der war schon ein Star!

Die haben die Bodenhaftung verloren, ich sag Sie das, wie es ist. Das ganze System ist aufgeblasen und mit so viel Geld überfrachtet, dass es schon lange nicht mehr um Sport geht. Es ist ein ganz großer Zirkus, in dem die Medien mitspielen und die kleinste Kleinigkeit zu einer Nachricht hochjazzen. Da laufen dann Sondersendungen im Fernsehen, wenn einer im Training gestolpert ist, das muss man sich mal vorstellen! Aber vor der Sendung zeigen die wieder drei, vier Werbespots, und bums! ist wieder eine halbe Million verdient. Das ist alles nicht mehr normal, da darf man sich nicht verrückt machen lassen. Da werden Millionen und Abermillionen verdient, und zwar nicht nur von Spielern, sondern auch von »Spielerberatern«. Das sind Leute, die den Jungs sagen, wo sie unterschreiben sollen, und dafür kriegen sie dann 20 Prozent vom Vertrag.

Wenn ich schon »Reform« höre, weiß ich Bescheid. Dann wird es teurer und nicht besser. Wenn ein Politiker was murmelt von: »Das müssen wir verbessern«, klingt das für mich immer wie »verwässern«. Anders machen heißt nicht immer »besser machen«, und wenn das Wort »Reform« im Zusammenhang mit Fußball fällt, geht es nur darum, noch mehr Geld zu verdienen. Mehr Spiele, die man auf noch mehr Sendern zu noch mehr Anstoßzeiten zeigen kann, sodass am Ende gar keiner mehr durchblickt. Ständig wird der Modus vom Pokal geändert, aber es wird beim Auslosen so gedreht, dass die guten Mannschaften, die man sehen will, nicht aufeinandertreffen können und ohne größere Gefahr schadlos bis ins Halbfinale marschieren und dicke Fernsehgelder einstreichen können. Dafür kriegen alle Beteiligten dann zig Millionen Erfolgsprämie, und davon kaufen sie dann wieder den kleinen Vereinen die guten Spieler weg – es ist pervers! Die Großen kaufen mehr Spieler, als sie überhaupt einsetzen können, nur um die Konkurrenz auszubremsen und weil sie es sich leisten können. Das ist doch krank! Aber die wollen ja auch alle ihr dickes Gehalt, ihre Villa und den Sportwagen, um Frauen aufzutun, und deshalb brauchen die Clubs – ich sage absichtlich nicht Vereine! – noch mehr Einnahmen. Und so dreht sich das Karussell immer weiter, bis eines Tages allen schlecht wird und sie aus der Zentrifuge fliegen, ich sag Sie das voraus, wie es kommt!

Das Neueste ist ja, dass die Investoren am liebsten ihre eigene Liga basteln und ihre Clubs nur noch gegeneinander spielen lassen. Fürs Gucken muss man dann wahrscheinlich die nächste Codekarte für den Computer kaufen und am besten noch 20 Euro für jedes Spiel extra, das verkaufen die uns dann als Premium und Deluxe und so. Wie, wenn bei Lidl italienische Woche ist: Dann kostet der Kochschinken einen Euro mehr, nur weil er Proschutti heißt.

Aus Sicht der Geldgeber ist das verständlich, die verdienen umso mehr, je öfter sie ihre Clubs auflaufen lassen. Die sind nicht anders als Pferdebesitzer, die verdienen auch nur, wenn die Gäule rennen, und nicht, wenn sie im Stall stehen und fressen. Höchstens, wenn sie die Spieler zur Zucht … aber das kommt auch noch, jede Wette!

Da bin ich raus. Brigitte begrüßt das sehr und hat mir sogar das Limit für Bier hochgesetzt, weil ich beim Fußballwahnsinn nicht mehr mitmache und alles gekündigt habe. Das lief ja auf bald fünfzig Euro im Monat raus, die ganzen Payprogramme! Nee, wenn wirklich ein überragend wichtiges Spiel ist, gehe ich zu Erbse. Selbst wenn ich den Abend über drei Bier trinke, kommt das billiger.

Ich bleibe beim Jugendfußball und bei der Kreisliga. Wenn die Zeit es erlaubt, bin ich am Wochenende auf dem Platz. Die Jungens da bolzen noch richtig und rollen sich nicht pomadig auf dem Rasen, wenn sie mal fallen. Da muss im allerschlimmsten Fall mal der Arzt kommen und Eisspray aufs Schienbein tun, aber auf keinen Fall der Visagist, um frischen Haarlack aufzusprühen. Das ist noch richtiger Fußball! Es gibt Bratwurst vom Grill, selbst gemachten Kartoffelsalat von den Spielerfrauen, und wenn der Klaus von der Feuerwehr nüchtern ist, auch einen Stadionsprecher.

Das unterstütze ich gern. Da gebe ich auch statt der geforderten drei Euro Eintritt einen Fünfer und manchmal auch noch obendrauf was in die Mannschaftskasse, weil ich weiß, dass es den Kindern zugutekommt. Die brauchen ja auch alle Jahre frische Leibchen, so schnell, wie die wachsen, oder sie müssen neue Bälle haben oder einer, bei denen es den Eltern finanziell nicht so dicke geht, kriegt mal den Beitrag erlassen. Na, ich muss Sie das nicht erzählen, wofür in so einem Verein das Geld draufgeht.

Früher ... ja. Früher hatte ich eine Dauerkarte für Hertha und war jeden Samstag im Stadion, jedenfalls wenn es der Dienstplan zuließ. Das war eine feste Verabredung von Klaus, Erbse, Kemal und mir. Jede Woche war ein anderer dran, eine Runde Bier auszugeben, dazu gab es Currywurst und beste Stimmung auf den Stehplätzen. Irgendwann ging es dann los, dass das Spiel sonntags war, und die legten das auch so kurzfristig fest, dass ich die Schicht nicht mehr tauschen konnte. Ein, zwei Mal springt jeder Kollege ein, wenn es einen guten Grund gibt, aber nicht ständig. Schließlich hat jeder seine Verpflichtungen und mal was vor, außer Ellie vom M48er. Die ist alleinstehend mit Tinder, aber selbst die hat irgendwann abgewunken.

Na, jedenfalls ging das dann hin und her, mal war das Spiel sonnabends wie gewohnt, dafür aber erst abends, mal war es freitags und mal montags – als wir in der 2. Liga waren, jedenfalls. Es lief darauf hinaus, dass ich in der Hälfte der Fälle nicht mehr mit ins Stadion konnte, und nicht nur ich, sondern die anderen drei aus unserer Bande genauso. Denen ging es doch nicht anders! Ich weiß nicht, wer sich so was ausdenkt, aber so treiben die die normalen Fans aus dem Stadion. Beziehungsweise weiß ich eigentlich ziemlich genau, wer sich so was ausdenkt. Ich rege mich aber nicht mehr auf, jedenfalls gebe ich mir Mühe, seit Frau Doktor mit Diät droht, weil die Blutdruckwerte ein bisschen aus dem Ruder gelaufen sind. Wenn das Brigitte erfährt, kriege ich nur noch pürierte Brennnesselsuppe.

Als die Hertha-Bosse noch dazu den Preis für die Dauerkarte immer weiter erhöht haben und es keine Stehplätze mehr gab im Europapokal, war Schluss bei mir. Die wollen den Arbeitsmann gar nicht mehr haben im Stadion, die feinen Herrschaften wollen unter sich bleiben und in der VIP-Lounge importierte Zigarren rauchen und übers Geschäft reden. Das können die haben! Dann bleiben wir eben weg und gucken das Spiel zu Hause oder eben gar nicht. Pah.

In der guten alten Zeit, ja, da lief am Sonnabend die Konferenz im Radio. Die zweite Halbzeit live, und zwar ALLE Spiele und nicht nur die Hälfte, von halb fünf bis kurz vor halb sechs, ach, das war die schönste Stunde der Woche für mich! Also, in den Wochen, in denen Hertha auswärts spielte und ich nicht mit den Kumpels im Stadion war. Danach ab halb sieben mit einem Bierchen vor den Fernseher und Sportschau gucken, herrlich! Brigitte wusste, dass sie mir da nicht vor um acht mit Abendbrot kommen brauchte, und hat an den Wochenenden die Spätschicht gemacht. Die kam erst um halb neun nach Hause, und manchmal habe ich dann sogar den Tisch gedeckt.

Und heute?

Da bin ich wieder beim Thema Computer. Heute muss man den Fernseher aufrüsten mit Chipkarten und Receivern und Empfangsmodulen, und dann brauchste ein Abo von allem möglichen Zeug, wenn man nichts verpassen will. Bundesliga kommt im Ersten, das ist in den Gebühren mit drin. Werbung ist trotzdem. Und es kommt auch nicht alles, sondern nur die unwichtigen Spiele. Für die wichtigen Spiele muss man bezahlen, und die laufen zu irgendwelchen anderen Zeiten. Es ist ein Jammer. Erbse hat das ja in seiner Kneipe alles abonniert. Er sagt, in Summe muss man wohl vier oder sechs verschiedene Plattformen buchen, wenn man alles sehen will. Überall laufen Zusammenfassungen, Schnipsel und Analysen, und jeder tönt rum und grölt wie ein Jahrmarktschreier, dass man was verpasst, wenn man nicht bei ihm guckt. Noch dazu haben sie für teures Geld ehemalige Spieler als »Experten« engagiert, die einem dann zwischen vier Werbeblöcken erklären, ob es Foul war oder nicht.

Meine Güte, man muss das verstehen, die meisten haben einen ganzen Harem voll Exfrauen und unterhaltspflichtigen Kindern, viele dazu noch Steuerschulden. Aber ich mache da nicht mit. Von mir kriegt keiner auch nur einen Cent. Ich gucke, was im freien Fernsehen gezeigt wird, und das ist schon mehr als genug. Es gibt ja nicht nur Bundesliga, sondern auch noch die Zweite Liga, den Europacup, Champions League, DFB-Pokal und Länderspiele. Da hat der normale Mensch genug zu gucken. So oft darf … also, so oft gucke ich auch gar nicht. Brigitte mag es nicht. Wir haben zwar ein Zweitgerät, aber da gibt es dann immer Streit, wer in das Schlafzimmer muss. Ich habe da im Grunde nichts gegen, aber ich penne doch so leicht ein! Wenn ich in die Waagerechte gehe, ist bald Sense. Mich stört das nicht, oft sind die Spiele nicht so spannend oder wichtig, dass man da wach bleiben muss, aber Brigitte rüttelt mich, weil ich angeblich schnarche. Ich und schnarchen, ich glaube kein Wort! Die Frau sägt selbst halbe Wälder ab nachts und behauptet, ich würde schnarchen … na wie auch immer.

Seit Neuestem geht sie aber freiwillig in die Schlafstube zum Gucken, denn sie macht jetzt Yoga. Das ist im Grunde nichts anderes als Gymnastik, nur, dass man zusätzlich auf die Atmung achtet. Da legt sie sich dann eine Schaumgummimatte auf die Bettumrandung und rekelt sich nach Anleitung einer Hupfdohle im Fernsehen, so ähnlich wie Jane Fonda früher. Na, soll sie machen. Solange sie mir mein Bier und meine Ruhe lässt.

Wo war ich? Ach ja … Die Fußballverantwortlichen sollten den ganzen Glitzer und die schönen Worte mal weglassen, dann sähen die Fakten doch ganz anders aus. »Du bist mein Verein« – pah! Dass ich nicht lache! Bei »Verein« denk ich an Kegeltruppe oder an gemeinsame Ausflüge, bezahlt aus der Mannschaftskasse. Das sind doch aber schon lange keine Vereine mehr, sondern Kapitalgesellschaften, die investieren. Und warum? Weil sie Geld waschen und verdienen wollen. Das kann man auch keinem verdenken, aber dann soll man es auch ehrlich sagen. Stattdessen bezahlen die Agenturen, die ihnen ein feines Image verpassen, dass sie sich um die Jugend und um die Integration kümmern. Einen Dreck tun sie, sie wollen nur, dass wir das glauben! Damit wir nämlich ohne zu murren jedes Jahr mehr für die Stadionkarte bezahlen und, noch viel wichtiger, für die Übertragung im Fernsehen.

Das brauchten sie schon immer, nur früher waren es ein paar Mark, die die Sender für die Bundesliga auf den

Tisch gelegt haben. Das schaukelte sich immer weiter hoch, die »Vereine« kauften Topstars, die natürlich das Geld wieder reinbringen mussten, und die Spirale drehte sich weiter. Irgendwann kamen Trikots für zum Selbertragen mit der Rückennummer des Lieblingsspielers. Die laufen ja in XXL am besten, nä? Höhö. Die Dinger prasseln sie in Asien für ein paar Euro über die Nähmaschinen und verhökern sie hier für 100 Euro und mehr. Willste im Stadion ein Bier mit einer Currywurst dazu, musste schon einen Zwanni einstecken haben. Und da kriegste nicht immer was drauf raus, jedenfalls nicht, wenn das Pfand für den Plastikbecher wieder erhöht wurde. Und das Bier schmeckt nicht mal, weil jeder Verein nur das ausschenkt, mit dessen Brauerei er einen Sponsorenvertrag hat. Und selbst wenn, das beste Hopfenbräu schmeckt doch einfach nicht, wenn man es aus Plastikbechern trinkt!

Jedenfalls geht der Irrsinn immer weiter, der Fußball wird mehr und mehr zum Geschäft. »Werkself« und solche Begriffe bringen mich zur Weißglut. Als ob da ein paar Jungs nach der Schicht die Fußballschuhe schnüren und nach Feierabend ein bisschen gegen das Leder treten! Früher gab es Bundesliga, Pokal und Europapokal, dazu alle zwei Jahre Europameisterschaft und Weltmeisterschaft. Aber weil hinter den »Vereinen« jetzt Besitzer aus der Halbwelt, aus Arabien oder russische Oligarchen stecken, reicht denen die Ware nicht mehr. Sie erfinden Super- und Hyperpokale und so einen Quatsch, die keinen sportlichen Wert haben, und die Pötte kosten nur ein paar Euro.

Ich weiß das, wir haben für den Skatklub auch mal

einen Wanderpokal bei Ewald bestellt. Ewald macht Reifenreparaturen, graviert Medaillen und nimmt Lottoscheine an. Er kommt auch und öffnet die Tür, wenn der Schlüssel mal abgebrochen ist, aber nur inoffiziell. Das macht er eher so unter der Hand, weil er … ich rede mich um Kopf und Kragen. Ewald handelt wie gesagt auch mit Sportpokalen und kann alles bestellen, was es gibt. Als Wanderpokal wollten wir was Robustes, das auch mal runterfallen kann. Da muss schon ein guter Liter Siegbier reingehen, und der Pokal darf auch nicht gleich rosten, wenn die Frau ihn mit einem feuchten Lappen abwischt. Da hatte ich mit deutlich mehr gerechnet, als Ewald uns die Rechnung schrieb, von daher weiß ich das, dass die Kruken nicht die Welt kosten.

Es geht jedenfalls bei alldem nicht mehr um Fußball, sondern nur um Unterhaltung. Den Leuten wird vorgemacht, es wäre ein wichtiger Cup, damit sie für dieses Spiel noch mal einen Fünfer oder Zehner abdrücken. Es ist ein verrücktes, überheiztes System. Ich bin da raus. Wie gesagt, ich gucke ab und an, wenn mal ein schönes Spiel im Fernsehen läuft, und wenn am Sonntag die Kreisliga kickt, setze ich mich auch mal aufs Fahrrad und schaue da vorbei. Schon, um zu kontrollieren, ob die auch alle vernünftig geparkt haben am Waldsportplatz, höhö!

»*Sei doch mal* wie früher, Günter, als wir noch verliebt waren«, sagte Brigitte, als sie wieder in ihrer Ehe-Bibel blätterte. Als ob wir das nun nicht mehr wären! Aber je älter man wird, desto weniger hat man doch Lust auf Albernheiten. Das hat doch gar nichts mit Verliebtsein zu tun. Wenn man reifer ist, zeigt man das anders. Da ist es Liebe, wenn ich Brigitte ihr Rätselheft vom Kiosk hole oder wenn sie mir mein Lieblingsessen kocht. Aber bitte, wenn dann Ruhe war – ich konnte auch anders! Wenn sie den spinnerten, albernen Verliebten wollte, an mir sollte's nicht scheitern. Ich weiß noch, wie wir uns immer gegenseitig kleine Streiche gespielt haben, als wir frisch verlobt waren. Konnte sie haben!

Aber obwohl es ihr eigener Vorschlag gewesen war, hatte auch Brigitte ganz schnell keinen rechten Spaß mehr daran. Ich hatte ihr eine Portion Babypuder vorne in den Föhn gestreut, und als sie den anschaltete … hö-höhöhö. Also, ich habe sehr gelacht. Brigitte nicht. Und als sie sich auf die Toilettenbrille setzte, unter die ich zwei kleine Knallerbsen platziert hatte, erschrak sie so, dass sie beim Hochschnellen einen Hexenschuss kriegte. Wir sind eben keine jungen Hüpfer mehr, so ein Quatsch ist nichts für uns, und Sprüche aus einem Ratgeberbuch auch nicht. Das musste sie doch wohl mal einsehen? Für ein paar Wochen war erst mal wieder Ruhe, und jeder machte sein Ding.

So konnte ich mich wieder dem Kampf um die Ordnung widmen. Ein regelrechter Hort der Verkehrsverbrechen tut sich ja rund um die Fahrer von Paketdiensten auf. Wenn man da erst einmal anfängt zu kontrollieren, findet man kein Ende, die Liste der Ordnungsvergehen wird immer länger. Ich weiß auch, dass das ganz arme Hanseln sind, die da auf dem Bock sitzen, das vorneweg. Die haben Druck und Termine und werden miserabel bezahlt. Genauso wie die Damen von den Pflegediensten. Haben Sie je ein Auto von einem Pflegedienst vorschriftsmäßig parken sehen? Ich nicht. Die halten auf dem Gehweg, auf dem Radweg, versperren die Feuerwehreinfahrt oder stehen in zweiter Reihe. Alles mit der Begründung »Ich darf das, ich tue schließlich Gutes und habe es eilig«. Doch kein noch so aufopferungsvoller und schlecht bezahlter Beruf rechtfertigt Ordnungswidrigkeiten. Dann hätte man auch den Hoeneß nicht ins Kittchen stecken dürfen damals, der hat auch Gutes getan, aber das kann man nicht gegen seine Vergehen aufrechnen. Basta.

Bei uns klingelt seit Jahren schon kein Paketfahrer mehr. Ich muss ständig umherrennen und die Päckchen von woanders abholen. Die Nachbarn nehmen sie auch nicht mehr an, aus Angst, ich komme sie abholen. Jedenfalls behauptet Mareike das. Dabei will ich doch gar nicht viel, nur, dass man ordentlich parkt, aussteigt, klingelt und höflich die Sendung abgibt. Das ist doch wohl nicht zu viel verlangt, gottverdammmich noch mal!

Wenn ich vom Fenster aus sehe, dass so ein Vogel wieder in zweiter Reihe, vor der Einfahrt oder gar auf dem Gehweg geparkt hat, na, dann brülle ich dem gleich zu, dass er es ja nicht wagen soll zu klingeln. So weit kommt's noch, man macht sich ja mitschuldig am Verkehrsverbrechen, wenn man das noch fördert und diese Arbeitsweise hinnimmt. Viele Fahrer verstehen nicht viel Deutsch. Das ist nicht schlimm, ich erkläre es so, dass sie es begreifen.

Es ist jetzt vielleicht ein halbes Jahr her, da kam so ein Spacken von PEDES vorgefahren. Brigitte hatte einen Käsehobel bestellt, deshalb wusste ich, dass der zu uns will. Ich sah ihn, wie er einfach in zweiter Reihe … ja, wie soll ich sagen? Nicht mal geparkt hat der da, ich würde eher sagen, er hörte einfach auf zu fahren. Kein Warnblinklicht, nichts. Reißt die Tür auf, springt raus und rennt zu unserer Haustür. Na, ich sag Sie das, wie es ist: Ich bekam gar nicht so schnell die Finger zum Pfiff zwischen die Zähne, wie der schon schellte.

»Sportsfreund! Fahr die Karre da weg, aber ein bisschen plötzlich!«, brüllte ich zu ihm runter und zeigte auf einen riesigen freien Parkplatz, keine 50 Meter auf der anderen Straßenseite. Und was machte der Vogel? Winkte freudig hoch und blökte: »Post, Paket für Sie!«

»Du bist nicht die Post, du bist PEDES, Sportsfreund. FAHR DEINE KARRE DA RÜBER!«

Er guckte verwirrt und krähte erneut: »Post! Paket für Brigitte Habischt.«

Es hatte ja keinen Sinn, ich musste runter. Na, dem würde ich es zeigen! Ich war in Jogginghose, Turnhemd und Pantoffeln, schließlich war ich zu Hause, wir erwarteten keinen Besuch, und es gab keinen Grund, hier im feinen Zwirn zu sitzen. Das war mir egal. Wegen der Schlappen konnte ich nicht so schnell die Treppe runter, wie ich gern wollte, aber die Zeit, die ich mehr brauchte, machte mich nur noch wütender. Der sollte mich kennenlernen!

Ich riss die Haustür auf, und er wollte mir gleich das Päckchen in die Arme drücken.

»Nichts da. Vorher parken wir mal ordentlich, wie es sich gehört! Guck mal da drüben, da ist alles frei, es gibt keinen Grund, in zweiter Reihe zu stehen und den Verkehr zu behindern.« Ich zeigte rüber auf den immer noch freien Parkplatz.

»Da Habischt? Nix da Habischt. Hier Habischt.«

Es hatte keinen Sinn, so kamen wir nicht weiter. Ich bin rein in seine Päckchenschlurre, den Schlüssel hatte er ja stecken lassen, so eilig, wie der unterwegs war, und startete den Wagen. Wenn man über 40 Jahre lang alle Bustypen gefahren ist, ist so ein Lieferwagen geradezu lächerlich, selbst in Hauspantoffeln.

Na, da war der aber am Toben! Wie das Rumpelstilzchen hüpfte der mir vor dem Auto rum und ruderte mit den Armen. Brigittes Päckchen mit der Käsereibe drin lag auf dem Gehweg, und als ich vorn an der Kreuzung war und in drei Zügen wendete, hatte der schon das Handy am Ohr.

Na, was soll ich Sie sagen? Wie das so ist: Wenn man selber bei der Polizei anruft und ein Verbrechen meldet, hängt man in der Warteschleife, und wenn es nicht mindestens drei Tote gibt, schicken die auch keinen raus.

Dann nehmen sie es zu Protokoll, was heißt, dass sie was in ihre Computer tippen und es archivieren. Aber in dem Fall war wohl eine Funkstreife gleich um die Ecke, und noch ehe ich fertig eingeparkt hatte, standen zwei Wachtmeister vor mir. Einer hatte die Hand am Halfter und griff nach seiner Waffe, na, da wurde mir aber doch ein bisschen komisch.

Es gab eine lange Diskussion, die wollten partout nicht einsehen, dass ich das Fahrzeug nicht hatte stehlen wollen, sondern im Gegenteil nur eine Verkehrsordnungswidrigkeit zu bereinigen im Gange war! Es stand Aussage gegen Aussage, die hatten wohl große Freude daran, einen rechtschaffenen Bürger, der ihnen eigentlich nur bei der Ausübung ihrer Pflichten zur Hand gehen wollte, zu ärgern. Aber so ist es oft, das Leben ist nicht gerecht, und es trifft immer die, die es eigentlich gut meinen. Mareike hat aber mit den Kollegen gesprochen und auch ein bisschen wohl ihre Beziehungen spielen lassen, sie haben fast alle Vorwürfe fallen lassen und alles eingestellt. Außer, dass ich mit Latschen hinterm Steuer saß, das blieb im Raume stehen, und dafür kassierte ich eine Rüge. Mareike hat das absichtlich nicht vom Tisch genommen, um mich zu piesacken, das weiß ich genau.

Dabei hatte ich schon genug zu leiden. Brigitte hielt mir einen donnernden, drei Tage andauernden Vortrag, dass ich mich nicht ständig als Hilfspolizist aufspielen solle, dass ich auch mal Fünfe gerade sein lassen müsse und dass ich sie in der ganzen Nachbarschaft blamieren würde. Pah! Ich fühlte mich ungerecht behandelt.

Seither haben wir bei PEDES wohl eine Warnmarkierung im Computer. Es kommt jedenfalls kein Fahrer mehr auch nur in unsere Straße. Wir müssen jetzt immer zum Getränkeladen an den Hagenplatz und die Pakete da abholen. Na, mir soll es recht sein, die haben oft das Pils im Angebot, und ich spare noch dabei. Und wir haben hier in der Straße einen notorischen Falschparker weniger! Mareike meinte, ich solle mich nun aber »verdammt noch mal zusammenreißen«, sie hätte auch anderes zu tun, als sich darum zu kümmern, dass der Vater nicht vor den Staatsanwalt kommt. Pah! Froh sollten die sein, dass ich sie unterstützte im Kampf gegen das Verbrechen.

Ich schnappte mir die Stoppuhr und ging zum Kindergarten. Es war jetzt Abholzeit, eine gute Gelegenheit, den Leuten den Unterschied zwischen »Halten« und »Parken« zu erklären.

Brigitte und ich saßen beim Abendbrot und guckten Fernsehen, da klingelte das Telefon. Ich aß weiter, doch Brigitte guckte mich auffordernd an. Das sah ich überhaupt nicht ein, dass ich jetzt vom Essen aufstehen und zum Telefon gehen sollte. »Was soll ich drangehen, es ist sowieso für dich!«, lehnte ich ab und sah demonstrativ zum Fernseher. Eine Frechheit, um diese Zeit zu stören. Gerade lief »SOKO«, das ist meine Lieblingssendung. Regionalkrimi. Brigitte guckt das auch gern, aber nicht wegen der Morde, nein, sie holt sich da Einrichtungstipps. Wir haben im Schlafzimmer die gleichen Übergardinen wie die Kommissarin. Die senden das genau richtig zur Essenszeit, es geht eine Dreiviertelstunde mit einer kleinen Werbepause, wo man den Tisch abräumen und sich ein Bier holen kann – wunderbar. Das ist meine

Zeit der Gemütlichkeit am frühen Abend, da finde ich es unerhört, wenn ich da gestört werde.

Brigitte schnarrte absichtlich laut den Stuhl nach hinten und ging ein bisschen beleidigt zum Telefontischchen im Flur. Wir haben schon seit ewigen Zeiten so ein schnurloses Handyding, aber irgendwie steht es aus Gewohnheit immer im Flur in der Ladeschale. Da sucht man es aber wenigstens nicht, und man hört es auch in der Küche und im Schlafzimmer.

Es war ganz sicher für Brigitte, entweder ihr alter Chef vom Supermarkt, der sie wieder mal kurzfristig als Aushilfe brauchte, oder eine von ihren Frauen vom Yoga oder der Nordic-Walking-Gruppe. Die kennen auch keine Tischzeiten und rufen rücksichtslos an, wann es ihnen passt!

Brigitte kam mit dem Schnurlosdingens zurück ins Wohnzimmer und reichte es mir mit einem schnippischen »Es ist für DICH, eine FRAU SCHLODE!«

»Ich kenn keine Frau Schlode«, sagte ich so leise, dass die das hoffentlich nicht hörte, und nahm das Telefon.

»Habicht?«

»Hier spricht Cornelia Schlode, guten Abend Herr Habicht. Ich hoffe, ich störe Sie nicht?«

»Nö. Wir waren nur gerade ...«

»Das freut mich. Sie werden sich sicher wundern, warum ich Sie anrufe. Sie kennen mich nicht, ich bin ...«

»Ich abonniere keine Zeitung!«

»Nein, nein, nein ...«

»Und wir sind auch ausreichend versichert, und wir wollen auch keine Lotterieanteile!«, brüllte Brigitte sehr laut, sodass es angekommen sein müsste.

»Nein, Herr Habicht, nein, nein … hören Sie mir doch bitte nur ganz kurz zu.«

Sie erzählte mir dann, dass sie Kindergärtnerin wäre, dass ihr das Musische sehr am Herzen läge und die Kultur im Kiez und auch, dass sie den Männerchor »Spandauer Liedertafel 1894« leitete. Sie wären eine Gruppe von knapp 20 Herren, die sich jede Woche zum Trällern trafen. Leider, leider wären viele Herren schon nicht mehr gut zu Fuß und auch nicht wirklich bei Stimme.

Ich hörte mir das wohl fünf Minuten lang an und fragte mich, was die wohl von mir wollte. Meine SOKO lief derweil tonlos im Fernsehen vor sich hin, die Ermittler machten sich gerade mit Blaulicht auf zum Haus des Schwagers. Den hatte ich auch kurz in Verdacht, aber der war es nicht. Das ist immer gleich: Die Sendung geht netto 45 Minuten, ohne Werbung. Nach 35 Minuten verhaften sie immer einen, der es dann nicht war, und nach 38 bis 40 Minuten merken sie, dass sie eine Spur übersehen haben, und fahren zum richtigen Täter. Dann ist noch kurz Zeit für das Verhör, ein Geständnis und zum Schluss gehen die Kommissare alle ein Bier trinken, während schon der Abspann läuft und die Werbung für das Mittel gegen Blähungen kommt. So ist das immer.

Aber noch war es nicht so weit, die fühlten erst beim Schwager vor, und ich hoffte, ich würde diese Frau Schober oder so bis dahin abgewimmelt haben.

»Und was genau wollen Sie da jetzt von mir? Was soll ich mit Ihrem Chor machen? Ich bin ein hilfsbereiter Mensch, wenn Sie mal einen Fahrer brauchen, der Sie zum Auftritt kutscht – Habicht ist gerne bereit!«, bot ich mich an. Aber damit traf ich die Absichten der Dame nicht ganz im Kern.

»Nein, Herr Habicht darum geht es nicht. Wir suchen Verstärkung. Kräftige Stimmen, ganz egal, ob Bass oder Bariton. Ich höre das schon am Telefon, Sie wären eine ganz wunderbare Verstärkung für unseren Chor!«

Na, die hatte ja wohl nicht alle Latten am Zaun. Ich und singen, na, so weit kommt's noch! Ich singe nicht mal unter der Dusche.

Ich lachte schallend ins Telefon.

»Frau …«

»Schlode!«

»Schlode, ganz recht. Frau Schlode, wie kommen Sie denn bloß auf DIE Idee? Und wie kommen Sie überhaupt an meine Nummer?«

Ich guckte zu Brigitte rüber, die so auffallend unauffällig den Tisch abräumte, dass es verdächtig war.

»Die Frau Bergmann hat erwähnt, dass Sie jetzt Rentner sind …«

»Privatier bin ich!«

»Das sag ich ja! Sie sind zu Hause und haben Zeit. Herr Habicht! Das ist doch die Gelegenheit, sich ein schönes Hobby zu suchen und sich unserer Gemeinschaft anzuschließen. Jeden Abend nur zu Hause auf dem Sofa … das Leben hat noch so viel mehr zu bieten. Wir treffen uns jeden Mittwoch im »Gasthaus Eberburg« zur Probe. Unser Repertoire ist auch ganz vielfältig, da ist bestimmt auch für Sie was dabei! Wir singen die schönen alten Volkslieder, aber wagen uns auch an Modernes wie Schlager. Kommen Sie doch mal vorbei!«

»Frau Schlode, seien Sie mir nicht böse – aber nein,

danke. Und sagen Sie der Frau Bergmann, dass das noch ein Nachspiel haben wird.« Dann drückte ich auf den Knopf mit dem roten Hörer, das ist Auflegen, und stellte meiner SOKO den Ton wieder an – gerade noch rechtzeitig, um mitzukriegen, dass die Ehefrau die Täterin war. Die hatte ihren Mann verraten.

Brigitte kam aus der Küche zurück ins Wohnzimmer und schob mir einen Untersetzer unter meine Bierflasche. »Was wollte sie denn, die Frau Schlode?«, fragte sie scheinheilig.

»Ich sollte singen. Im Chor, mit alten Männern. DAMIT ICH NICHT JEDEN ABEND ZU HAUSE SITZE. Die Bergmann hat ihr das gesteckt, sagt sie … Ich frage mich nur, woher Oma Bergmann unsere Telefonnummer hat?«, fragte ich und guckte Brigitte eindringlich an. Dieses Luder! Statt zu antworten, wich sie aus.

»Hast du noch mitbekommen, wie der Krimi ausgegangen ist?«

»Ja. Die Ehefrau war es, die scheinheilige Heuchlerin!«

Das war eigentlich das Letzte, was wir an dem Abend gesprochen haben. Erst am nächsten Morgen beim Kaffee brummten wir uns wieder ein »Morgen« entgegen und taten so, als wäre nichts gewesen.

»Steht das auch in diesem Beziehungsratgeber von Doris, dass man seinen Mann aus dem Haus ekelt, wenn er Rentn… wenn er früh pensioniert wird?«, fragte ich so vorwurfsvoll, wie ich konnte.

»Günter! Darum geht es doch gar nicht.«

»Worum geht es dann?«

»Es kann doch aber nicht sein, dass du gar nichts mit dir anzufangen weißt und uns alle in den Wahnsinn treibst mit deiner Pingeligkeit und Rechthaberei. Du brauchst ein Hobby, Günter, du musst was Sinnvolles tun!«

»Singen? Mit dem blinden Trottel-Kutte im Chor, auf Beerdigungen und beim Kinderfest?«

»Das war doch nur so eine Idee, weil ich verzweifelt war, Günter. Und Frau Bergmann war sehr … na, sagen wir mal, nachdrücklich. Sie fand die Idee ganz toll, und du hast ja gehört, Frau Schlode wäre auch bereit, es mit dir zu versuchen.«

»MIT MIR ZU VERSUCHEN? Du sprichst, als wäre ich ein sozial Gestörter, der jetzt vom Inklusions-Klaus in die Gesellschaft eingegliedert werden muss und auf Probe mitsingen darf. Ihr spinnt ja wohl alle! Vergiss das ganz schnell und sprich das Thema nie wieder an.«

»Wenn du nicht singen willst, dann brauchst du nicht, Günter. Aber überleg doch auch mal. Wir sind jetzt Anfang 60, und ich will zumindest noch ein bisschen mehr mit den 20 oder 30 Jahren anfangen, die mir noch bleiben, als die Autonummern von Leuten aufschreiben, die vorm Müllcontainer ein paar Sekunden zu lang halten!«

»Parken.«

»Günter!«

»Ja, ist ja gut. Wie du meinst, Schatz.«

Das müssen Sie sich mal merken: »Wie du meinst, Schatz!« ist ein Satz, der einem das Eheleben leichter macht. Damit gibt man dem Partner nicht unbedingt recht, obwohl er das denkt. »Das stimmt« oder »Da hast du recht« bedeutet immer nur Wasser auf die Mühle. Ich kann nur für Brigitte sprechen, aber die läuft dann erst richtig hoch, wenn man zugesteht, dass sie recht hat. Dann kramt sie alle möglichen alten Geschichten hervor und will beweisen, dass sie immer richtiggelegen hat und es für alle Zukunft tun wird.

Das ist taktisch nicht geschickt, ihr bedingungslos beizupflichten. »Wie du meinst, Schatz« zu sagen ist da erfahrungsgemäß cleverer. Das reicht oberflächlich gesehen, um sie erst mal still zu kriegen, aber es bestätigt sie nicht in ihrer Rechthaberei, und sie keilt nicht weiter aus. Meist brummt sie und wendet sich grummelnd einer anderen Arbeit zu. Ab und an kommt dann noch: »Das wollten wir schon seit Ewigkeiten mal machen.« Zum Beispiel, wenn sie zu den Gardinen hochguckt und diesen einen abgerissenen Nupsi sieht, der wieder an die Übergardine drangefummelt werden muss. Mich stört das nicht. Es sieht trotzdem ordentlich aus, kein Mensch bemerkt das. Aber Brigitte weiß es, und das reicht, um das Thema ständig wieder auf die Tagesordnung zu bringen. »Wir wollten das schon lange mal machen« heißt übersetzt: »ICH wollte, dass DU das machst.« Aber da hat sie sich geschnitten. Da müsste ich erst in den Keller runter und die Stehleiter holen, und auf der höchsten Stufe balanciere ich nur, wenn es sich nicht vermeiden lässt. Ich bin auch nicht mehr der Jüngste! Hätte sie eben einen vom Zirkus Sarasani heiraten sollen und keinen Busfahrer.

Ein paar Tage später lieferte Brigitte wieder ein gutes Beispiel.

»Günter«, fing sie ganz unverfänglich an, »wir wollten doch schon lange mal nach einem vernünftigen Badschrank gucken.«

Ich zog hinter meiner Zeitung die Brauen hoch und

grübelte wirklich gründlich, aber das Thema war mir völlig neu. Dieses »Wir wollten« war wieder so ein »Ich denke da schon lange dran, und nun ist es so weit, und ich sage einfach mal ›wir‹, damit es gar keine Diskussion gibt«. Jetzt hieß es Obacht walten zu lassen; einmal an der falschen Stelle zustimmend gebrummt, und ich würde wochenlang an der Tapeziertafel stehen, wie letzten Herbst, als sie auch meinte: »Wir könnten doch mal wieder die Küche malern« und ich unvorsichtigerweise »Mmmmh« genuschelt hatte.

Ich schlug die Zeitung zusammen und spitzte hellwach die Ohren. Brigitte guckte mürrisch. Das passte ihr gar nicht, dass das nicht so einfach geklappt hatte.

»Der ganze Plunder steht da rum. Der Föhn, dein komisches Tannenschaumbad …«

»Latschenkiefer!«

Das kann Brigitte nicht leiden. Das versteckt die ständig vor mir und hofft, ich finde es nicht und nehme ihr weibisch stinkendes Vanillezeug aus dem Teleshopping. Neulich erst wieder!

Ich hatte den Badeofen eingeheizt und freute mich auf eine schöne heiße Wanne. Das Kofferradio stand auf dem Heizkörper bereit, die Konferenz der zweiten Bundesligahalbzeit hatte gerade begonnen. Ach, das war Entspannung, das war meine Freude der Woche!

Natürlich hatte Brigitte mit ihrem Putzwahn wieder alles so »aufgeräumt«, dass ich nichts fand. Erst letztens musste ich mir mit Seife den Kopf waschen, weil nirgends Shampoo zu finden war, und jetzt war das Schaumbad verschwunden. Ich nehme immer Latschenkiefer, bis heute. Da wird man wenigstens sauber, und man riecht hinterher auch unverfänglich nach »frisch gebadet« und nicht, als wäre man im Puff gewesen. Man glaubt es ja nicht, was es da alles für Kombinationen gibt. Ich stand in der Drogerie vorm Regal – Brigitte suchte einen Lippenstift aus, das dauerte – und kam aus dem Staunen nicht raus. Ich dachte, ich stehe am Nachtischbüfett! Honig, Karamell, Avocado, Kokos, Vanille ... Es gab da alle Duft- und Geschmacksrichtungen, die man sich vorstellen kann.

Aber das war noch nicht alles: Als ich an den vier Metern Dessertteller vorbei war, taten sich die Gefühle vor mir auf. Also, es gibt auch Schaumbad für Stimmungslagen, will ich damit sagen: Glückseligkeit, Achtsamkeit und Stressabbau waren da nur die halbwegs handfesten Sachen, die ich mir gemerkt habe. Ein »Aurabeschützendes Schaumbad« war auch mit dabei. So ein Quatsch kommt mir nicht ins Badewasser – ich will Latschenkiefer und fertig. Brigitte rümpft da nur die Nase und sagt: »Wie bei meinem Opa!«, aber das ist mir egal.

An besagtem Tag konnte ich die Flasche mit dem grünen Schaum bei uns im Bad aber mal wieder nicht finden. Brigitte räumt ständig um. Wenn sie nicht *auf*räumt, räumt sie *um*, und dann liegen die Messer eben nicht links in der Schublade, sondern stecken griffbereit in einem Körbchen. Umräumen und dekorieren ist ihr größter Spaß. Wenn die im Supermarkt das Gewürzregal durchsortieren musste, ist der Drang manchmal für ein paar Tage ausgetobt, aber wenn sie nur Pfirsichdosen verräumen musste, ist zu Hause noch genug Energie für »Wir räumen mal das Badschränkchen um«. Ich habe sowieso nur einen schmalen Spind für meine drei Sachen, und ich hatte mir verbeten, dass sie mir da drangeht. Aber wie immer, wenn ich was sage, lächelt sie nur und sagt: »Aber sicher, Schatz«, und macht dann doch, was sie will. Sie kennt das Spiel genauso gut wie ich!

Nicht genug, dass sie ihre drei Badschrankflügel mit Duftwässerchen und Material für Gesichtsstukkatur und Wangenmalerei durchsortiert und wischt, sie geht mir auch an mein Fach mit Rasierpinsel, Frisiercreme und eben meinem Schaumbad.

»Brigitte?«, rief ich, so laut ich konnte, und drehte das Radio leiser.

»BRI-GIT-TTTÄ!!!!«

Das konnte die gar nicht überhören.

»Ja-ha?«, flötete sie durch die Tür zurück.

»Wo ist denn das Schaumbad?«

»Auf dem Wannenrand, damit du's gleich hast.«

Ach so. Ja, wer rechnet denn damit!

Nun mache ich es mal kurz. Ich griff mir also die Flasche, kippte einen großzügigen Schluck von dem grünen Kiefernsaft in mein dampfend heißes Bad und wunderte mich, dass es nicht schäumte. Groß dachte ich aber nicht drüber nach, die Konferenz schaltete nach Dortmund, und Hertha lag 0:1 hinten. Es gab Freistoß 20 Minuten vor Schluss. Zwei Meter vor dem Strafraum, direkt ausgeführt ... Tor! Ich kippte nochmals was nach vom Schaumbad, aber irgendwie ... mmmh. Es kam nicht so recht ins Blubbern. Egal. Hertha hatte zum Ausgleich getroffen, und vor Freude tauchte ich unter und machte das Walross. Höhö. Ich hielt mich auch nicht mehr lange auf, zu lange baden ist ja nicht gut für den Kreislauf. Noch die Ohren und die Haare mit Schuppenshampoo gewaschen, und zum Abpfiff war ich schon trockengerubbelt im Bademantel. Ein wichtiger Auswärtspunkt gegen Dortmund! Das war ein guter Tag gewesen.

»Günter, wie stinkst du denn?«, begrüßte mich Brigitte, als ich – frisch gebadet, geföhnt und in meiner bequemen Trainingshose – in die Küche kam.

Pah! Dass sie meinen Latschenkieferduft nicht mochte, wusste ich, aber »Wie stinkst du denn?« hatte sie dann doch noch nie zu mir gesagt. Sie schob sich an mir vorbei ins Bad und fluchte, dass es wieder aussähe wie im Freibad, nachdem zwei Schulklassen Köpper geübt hatten, und angelte die Flasche vom Wannenrand.

»›Entfernt Gerüche und hartnäckigen Kalk bis tief unter den Rand‹«, las sie vor. »›Mit frischem Meeresduft‹.« Ob Brigitte mein Schaumbad absichtlich ausgetauscht hatte oder es ein Versehen gewesen war, weiß ich bis heute nicht.

Hämisch ausgelacht hat sie mich, noch später beim Abendbrot, als ich nunmehr geduscht und mit ihrer Körpercreme bei ihr am Tisch saß. Nach dem ersten Sonnenbrand im Jahr schmiert sie mich damit auch immer ein, es riecht sehr weibisch nach Verbene und Oma. Brigitte bestellt das auch immer im Teleshopping, völlig überteuerter Kram. Sogar in der Zeitung haben sie schon davor gewarnt, dass das im Grunde genommen Kaffeefahrtmethoden sind. Sie blenden da »Vorher-nachher-Bilder« ein, und dann drängeln sie, dass man unverzüglich anrufen und die Straffungspaste ordern soll. Auf den Vorherbildern sind die Schenkel von ganz normalen Frauen zu sehen, so wie von Brigitte. Auf den Nachherbildern sind es dann eher die Beine von 16-jährigen

Mädchen. Sie sagen dazu, dass es einem nach nur sechs Wochen Anwendung dermaßen die Schenkel strafft, dass man um Jahrzehnte jünger aussieht, und dass man sich trauen sollte, ruhig wieder kürzere Röcke zu tragen.

Bei Brigitte verfängt so ein Quatsch, die greift dann umgehend zum Hörer und bestellt das Zeug. Nicht nur die straffende Salbe, sondern auch noch gleich kurze Röcke dazu. Wenn das Päckchen dann kommt, schmiert sie ein paar Tage konsequent jeden Abend, aber irgendwann verliert sie doch wieder die Lust. Meist verschenkt sie die angebrochenen Töpfchen ein paar Wochen später an ihre Freundin Doris weiter, statt den Pamps zurückzuschicken. Na, das wäre doch nur gerecht! Schließlich geht ihr Versprechen nicht auf. Sechs Wochen soll man schmieren, aber nur vier Wochen darf man das Zeug zurückschicken? Die sollten mich kennenlernen, das ist ja Bauernfängerei! Brigitte ist aber gegen das Zurückschicken. »Wegen der paar Euro, nun mach mal keinen Aufstand, Günter. Außerdem habe ich schon fast die Hälfte verbraucht. Was macht denn das für einen Eindruck? Und sowieso, wenn ich eine zu hohe Retourenquote habe, beliefern die mich wahrscheinlich nicht mehr! Und die Doris freut sich.«

Bei Doris hilft es genauso wenig wie bei Brigitte. Doris ist eine Frau gut über 40, und Brigitte hatte letzten Sommer ihren 60. Beides sind schmucke Frauen, und ich wäre überfordert damit, wenn meine Angetraute jetzt mit Stelzen wie ein Teenager daherkäme, ich sag Sie das, wie es ist!

Mit dieser Salbe schmierte mich Brigitte also ein, nachdem ich noch mal geduscht hatte, um den WC-

Reiniger abzuspülen. Aktuell hatte sie gerade Erdbeer-Vanille am Wickel, das nehme ich in der Eisdiele auch immer. »Aber mach nicht so dick, Brigitte, nicht, dass es mir den Bauch wegtaut und ich aussehe wie der Ronaldo. Dann passen meine Hemden nicht mehr, und wir müssen alles neu kaufen, höhö!«

Na ja. Ein paar Wochen später waren sie im Fernsehen mit neuer Körpercreme auf Sendung, diesmal Kaviar. Der Erdbeertiegel wanderte zu Doris, und Brigitte orderte die Körpercreme mit Vitaminen und Fischeiern.

Nun auf einmal war meine eine Flasche Schaumbad schuld daran, dass wir einen Badschrank brauchten.

»Da muss ein Schrank her, das sieht doch viel ordentlicher aus. Wenn mal Besuch kommt? Wir messen das aus, und dann gucken wir am besten zu IKEA.«

Ich hielt den Atem an und versuchte, den Schreck wegzuatmen.

Zu I-KE-A.

Es gibt wenige Sachen, die schlimmer sind für mich, ich habe an diesem Ort nur traumatische Erfahrungen gemacht. Das letzte Mal, als ich da mit hinmusste hat mir ein Kind ins Bein gebissen, und wir haben 800 Euro ausgegeben, obwohl Brigitte »nur gucken« wollte. Brigitte definiert das aber anders als normale Menschen. Solange der Kofferraum noch zugeht, war es für sie »nur gucken«.

Wir haben hier in Spandau einen IKEA, gar nicht weit. Wenn sie wirklich dringend »nur eine Kleinigkeit« will, kann sie bequem mit dem Bus hinfahren, oder auch selbst. Ich lasse sie da gern den Kadett nehmen. Aber ein Badmöbel lässt man seine Frau einfach nicht rumschleppen, das gehört sich nicht. Ich sah das ein. Es führte kein Weg daran vorbei, ich würde wohl mit ihr da hinfahren müssen. Es ging nur noch darum, günstige Rahmenbedingungen auszuhandeln. Ich würde keinesfalls an einem Samstag fahren, und ich könnte im Auto warten. Den Vorschlag mit »nicht am Samstag« fand Brigitte gut, die Schlange von damals, als wir leichtsinnig *IN DEN FERIEN* dahin gefahren waren, hatte sich selbst bei ihr eingebrannt. Aber mit »Ich kann doch im Auto warten« kam ich nicht durch.

»Du spinnst doch wohl, Günter. Wenn wir einen Badschrank kaufen, suchen wir den BEIDE aus, für UNSERE Wohnung, in der WIR ZUSAMMEN leben!«, regte sie sich ganz furchtbar auf. Die machte jetzt wirklich aus allem so eine Partnergeschichte. Das musste ich ihr dringend wieder abgewöhnen.

Na ja. Wir einigten uns auf Mittwochvormittag. Das war weit genug weg vom Wochenende, und der Mittwoch fiel auch nicht auf einen Monatsletzten, wo es schon Rente gegeben hatte. Das hätte mir noch gefehlt, Hunderte Opas vor den Füßen!

Wir hatten von Mareike mal einen Gutschein geschenkt bekommen für so eine Salzwassertherme. Ach, herrlich ist das, das machen Brigitte und ich gern, besonders an grauen, nasskalten Herbsttagen. Wir sind eine gute Stunde aus Berlin raus gefahren, und als ich gerade geparkt hatte, hielt vorm Haupteingang ein Bus, beschriftet mit SPANDAU REISEN. Oma Bergmann in Begleitung von mehreren alten Damen, darunter auch die Gläsers, kletterte raus. Ich habe mich nicht mal abgeschnallt, sondern gleich den Rückwärtsgang eingelegt und bin wieder zurück auf die Autobahn. Das muss ich wirklich nicht miterleben, und ich will auch nicht, dass die mich in Badehose sehen. Brigitte war ein bisschen maulig, aber sie kennt ja auch Renates Rentnerbrigade nicht so gut. Die neben mir im Salzwasserzuber, nee, das musste ich nun wirklich nicht haben.

Wir sind dann die Woche drauf in die Therme gegangen, nachdem ich über den Umweg Brigitte von Doris erfahren hatte, dass Oma Bergmann da »große Wäsche« plante. Das heißt bei ihr, dass sie am Tag vorher alles in der Badewanne einweicht, weil sie nicht darauf vertraut, dass die Waschmaschine es gründlich wäscht. Sie gibt im ganzen Haus Bescheid, wenn sie wäscht, und poliert am Abend vorher schon die Wäscheleine auf dem Trockenboden, deshalb sind da immer alle im Bilde. Na ja. Für Brigitte war es dann letztlich auch angenehmer, ohne so viele lose Bekannte zu saunieren.

Ähnlich ist es bei IKEA. Ich weiß, dass Opa Kutte mal mit seinem Taschenmesser ein Regal aufgeschnitten hat, um dem Verkäufer zu beweisen, dass das alles nur Pappmaschee ist und nichts taugt. Da will man auch nicht dabei sein, deshalb schien mir der Termin Mittwoch Vormittag, Mitte des Monats die gefahrloseste Möglichkeit, ohne große Komplikationen zu so einem Badschrank zu kommen, was auch immer Brigitte da vorschwebte.

»Na soooo hoch etwa«, zeigte sie mir mit dem rechten Arm einen Strich in Schulterhöhe, »und so breit, dass die Tür aufgeht und die Waschmaschine nicht wegmuss.

Und zum Hinstellen, nicht zum Anhängen. Nicht, dass man da noch bohren muss.«

In ihrem Blick war schon wieder was, was mich irgendwie ärgerte. Sie sagte nichts, aber ich wusste genau, worauf sie anspielte. Das Regal in der Küche, ja! Es hatte nicht gehalten. Meine Güte. Aber es lag daran, dass der Putz porös war und nicht, dass ich falsch gebohrt hatte.

Wir sind also los zu IKEA. Ich hatte den Wagen am Tag vorher durch die Waschanlage gefahren und vollgetankt. Es wäre noch nicht nötig gewesen, aber wenn das Benzin preiswert ist, tanke ich immer. Selbst wenn nur für acht Euro reingeht. Bei zwei Cent auf den Liter sind das … also, aufs Jahr hochgerechnet kommen da bestimmt zwei, drei Bier zusammen.

Ich hatte den ganzen Morgen schon kein gutes Gefühl, und als ich das riesige blau-gelbe Logo aus dem Auto sah, wurde mir regelrecht flau in der Magengegend. Brigitte war schon ganz hibbelig und wäre mir fast vom Beifahrersitz gehüpft. Als ich über den Parkplatz Richtung Parkhaus bog, machte sie einen langen Hals und guckte den beneidenswerten Menschen, die mit ihrem Einkauf schon fertig waren und zu den Autos zurückzockelten, neugierig in die Einkaufswagen. »Palmen, Günter! Ach, wie hübsch! Und einen neuen Fußabtreter brauchen wir auch. Und guck mal, die haben hier diese flachen Schneebesen!«

Ich war schon bedient, bevor wir überhaupt angekommen waren. Als ich direkt am Zebrastreifen eine Frau mit Bilderrahmen und Kerzenständern sah, gab ich Gas. Das ist sonst nicht meine Art, ich fahre immer rücksichtsvoll und halte mich an die Vorschriften, aber das war »Gefahr im Verzug«. Hätte Brigitte, die gerade im Handschuhfach nach einem Euro für den Korb wühlte, den Dekoklimbim gesehen, sie hätte gekreischt und ... nein. Das wollte ich nicht.

Ich parkte den Wagen sicher und merkte mir die Parkposition. Das muss man, diese Parkhäuser sind gebaut wie Labyrinthe. Da haben schon Leute länger nach ihrem Wagen gesucht, als der Einkauf an sich gedauert hat. »P 0« war unsere Sektion. »Pe-Null, Brigitte, merk dir das mal. Dahin müssen wir nachher zurück.«

»Jaja, P 0. Sieht aus wie PO. Geparkt am Gesäß der Welt.«

Ich sag Sie das, wie es ist: Wenn die vorm IKEA steht, vergisst sie jede Kinderstube und scharrt mit den Hufen wie ein Rennpferd in der Startbox. Sie war nicht mehr zu halten, und ich versuchte es auch gar nicht. Ihre Nordic-Walking-Frauen hätten gestaunt, was die für ein Tempo an den Tag legte! Ich kam kaum hinterher und war ganz außer Atem, als wir endlich am Eingang waren. Brigitte klemmte sich erst mal zwei riesige gelbe Müllsäcke unter die Arme. »Nimm du auch einen, Günter ... für die Kleinigkeiten reicht das erst mal.« Sie deutete meinen Blick jedoch ganz richtig und schob nach: »Na dann lass halt. Wir nehmen nachher sowieso einen Wagen, wenn wir nicht mehr tragen können.«

Damit hatte sie sich verraten. Von wegen: »Wir holen nur einen Badschrank und gucken ein bisschen.« Im Kern ging es ihr darum, säckeweise Plunder für teures Geld zu kaufen, den kein Mensch braucht und der einem im Haus überall vor den Füßen rumliegt. Jedes Jahr das Gleiche! Wenn sie ihren Dekorationsschub kriegt, stellt sie überall Getüddel hin. Man stößt ständig an, und spätestens nach dem zehnten blauen Fleck heißt es: »Dein ewiges Gemecker geht mir auf die Nerven, Günter.« Der Kerzenständer oder was auch immer kriegt dann noch ein paar Monate Zwischenasyl im Keller und wird irgendwann mit ein paar Schleifen drum einer Nordicfreundin zum Geburtstag verehrt, Mareike kriegt es mit, oder es wandert in den Sperrmüll, je nachdem, was als Erstes dran ist. So war es bisher immer, und so würde es auch mit den heutigen Einkäufen wieder enden, ich wusste es genau.

Statt direkt die Badabteilung anzusteuern, hatte Brigitte es nun auf einmal überhaupt nicht mehr eilig. »Wenn wir schon mal hier sind, können wir doch auch mal gemütlich durch die Ausstellung bummeln, Günter.« Ich musste mir dann eine geschlagene Stunde lang Sofas, Esstische, Doppelstockbetten und Lampen angucken, ein Teil hässlicher als das andere. Alle Tische waren eingedeckt, aber so mit Stehrumchens und gefalteten Servietten zugebaut, dass niemand an die Butter gekommen wäre. Die Betten waren mit so vielen bunten Kissen und Decken »dekoriert«, Sie, ich sag Sie das, wie es ist: Man hätte einen Bandscheibenvorfall bekommen, hätte man so geschlafen. »Mit dir macht einkaufen keinen Spaß, Günter!«, kommentierte Brigitte beleidigt meine Kritik.

Dafür hat sie nun 40 Ehejahre gebraucht, um das festzustellen, pah! Frauen sind manchmal aber auch naiv. Hatte die wirklich geglaubt, ich würde nun, wo ich Privatier war, auf einmal eine Leidenschaft für freischwingende Esszimmerstühle entwickeln? Ich tat Brigitte aber den Gefallen und setzte mich zur Probe auf so ein Ding. Es wippte. »Wie soll man denn eine Suppe essen, wenn der Stuhl wackelt? Was soll der Quatsch?«

Na ja. Brigitte hatte derweil schon den ersten gelben Sack mit »Kleinigkeiten« gefüllt, obwohl überall geschrieben stand, dass man Ruhe bewahren sollte, es wären alles nur Muster und man würde sämtliche Ware auch in der Markthalle finden. Ich sagte nichts, denn insgeheim spekulierte ich darauf, dass uns das vielleicht den Gang durch die Vorhölle ersparte.

Zunächst kamen wir nun also in die Badabteilung. Brigitte sah direkt einen Schrank, der ihr gefiel. Es heißt da ja alles mit VIK hinten, und Brigitte hatte sich für einen Schrank aus der Serie »BADEVIK« entschieden. Sie zog die Lippen zu einem Schmollmund und kniff die Augen zusammen. Das macht sie immer, wenn sie Maß nimmt. Überall hingen Papiermaßstrippen, aber meine Frau braucht so was nicht. Sie kneift die Augen schmal und sieht, ob was passt. So kauft sie auch immer Hosen für mich. Wenn sie danebenliegt, behauptet sie einfach, ich hätte zugenommen.

»Gib doch mal den Zettel mit den Maßen, Günter!«

»Was für einen Zettel?«

»Jetzt stell dich nicht dumm, gib mir den Zettel!«

»Ich habe keinen Zettel!«

»Ich habe dir doch zu Hause einen Zettel gegeben, mit den Maßen aus dem Bad.«

»Ach so. Der.«

Ich hatte gedacht, das wäre der Lottotipp und habe einen Schein mit den Zahlen abgegeben. War aber auch wieder falsch. Brigitte machte dann noch ein Weilchen ein Gekeif, ließ aber davon ab, als sie einen Verkäufer sah. Der war schon fast an uns vorbei, aber meine Frau rief ihm laut und für jeden im weiten Umkreis hörbar hinterher: »Entschuldigen Sie, mein Mann und ich hätten gerne einen Badevik!«

Die Bude war rappelvoll, und bis zu dem Moment hatten alle wild durcheinandergequasselt. Brigitte jedoch hatte geschafft, wofür selbst erfahrene Lehrer in einer Schulklasse brüllen und mit Strafe drohen müssen: Sofort war Ruhe. Totenstille. Diese Stille hielt jedoch nur Bruchteile von Sekunden, dann prusteten alle laut los. Der Verkäufer setzte noch einen drauf und meinte: »Hey« – das sagen die erst mal zu jedem, »Hey« und »du« – »Hey, was ihr zu Hause macht und wo ist mir ganz egal.« Dabei grinste der frech. Der hörte diese Panne bestimmt nicht zum ersten Mal und hatte seine Antwort einstudiert.

Ich habe mich dann eingeschaltet und ihm den Schrank gezeigt, den wir wollten. Es gab ihn in Weiß und in allen Baumholzfarben, die wohl im schwedischen Wald wuchsen, und in einem Gelb. Anscheinend hatten die billig die Farbe aufgekauft, mit der die Post früher die Telefonzellen angestrichen hat. Bevor Brigitte noch auf dumme Gedanken kam, sagte ich: »Den da. In Weiß, eins achtzig hoch. Den wollen wir.«

Der wendige Troll hieß laut Namensschild Sören, aber ich glaube denen kein Wort. Bei uns am Kundentelefon der Verkehrsbetriebe haben die Mitarbeiter auch Phantasienamen, die original nach Berlin klingen. Das ist wegen Marketing und auch zum Schutz der Kollegen, hat man mir erklärt. Die Ute Jablonsky heißt da Tanja

Schumann, und der Youssouf nennt sich Uwe Lehmann. So wird es mit dem Sören wohl auch sein, wahrscheinlich hieß der Detlev. Wie auch immer, der Sören-Detlev notierte mir Regalreihe und Fach mit einem kleinen Bleistift auf einem kleinen Block. Brigitte glaubte, er wäre mit mir abgelenkt, und griff sehr ungeschickt nach einer Handvoll dieser Bleistifte und steckte sie in die Handtasche. Der Bursche war jedoch nicht doof und merkte es. Er war aber auch klug genug, um nichts dazu zu sagen, und wünschte viel Spaß mit dem Badevik und den Bleistiften. Brigitte wurde ganz rot und beeilte sich, hier wegzukommen.

Mir war das ganz recht, ich sag Sie das, wie es ist. Alles, was die Sache hier beschleunigte und vorantrieb, spielte mir in die Karten. Man kommt ja aus dem Irrgarten nicht einfach so raus, sondern ist gefangen und wird von der Schlange mitgezogen. Es gibt kein Entrinnen. Wer stehen bleibt, wird von der Masse zertrampelt. Ganz schlimm sind die dran, die was vergessen haben und gegen den Strom zurückmüssen. Es gibt wohl auch zwei Abkürzungen, an denen man sozusagen quer laufen kann und ein paar Hundert Meter Irrgarten auslassen und vom Schwanzende der Irrgartenschlange direkt an den Hals springen kann. Die sind aber gut getarnt. Mareike hat den Weg mal gefunden, man muss quasi in den Schlafzimmerschrank KLOBEVIK steigen, die Rückwand rausdrücken und sich durch ein paar Gummibäume zwängen, und schon ist man bei den Bilderrahmen und hat die Teppiche und das Gewächshaus gespart.

Sosehr ich auch suchte, ich fand den Eingang in den Märchenwald nicht und ergab mich dem normalen Lauf der Dinge. Wir konnten am Horizont das Gewächshaus sehen, und in Brigitte erwachte eine Kraft, die man sonst nur von Rentnern kennt, wenn im Supermarkt eine zweite Kasse aufmacht. Sie kiekste beglückt und stapfte immer schneller durch die Menschenmassen. Ich bekam schon fast Seitenstechen, schließlich hatte ich ja auch noch die mittlerweile prall gefüllten gelben Taschen zu schleppen! Während Brigitte sich bei einem Herrn entschuldigte, dem sie von hinten in die Hacken gelatscht war in ihrem Drang, dem Blumenhaus näher zu kommen, holte ich sie keuchend wieder ein.

»Jetzt brauchen wir aber einen Wagen«, sagte sie und fummelte kurz entschlossen einen los. Die machten das sehr geschickt, dass sie hier noch mal Einkaufswagen platziert hatten. Überall um mich herum sah ich Herren meiner Generation, die sich mit den Ellenbogen aufgestützt hatten und ein bisschen verpusteten, während sich die Frauen um Grünzeug und Balkonsesselauflagen balgten und ihre Beute in die Wagen schmissen. Brigitte guckte gar nicht unbedingt in die Regale und Auslagen, sondern meist in die Wagen der anderen. Diese neidischen Blicke kenne ich sonst nicht von ihr. Höchstens damals, auf der Weihnachtsfeier, als Ute Jablonsky mich auf die Tanzfläche gezogen hat. Die hatte Brigitte auch am liebsten totbeißen wollen. Sie hatte es jedoch geschickter gemacht, denn sie war zum DJ gegangen und hatte »How much is the Fish« bestellt. Ute hatte aufgehört zu tanzen, ich auch – wie hätte man zu dem Krach auch tanzen sollen? –, und Brigitte hatte zufrieden an ihrem Spumante genippt.

Im IKEA nippte sie nicht, aber sie guckte zufrieden,

wenn sie eine Palme gefunden hatte, die zwei Triebe mehr hatte als die im Korb, den der Kahlköpfige neben mir bewachte. Dessen Frau wiederum forderte Brigittes Errungenschaft heraus, sie ging noch mal auf die Jagd ins Beet und kam nach wenigen Minuten triumphierend mit einem Gründingens an, das noch ein bisschen größer als Brigittes war. Die wiederum bremste ich jetzt mit meiner Frage aus, wo sie das Trumm überhaupt hinstellen wollte. »Na, eine Palme macht sich doch prima im Badezimmer!«, pampte sie mich nach kurzem Überlegen an. Nach meiner Schätzung war in unserer kleinen Nasszelle entweder Platz für die Palme ODER für den Badevik, aber es war im Grunde auch egal, denn erfahrungsgemäß gehen die Dinger sowieso ein, sobald sie das schützende Biotop »Gewächshaus« verlassen und die Kasse passiert haben. Brigitte hat schon mehr Grünpflanzen von IKEA totgepflegt als Mareike Meerschweinchen. Ich weiß nicht, ob es die Einsicht war, dass unser Bad wirklich recht klein war, oder ob meine Frau schon die Kerzen riechen konnte, jedenfalls gab sie nach, und wir reihten uns wieder in den Zug durchs Labyrinth ein.

Das Schlimme an den Kerzen ist ja nicht, dass sie hässlich sind, sondern dass sie so stinken. Ich kriege Kopfschmerzen davon, und auch Brigitte hat das eingesehen, nachdem sie beim letztjährigen Weihnachtsputz zwei große Schubladen voll Kerzen weggeschmissen hat. Eigentlich. Aber Alkoholiker wissen im Grunde auch, dass Bier nicht gut für sie ist, und trotzdem ... na ja. »Ach, guck mal ... DIE sind doch aber wirklich schön! Und DIE würden prima überm Kopfende im Schlafzimmer aussehen!«, hielt sie mir graue Kerzen mit gekringelter Rinde unter die Nase. »Riech mal. Sind die parfümiert?«

Was mir entgegenströmte, verätzte mir die Schleimhäute so, dass ich für zwei Tage nichts würde schmecken und riechen können.

»Pfui Teufel, da kann doch kein Mensch pennen, wenn die überm Bett stehen! Stell die bloß weg und wasch dir die Finger! Und überhaupt, bist du verrückt geworden? Das Schlafzimmer wird nicht in Flammen gesetzt!«

Brigitte schnupperte selber an den Wachsstumpen und stellte sie enttäuscht weg. »Du hast ja recht. Aber man muss sie ja nicht anzünden. Die stehen eben einfach nur so da und sind hübsch.«

»Von so was haben wir wohl schon genug rumstehen!«

Damit war das Thema Kerzen eindeutig zu meinen Gunsten ausgegangen. Brigitte riskierte keine Experimente, sondern lud nur klassische rote und weiße in den Wagen – »für den Adventskranz«.

Wir hatten April und genug Adventskranzkerzen für die nächsten 30 Jahre zu Hause, aber ich sagte nichts und ertrug es wie ein Mann. Wenigstens waren alle ohne Zimt und Vanille, sogar die vier Beutel Teelichter, die Brigitte wortlos, aber mit einem Blick in die Einkaufskarre legte, der sagte: »Die kaufe ich, und es ist mir egal, was du davon hältst. Sag ein Wort, und ich mach dich einen Kopf kürzer, Mann.«

Die ganze Zeit über guckte Brigitte auf ihr Handy, sagte aber nichts. Wir waren mittlerweile an den Bilderrahmen vorbei, natürlich nicht, ohne üppig aufzuladen. Meine Frau entwickelt eine unfassbare Phantasie, was sie alles einrahmen könnte, wenn sie Bilderrahmen sieht. Nicht nur Fotos, nein! Sie rahmt auch gepresste Blumen, Locken von kleinen Kindern, Fußabdrücke und Flugtickets ein. Seit es diese 3-D-Rahmen gibt, in die man so … na, ich schätze mal drei Zentimeter hohes Gelump drapieren kann, wird auch ihr ganzes Salzteiggeknete eingerahmt. Die Auswahl dauerte aber zum Glück nicht lange, denn hier kannte Brigitte sich genau aus und wusste, was sie wollte. Sie lud nur die Kartons auf und bedeutete mir mit einem Wink, dass ich weiterschieben sollte.

Unser Karren war nun schon so hoch beladen, dass ich nur noch mit Mühe drübergucken konnte und auch kaum noch Gewalt über ihn hatte. Ich konnte nur schwer bremsen, und lenken war auch nur mit vollem Körpereinsatz möglich. Unverantwortlich, dass die Einkaufswagen nicht mit Spiegel und Hupe ausgestattet sind, und vor allem auch, dass sie einfach so ohne Qualifikation oder Nachweis von Kenntnissen in Verkehrssicherheit von jedermann geschoben werden dürfen! Da liegt es dann in der Natur der Sache, dass es zu Karambolagen kommt. Dass ich am Stapel mit Kokosfußmatten angeeckt bin und der Gang unpassierbar war, bis so eine gelbe Sören-Putztruppe endlich zum Aufräumen ausrückte, lag aber nun wirklich nur an der versperrten Sicht durch Brigittes Palme.

Wir steuerten nun auf das Hochregallager zu. Für den Badevik mussten wir einen zweiten Wagen nehmen. Das Trumm war zerlegt, und zwar recht schlank, aber dafür sehr lang verpackt. Ich überließ Brigitte das Steuern des Zweitwagens. Sie fuhr voraus und peilte die Selbstbedienungskassen an. Sogar hier gab es eine Schlange.

Im Grunde ist das ja schon wieder eine Frechheit, was die da mit uns machen. Es gehört ja wohl zum Service, dass man abkassiert wird! Aber nee, sie verkaufen es uns als kleines Abenteuererlebnis, dass wir mal selbst mit der Laserpistole scannen dürfen, und sparen so einen Haufen Personal.

Überhaupt muss man sagen, dass es nur recht knapp Sörens und Pernillas gab. Im Baumarkt haben sie das auch, aber da weigere ich mich, selbst zu scannen. Ich habe es einmal probiert, ja, Himmel, Gesäß und Zwirn! Alles ablegen, drücken, scannen, legen Sie es zurück, sammeln Sie Punkte?, hier nur Kartenzahlung … Ich hatte nach zehn Minuten genug und meine Schrauben noch immer nicht bezahlt. Es musste dann die Kassenaufsicht kommen und das System neu starten, bis ich rauskonnte. Derweil wäre ich an der Kasse mit Personal schon dreimal durch gewesen, und man hätte mir noch einen »Guten Tag« gewünscht!

Hier war es aber was anderes, ich hatte ja mit Brigitte eine Frau vom Fach dabei. Sie scannte so wieselflink erst den Badevik und dann den großen Wagen mit ihrem Deko-und-Getüddelkram, dass der Aufseher uns ganz schnell in den Blick nahm. Da war eine Kontrolle fällig, fast wie auf dem Flughafen. Als wir seinerzeit nach der Schlagerkreuzfahrt aus der Türkei zurückkamen, wollte der Vogel da in Tegel – damals war ja noch Tegel! – auch unbedingt meinen Koffer sehen. Na, viel Spaß wünschte ich dem mit meinen Tennissocken von drei Wochen bei 35 Grad, höhö! Der war sehr schnell fertig, ich sag Sie das, wie es ist.

Hier krallte sich der Kassen-Sören den Bon, der gute

zwei Meter lang war, und glich jeden Posten mit unserem Korb ab. »Reißen Sie den aber nicht kaputt, den brauchen wir noch, wenn das Klopapier mal wieder knapp wird«, versuchte ich zu scherzen, aber der war nicht dazu aufgelegt und zählte gerade Wasserglasviks. Er war ein bisschen beleidigt, dass er keinen Fehler fand – aber auf Brigitte ist eben Verlass. Bei ihr stimmt die Kasse immer, in ihrem Supermarkt genauso wie im Fanclub.

Wir waren dann durch die Kasse durch und im Grunde fertig. Vor uns lagen nur noch die Hürden »Auto wiederfinden« und »Auto beladen«. Selbstredend hatte ich mir gemerkt, dass wir an P 0 standen, aber ich stellte meine Frau auf die Probe und fragte, ob sie es sich wohl gemerkt hatte. »Am Arsch der Welt, Günter. Mit meiner Eselsbrücke gar kein Problem, damit merke ich mir alles: A 0!«

Ich sagte nichts und schüttelte nur den Kopf. Die wäre hier länger durch die Nacht geirrt als ihre Nichten durch die Mark Brandenburg. Kein Orientierungssinn, die Frauen in Brigittes Familie!

Das Problem »Auto wiederfinden« war schneller gelöst als gedacht, dafür nahm das Beladen mehr Zeit in Anspruch. Der Badevik war lang, und die Konstrukteure des Kadett hatten sich nicht mit den Tischlern von IKEA abgesprochen. Ich musste schieben, drücken, rangieren und letztlich den Vordersitz umklappen und das Monstrum bis vor in das geöffnete Handschuhfach schieben, damit die Heckklappe zuging. Im Grunde war das Auto voll, aber daneben stand noch immer der Wagen mit Brigittes »Kleinigkeiten«. Die nahmen so über den Daumen geschätzt mehr Volumen ein, als der Kadett noch aufnehmen konnte. Es ist wie beim Kofferpacken, man muss mit den größten Sachen anfangen. Ich stukte die Angeberpalme also auf die Rückbank, direkt hinter den Fahrersitz. Brigitte steuerte warnende »Vorsicht«-Rufe bei, aber ich machte mir da nicht so den Kopf drum. Das Ding würde eh nach zwei Wochen gelb werden, da kam es auf einen kleinen Knick nicht an. Ich lud die Kerzen, Bilderrahmen und die sonstigen »Wenn-wir-schon-mal-hier-sind«-Viks auf den Rücksitz. Der war voll, genauso wie der Kofferraum. Langsam dämmerte meiner Frau eine Erkenntnis: »Wie soll ich denn nun nach Hause kommen, Günter?«, fragte sie mich mit einem Unterton, in dem eine Mischung aus beleidigt und dem Vorwurf, dass ich dafür verantwortlich war, mitschwang. Das bin ich aber gewohnt, ich bin immer schuld. Sie kauft zu viel ein, und ich bin schuld, dass das Auto voll ist!

Ich sagte gar nichts mehr, zückte meine Brieftasche und gab ihr meine Jahreskarte für den Bus. Sie war wiederum hin- und hergerissen, einerseits war sie wütend, andererseits hatte sie wohl hier draußen wieder Funkempfang oder wie das heißt, jedenfalls hatte ihr Handy ständig gesummt und gebrummt. Sie hatte wohl sämtlichen Freundinnen »Wir sind bei IKEA« geschrieben, und da kein normaler Mensch da gerne hinfährt, trudelten nun nach und nach die Wünsche ihrer Wanderstockgruppe ein. »Wir müssen noch mal rein, Günter. Elvira will ein Kinderstühlchen, Doris braucht Geschirrhandtücher, und Gudrun meldet sich gleich noch mal, sie misst noch, wie breit das Laken sein soll!«

Das hatte sie sich aber so gedacht, ich machte doch hier nicht den Spediteur für ihre Weiber! Und wahrscheinlich würden wir überall noch zu Hause vorbeifahren, den Krempel abgeben und müssten entweder direkt schnell auf einen Kaffee rein oder am Wochenende zum Grillen kommen, pah! So weit kommt's noch!

»Man darf hier nur zwei Stunden parken, Schatz. Wir müssen los, sonst kriegen wir Ärger.«

Aus dem Augenwinkel sah ich, wie zwei Frauen zielsicher auf einen Mutter-Kind-Parkplatz zusteuerten. Sie stiegen aus und guckten völlig unschuldig, als wären sie sich des Regelverstoßes gar nicht bewusst. Eine war schätzungsweise … na, da kann man sich nur in die Nesseln setzen, ich sage mal vorsichtig und höflich gute 40, die andere deutlich älter. Vielleicht 70. So eine Frechheit! Ich ließ von Brigitte ab und drückte das Kreuz durch, um Autorität auszustrahlen. »So geht das aber nicht! Da können Sie nicht stehen bleiben!«, mahnte ich die Fahrerin.

»Was geht Sie denn das an, wo ich parke? Wer sind Sie überhaupt, Sie …«

»Manuela!«, zischte die Ältere dazwischen. Offenbar war das so eine notorische Ignorantin, die öfter ausfallend wurde, und sie kannte das schon und wollte eingreifen, bevor sie richtig loslegte.

»Ich bin nur ein Bürger, der ein Auge darauf hat, dass sich jeder an die Vorschriften und Regeln hält.«

Brigitte atmete tief ein und guckte zur Älteren rüber. Die beiden warfen sich ein verschämtes Lächeln zu, begleitet von einem angedeuteten Schulterzucken.

»Das ist ein Mutter-Kind-Parkplatz, wie Sie sehen können!«

»Ja, und? Komm, Mama!«

Sie griff die Ältere am Ärmel und ließ mich einfach stehen.

Eine Frechheit! Ließ die mich einfach stehen?!

»Günter, lass doch! Sie sind doch wirklich Mutter und Tochter«, meinte Brigitte.

Das mochte formal richtig sein, aber doch wohl nicht im Sinne dessen, der das Schild aufgestellt hatte! Ich machte mir gleich eine Notiz in mein kleines schwarzes Buch, dass ich dem Parkplatzbetreiber schreiben und ihn auf diese Ungenauigkeit aufmerksam machen müsste. So ging das nicht! Das Schild gehörte ergänzt um eine Altersgrenze für das Kind, meinetwegen bis zwölf. Wobei, da rauchen die ja schon, es reichte auch bis zehn.

Also, kurzum, ich machte Brigitte klar, dass ich unter keinen Umständen noch mal in den Markt mit reingehen würde. Ihre Wandertanten wohnten alle in Spandau und konnten jederzeit mit dem Bus herfahren und ihre Kissenhüllen, Tabletts und Trolleviks selber kaufen. Die haben jeden Abend bis neun auf. Ich bin doch nicht der Lieferservice. So weit kommt's noch!

Brigitte war beleidigt, gab aber nach. »Du hast tapfer durchgehalten bis hierher, Günter«, lobte sie mich sogar. Wir guckten zur Uhr und merkten, dass es nun schon auf eins ging. Und ich hatte noch nichts im Magen! Üblicherweise essen wir immer um zwölf, Punkt zwölf steht das Mittagbrot auf dem Tisch. Man verliert in diesem Labyrinth des Grauens aber nicht nur das Gefühl und die Kontrolle für den Raum, sondern auch für die Zeit. Nun knurrte mir der Magen, und ich mahnte zur Eile, dass wir nach Hause kamen.

»Quatsch, Günter, wir essen hier im Restaurant! Ich

stell mich doch nicht zu Hause hin und koche, wenn wir hier gut und billig was kriegen. Komm!«

Sie fackelte nicht lange, sondern ging einfach vor. Na ja, was sollte ich machen, ging ich also hinterher. Wenn Brigitte sagt, sie kocht nicht, dann kocht sie auch nicht, und irgendwas Warmes braucht der Mensch ja im Magen.

Dabei kann sie kochen. Brigitte kocht gut. Also, ich will nicht klagen, es schmeckt meist auch, und wichtig ist ja, dass man was Warmes im Bauch hat. Andere Kollegen hatten es da nicht so gut, die haben Taschengeld mitgekriegt und mussten sich mittags einen Döner holen oder anderes ungesundes Zeug. Nicht nur, dass das ins Geld geht, es ist doch auch nicht gut für den Magen! Brigitte hat immer dafür gesorgt, dass ich was Vernünftiges in den Henkelmann kriegte. Ihr Essen schmeckt nicht wie bei Mutter, aber wie gesagt, ich habe keinen Grund und kein Recht zur Klage. Meine Frau kocht solide.

Sie guckt auch gerne Kochsendungen im Fernsehen, die da rund um die Uhr laufen. Irre ist das, schon zum Frühstück panieren die Schnitzel, und das geht den ganzen Tag so weiter. Bis nachts hin, beim Teleshopping. Das gucken wir auch gern. Regelmäßig fangen die da abends um elf an, Käse zu hobeln. Manchmal hobeln sie die ganze Nacht durch, bis zum Morgengrauen. Brigitte lässt sich davon auch immer wieder beeinflussen. Wir haben schon drei Käsehobel, und sie hat auch schon zig dieser Dinger an ihre Freundinnen verschenkt. Die Messer von den Teilen sind so verdammt scharf, dass Brigitte die ersten paar Wochen nach dem Erwerb eines neuen Hobels stets mit bepflasterten Fingerspitzen rumläuft. Erst, wenn die eingebauten Messer ein paarmal im Geschirrspüler waren und durch die Hitze stumpf werden, sind die überhaupt verwendbar.

Aber Brigitte verliebt sich trotz der Schmerzen immer wieder neu in die Dinger, und bestellt. Sie ist da leicht beeinflussbar. Ich kann an dem, was sie auf den Tisch bringt, schon schmecken, wer die Woche wieder bei der »Küchenschlacht« am Herd stand. Trieft alles vor Fett und schwimmt es in Butter, war der Lichter dran, riecht es streng nach Ingwer, muss wohl Schuhbeck moderiert haben. Wenn sie Pampe auf einem Blech zusammenknetet, war Mälzer auf dem Sender. Das ist dieser Jungsche, der immer mehr aus dem Leim geht. Wenn Brigitte ihre Schuhbeck-Phase hat und jedes Gericht mit Ingwer zudonnert, dann lobe ich mir den Schnitzelwagen. Früher haben wir ja Imbissbude dazu gesagt und uns da eine heiße Bockwurst, eine Bulette oder auch ein Hackepeterbrötchen geholt. Heute muss das ja alles ein bisschen hip und modern sein, deshalb heißt es »Food Truck« und es gibt keine heiße Bockwurst, sondern es heißt jetzt Hotdog. Na gut, was soll's. Hauptsache, es schmeckt. Und noch was ist anders: Die Dinger stehen nicht mehr ständig am gleichen Platz, sondern immer nur ein paar Stunden, dann fahren sie weiter. So sparen die wahrscheinlich die Standgebühr, und sie steigern die Nachfrage, weil sie sich rar machen. Zu uns in die Straße kommt jedenfalls jeden Dienstag um die Mittagszeit Amirs Schnitzelmobil. Lecker ist es da, und garantiert ohne Ingwer. Statt Schnitzelmobil ist eben heute Möbelhauskantine dran, was soll's. Hauptsache, was zu essen.

Was die hier kredenzten, war von keinem Fernsehkoch angerührt. Ich bin nun wirklich nicht mäkelig und esse auch klaglos Brigittes Kost, jedenfalls, wenn kein Ingwer dran ist, und ich finde immer was auf der Karte im Restaurant. Im Zweifelsfall bestelle ich eben Schnitzel. Schnitzel macht jeder, und es schmeckt auch immer, das nehme ich auch, wenn Mareike uns mal wieder etepetete ausführt und zum Griechen schleppt oder zum Chinesen. Das macht sie immer, wenn sie befördert wird, und da das Mädel richtig was auf dem Kasten hat und Karriere macht, war das schon zweimal so weit. Bevor ich da Hammelfleisch vom Spieß nehme oder so komische scharfe Soßen, bestelle ich Schnitzel. Das ist wie Persil: Da weiß man, was man hat. Höhö.

Das nahm ich auch hier. Dazu Pommes, da kann man nichts verkehrt machen. Brigitte nahm Köttbullar, das sind so gedrehte Klopse in Sahnetunke, und dazu Kartoffelbrei. Das sah auch gut aus. Die hatten ja vor Jahren mal einen Skandal, als rauskam, dass sie Fleisch von wildlaufenden rumänischen Pferden da mit durchgedreht haben. Das würde mich gar nicht groß stören, ich sag Sie das, wie es ist. Während Brigitte aß, erwähnte ich es trotzdem nicht, sie ist da empfindlich. Trotzdem hatten bei ihr die Augen mal wieder größeren Appetit gehabt als der Magen, sie schaffte nicht alles, und ich kostete vom Rest. Es schmeckte wirklich nicht nach Pferd, eher hätte ich Sägespäne rausgeschmeckt. Na, die müssen ja auch irgendwo bleiben, bei so viel Holz … Wir hatten gut und billig gegessen, und ich pumpte uns noch ein bisschen von der leckeren Marmelade für zu Hause ab. Ja, die ist da umsonst, das haben wir schließlich alles mitbezahlt, und die schmeckt gut!

Wir waren erst am frühen Nachmittag zu Hause. Brigitte war mit dem Bus sogar ein paar Minuten schneller als ich mit dem Wagen und hatte die Wohnungstür schon aufgeschlossen, als ich ankam. Ich war fix und fertig. Brigitte wollte natürlich, dass wir den Badevik gleich noch aufbauen, aber mir war das zu viel. Ich wollte erst mal eine gemütliche Tasse Kaffee trinken und dann das Auto wieder aussaugen. Das war auch ganz gut, dass ich mich aus der Wohnung machte, denn meine Frau hatte bis zum Abend hin damit zu tun, ihre Stehrumchens auf Regalen und Anrichten zu verteilen.

Wir waren zwar nur 19 Kilometer gefahren, aber ich tankte trotzdem noch voll – sicher ist sicher. Als ich wieder hochkam, hatte sich mein eben noch gemütliches und vertrautes Heim in eine kunterbunte Kulissenwohnung verwandelt. Hier hätten die gleich weiterdrehen können, wenn die Studios in Babelsberg mal abbrannten! Überall steckten Kunstblumen in Vasen, die wiederum auf Deckchen drapiert waren. Ins Bad kam ich zwar noch rein, Hände waschen ging aber nicht, denn links vom Waschbecken stand die Palme, die ja unbedingt die größte sein musste, und auf die Ablage hatte Brigitte einen Farn, zwei Seifenspender, zwei Zahnputzbecher und so viele Handtücher drapiert, das hätte ich alles umgerissen, wenn ich es nur versucht hätte. Ich wusch mir also in der Küche die Hände, konnte sie aber nicht abtrocknen, denn hätte ich nach dem Handtuch gegriffen, wären wohl die zwölf neuen Gewürzgläschen umgefallen. Ich sagte gar nichts, und Brigitte auch nicht. Nicht viel, jedenfalls, sie zischte nur giftig: »Ich bin noch gar nicht fertig!«

Ich kletterte über den Badevik-Karton, der im Wohnzimmer lag, setzte mich in meinen Fernsehsessel, aus dem ich vorher zwei Kissen und ein künstliches Kuhfell räumen musste, und machte den Fernseher an.

Also, wenn das mein neues Leben mit »mehr zusammen machen« sein sollte, dann wollte ich das nicht. Es war höchste Zeit, dass ich selbst ein paar Vorschläge machte, sonst würde Brigitte jede Woche mit solchem Kokolores kommen, und das hielt ich im Kopp nicht aus.

So richtig schien es ihr jedoch auch nicht gefallen zu haben, denn sie drängelte ein paar Monate lang nicht mehr wegen IKEA. Den Badevik bauten wir – zusammen! – am nächsten Tag auf, die Palme wurde vom Bad ins Schlafzimmer geschleppt. Nachdem sich Brigitte beim Umziehen die vierte Strumpfhose an kratzigen Wedeln zerrissen hatte, kam sie in den Flur, wo sie sich bestimmungsgemäß nach ein paar Wochen gelblich verfärbte und einging. Von den Deckchen, Kerzenständern und Kunstblumen bekam nach und nach Mareike immer was mit, und viel ging auch an Doris. Nach ein paar Wochen war unsere Wohnung wieder als unser Zuhause zu erkennen.

Bevor Brigitte wieder zum Beziehungsratgeber griff und die nächste Idee anging – ich hatte mal heimlich vorgeblättert und solche Sachen wie: »Besuchen Sie gemeinsam eine Wahrsagerin« gesehen –, ergriff ich selbst die Initiative und schlug was vor. Das würde mir hoffentlich positiv angerechnet.

»Schatz, ich muss zum Baumarkt morgen. Willst du

nicht mitkommen? Dann hätten wir mal wieder was zusammen gemacht.«

Pause.

»Du sagst das so, als wäre es dir gar nicht wichtig, ob ich mitkomme, Günter. Als würdest du das dann für diese Woche erledigt haben und abhaken können. Willst du mich denn wirklich dabeihaben?«

Na, was soll man denn da antworten! Da meint man es gut und macht einen Vorschlag, aber nee, ist auch wieder nicht richtig. Ich überlegte schnell, denn wenn ich jetzt was Falsches sagte, würde das nur wieder mit Doris diskutiert, und im Beziehungsratgeber würde als Gegentherapie so was wie: »Halten Sie in der Öffentlichkeit mal wieder Händchen und küssen Sie sich« rausgesucht. Ich kannte das Spiel doch nun schon ein bisschen!

»Ja … na klar doch will ich, dass du mitkommst. Mir ist doch wichtig, dass du siehst, was MIR Freude macht und was MEINE Hobbys sind. Oder ist DIR das nicht wichtig?«, gab ich zurück.

Ich muss schon sagen, ich war sehr stolz auf mich, dass mir das eingefallen war. Höhö, dagegen konnte sie nichts sagen. Ich hatte den Spieß umgedreht und sie mit ihren eigenen Tricks ausgebootet! Brigitte wollte nicht mit in den Baumarkt und gab trotzdem Ruhe. Ich hatte auf ganzer Linie gewonnen!

Was für Brigitte der IKEA ist, ist für mich der Baumarkt. Ach, herrlich, wenn ich da hinfahre, ist das wie ein Kurzurlaub! Man findet immer was. Man lernt was dazu, und die Technik entwickelt sich ja auch immer weiter. Da muss man auf dem Laufenden bleiben, sonst steht man auf der Baustelle, will helfen und hat keine Ahnung.

Brigitte wollte nicht mit, aber die sollte sich nicht aufregen – immerhin hatte ich es angeboten und meinen guten Willen für »mehr zusammen machen« gezeigt. Wenn sie nicht wollte, konnte ich es auch nicht ändern. Mir war es aber auch ganz recht, meist steht sie mir nämlich meckernd vor den Füßen rum und quengelt wie ein kleines Kind auf der Fahrt in den Urlaub. Aber statt: »Sind wir bald da?« fragt sie ständig, ob ich bald alles habe und wir nach Hause können. Das braucht ja nun wirklich niemand!

»Hast du dich wieder in deine Latzhose gequetscht, Günter?«, fragte sie hämisch, als ich mich auf den Weg zur Garage machte. Jawoll, die saß ein bisschen … die spannte am Bauch. Bestimmt hatte Brigitte die zu heiß gewaschen. Genau wie den guten Anzug. Bei der Hose ist der Bund auch eingegangen. Den haben wir zur Silberhochzeit neu gekauft, und danach hatte ich den nur zweimal an, nämlich bei Ewald Schnoppkes Beerdigung und dann bei Mareikes Vereidigung als Beamtin. Der hätte überhaupt nicht gereinigt oder gewaschen werden müssen, pah, der war gar nicht dreckig!

Ich gehe gern in Arbeitshosen in den Baumarkt, so wird man da wenigstens ernst genommen. Kommt einer in feinem Zwirn, kriegt der doch keine kompetente Beratung. Ich habe nicht nur die Handwerkerhose, sondern trage auch das T-Shirt mit dem Aufdruck »Fachpersonal«. Das hat mir Mareike mal geschenkt. Ich glaube fast, sie wollte mich damit ein bisschen auf den Arm nehmen und foppen, aber ganz ehrlich, ich trage das gern. Ob auf dem Zeltplatz, im Garten oder auch im Baumarkt: Ich werde so immer für eine auskunftsfähige, kompetente Person gehalten, die Rat geben kann. Mareike hatte erwartet, ich wäre beleidigt und würde das Geschenk gleich als Putzlumpen an Brigitte weitergeben, aber weit gefehlt. Da wurde Mareike dann etwas unwohl, sie war sich unsicher, ob der Aufdruck »Fachpersonal« nicht Vortäuschung einer Amtsperson oder so etwas war. Aber da es keine Polizeiuniform war, meinte sie, es wäre eine rechtliche Grauzone, und mahnte, ich solle nicht übertreiben.

Übertreiben, ich? Pah! Da sieht man dann doch, dass sie nicht nur meine, sondern auch Brigittes Tochter ist. Ich sag Sie das, wie es ist: Wenn ich das T-Shirt anhabe, kann ich mich im Baumarkt gar nicht vor Fragen retten. Und ein Günter Habicht hilft doch gern, wo er kann. Ein älterer Herr suchte zum Beispiel Spannfutter für die Bohrmaschine. Der war überhaupt nicht vorgebildet und wusste nicht mal, ob es ein Schrumpfspannfutter oder ein Drehfutter sein sollte, geschweige denn, ob aus Edelstahl oder Chrom-Vadium-vernickelt. Nach drei, vier Gegenfragen beeilte der sich, nach Hause zu kommen.

»Das werde ich am besten erst mal meine Frau fragen …«, stammelte der und machte sich eilig davon. Na, so was kann ich leiden. Steht unterm Pantoffel und kann nicht mal entscheiden, welches Futter er für seine Bohrmaschine haben will! Ich habe ein Drehfutter, das war ein Hochzeitstagsgeschenk für Brigitte. Es kam nicht wirklich gut an seinerzeit, dabei ist es ein sehr praktisches Geschenk!

Eine Frau suchte eine Dichtmanschette für ihre Waschmaschinentür. Die leckte. Also, die Waschmaschine, nicht die Frau. Höhö. Sie wusste aber nicht mal, dass es Dichtmanschette heißt, sondern fragte nach »so einem Gummi in der Tür«, und sie wusste auch nicht, was für eine Waschmaschine sie hatte. »Weiß. Und die Tür ist vorne, und sie kann 95 Grad.« Das half nicht weiter, auch, wenn heutzutage manche Maschinen gar keine Kochwäsche mehr können, grenzte es die Typen nicht ein. Unsere Maschine zu Hause kann definitiv 95 Grad, anders sind die eingelaufenen Hosen ja wohl nicht zu erklären. Ich riet der Dame, auf das Typenschild zu gucken. Bei so was kommt es ganz genau auf die Nummer an, auf die Seriennummer, die Typennummer und was weiß ich nicht alles. Je kleiner die gedruckt ist, desto wichtiger ist die, denn die ändern da ständig die Bauteile und schrauben jede Woche was anderes in ihre Geräte ein, wenn sie einen Zulieferer gefunden haben, der es ein paar Cent billiger macht. Da muss in so einer zwölfstelligen Nummer nur eine Zahl anders sein oder ein kleines A dazwischen, und schon passt das nicht, und es nässt schlimmer als vorher. Die schickte ich nach Hause, und sie fühlte sich gut beraten.

Kaum eine Stunde später – ich hatte mich derweil selbst beraten lassen bezüglich der neuesten Dübel für Hohlwände – kam sie wieder, dieses Mal mit Seriennummer und Foto von ihrer Waschmaschine auf dem Handy. Ich half ihr, die Dichtmanschette zu finden, und gab auch Hinweise mit auf den Weg, was beim Einbau zu beachten ist. Da kann man nur hoffen, dass sie sich männliche Hilfe gesucht hat, das ist nämlich ganz schön knifflig. Ich habe unsere Dichtmanschette auch gewechselt, ich sag Sie, wie das ist: Man braucht Kraft, Geduld und technisches Verständnis. Wenn der Spannring festgezurrt werden muss, mein lieber Mann! Das schafft eine Frau eher n… aber man soll das angeblich schwache Geschlecht ja nicht unterschätzen. Brigitte ist auch eine Zierliche, aber wenn sie eine Eingebung hat und meint, dass der Wohnzimmerschrank auf der anderen Seite besser aussieht, zerrt diese drahtige Person die Möbel durch die Stube, da staunt man nur, wo die die Kraft hernimmt. Die Waschmaschinendichtmanschette aber, die habe ich gewechselt, es war frickelig und dauerte das halbe Wochenende. Aber es hat sich gelohnt, die Maschine läuft nun wieder, ohne zu nässen!

Ich war kaum sechs Stunden im Baumarkt, da ertönte eine Durchsage. »Herr Habicht, bitte zum Infoschalter Holz, Herr Habicht, bitte!«

Die Nummer kannte ich schon. Da ging ich gar nicht hin. Ich guckte so unauffällig, wie ich nur konnte, nach unten und las weiter, aus welchen Legierungen die die Spaxschrauben machten. Das war mit Sicherheit Brigitte, die da angerufen hatte. Hätte ich ein Handy, würde die ständig hinter mir hertelefonieren. Pah, die spinnt ja wohl! Ich bin ein freier Mann, wenn auch verheiratet. Man wird doch wohl mal kurz in den Baumarkt fahren dürfen?! Allerdings bekam ich langsam Hunger. Ich hatte zwar kräftig gefrühstückt, weil ich ja wusste, dass ich ein bisschen hier sein würde, aber trotzdem meldete sich jetzt, so gegen drei, der Magen. Ich machte mich mit meinem Wagen auf den Weg Richtung Kasse, da kamen mir zwei Angestellte entgegen. Ich grüßte, wie es sich unter Quasi-Kollegen gehört, aber sie nahmen mich kaum wahr, die waren beide im Gespräch.

»Der Chef meint, da hat sich eine Frau beim Bezahlen noch mal ausdrücklich bedankt für die nette Beratung des Herrn, der die richtigen Dämmbetondübel rausgesucht hat. Warst du das?«

»Ich? Nö. Ich habe mit keinem Kunden gesprochen heute!«

Innerlich musste ich stolz lächeln. Das war die nette Brünette gewesen, der hatte ich auch noch die Dübelmasse mitgegeben, damit sie die Löcher zuspachteln kann, wenn das Gemäuer bröselig ist. Ach, das war ein schöner Tag gewesen, und zufrieden bezahlte ich meinen Kram und fuhr nach Hause. Brigitte stand schon hinter der Gardine, als ich vorm Haus einparkte. Die kochte, sag ich Sie, bei der bebten die Nasenflügel, als sie mich, die rechte Hand auf die Hüfte gestützt, in der Tür erwartete. Fehlte nur noch der Schrubber in der anderen Hand, mit dem sie mich verdreschen wollte, und wir hätten einen bühnenreifen Ohnsorgschwank gehabt. Ein Gezeter machte die, weil es ein paar Minuten länger gedauert hatte! Man kann es der Frau aber auch nicht recht machen. Sitze ich zu Hause, nörgelt sie: »Sitz doch nicht immer hier rum, unternimm doch mal was!«, fahre ich in den Baumarkt – wohlgemerkt nicht, ohne sie noch zu fragen, ob sie mitkommen will –, ist es auch nicht richtig.

43 *Jahre habe* ich als Busfahrer auf dem Bock gesessen, und nur vier Tage davon war ich krank. Vier Tage in 43 Jahren, und die wurmen mich bis heute. Aber der Arzt meinte seinerzeit, mit gebrochenem Fuß dürfe ich nicht Bus fahren. Dabei war es der linke, und den braucht man nur zum Kuppeln … na, wie dem auch sei, es bringt nichts über die Geschichte lange zu reden, es ist ewig her. Ich bin zu Hause fast irre geworden, mein Pflichtbewusstsein quälte mich. Deshalb habe ich mich gesundschreiben lassen und am Schalter Fahrkarten verkauft. Das ging auch mit Gipsfuß, und meine Krankenstatistik blieb bei vier Tagen. Da kann sich so manches Weichei heute ein Beispiel dran nehmen!

Dass ich fast nie auf der Arbeit gefehlt habe, heißt aber nicht, dass ich nicht mal krank gewesen wäre. Aber ich reiße mich eben zusammen, selbst, wenn der Sensenmann schon vor der Tür steht, weiß ich, was meine Pflicht ist. »Männer, wenn sie krank sind …«, sagt Brigitte oft abfällig und nimmt das nicht ernst. Dabei stand es letztens »Spitz auf Knopf«, ob ich durchkomme!

Ich war aushilfsweise eingesprungen für einen erkrankten Kollegen. Wir hatten das bei der Frühverrentung so gedreht, dass ich im Fall des Falles durchaus aushelfen würde, wenn Not am Mann ist. Die jungen, angeblich effektiven und so flexiblen Fahrer waren alle mit Schnupfen zu Hause, und eigentlich hätte ich sagen müssen: »Pah! Da seht ihr mal, was ihr davon habt!«, aber Habicht ist eben ein pflichtbewusster Mensch und murrt nicht, sondern zieht die Uniform an und geht zum Dienst.

Busfahrer ist ja nicht nur ein Beruf, sondern man bekleidet in gewisser Weise ein Amt. Ein Busfahrer ist doch mehr als nur ein Kutscher. Er ist eine Respektsperson, jemand, der Verantwortung trägt. Und zwar nicht nur für die Sicherheit der Fahrgäste, sondern auch für die Einhaltung von Ordnung und Vorschriften im Fahrzeug. Man hat doch eine ganz andere Autorität, wenn man mit Uniform auftritt und Krawatte trägt. Im Dienst habe ich IMMER Krawatte um, IMMER! Privat nur selten. Bei unserer Hochzeit, bei Mareikes Konfirmation und bei Oma Wallensteins 90. Geburtstag, zum Beispiel. Privat fühle ich mich nicht wohl mit Schlips. Der engt mich ein und schnürt mir die Luft ab. Dienstlich ist das was ganz anderes, da ist er erforderlich, damit ich mich »im Amt« fühle. Ohne mein Dienstornat bin ich nicht wirklich ich selbst. Einmal, an Weiberfastnacht, sind so ein paar durchgedrehte Frauen an der Haltestelle auf mich zugestürmt und haben mir meine Amtskrawatte abgeschnitten. Mit der Schere, einfach so, schnipp, schnapp, ab! Ich war nur vier Tage krankgeschrieben in 43 Dienstjahren, aber an dem Tag habe ich früher Feierabend machen müssen, so ging mir das an die Nieren. Ich habe den Schaden der Versicherung gemeldet, aber angeblich war das unterm

Selbstbehalt. DIE KÖNNEN DOCH GAR NICHT ERMESSEN, WAS DA ZERSTÖRT WURDE UND WAS FÜR EIN SCHADEN ENTSTANDEN IST! Aber gut, die Verkehrsbetriebe haben mir anstandslos einen Ersatzschlips gestellt, und ich konnte am nächsten Tag wieder arbeiten gehen.

Seither hatte ich im Karneval immer Pfefferspray dabei.

Mit solchen Aktionen muss man im Grunde aber jederzeit rechnen, gerade, wenn man in Berlin fährt. Ich sage nur ein Stichwort: Junggesellenabschied. Das gibt es ja in den Varianten weiblich und männlich, aber im Grunde macht es keinerlei Unterschied. Beides ist würdelos und verstößt gegen so ziemlich alles, was das Ordnungsamt im Katalog stehen hat. Ich nehme solche Leute nicht mit. Wenn ich schon Männer im Ballettrock sehe, gebe ich Gas. Das gab dann eine Abmahnung, weil die sich beschwert hatten, aber das war mir egal. Dass die von der Karnevalsprobe des Männerballetts kamen, konnte ich schließlich nicht wissen.

Man kennt das doch, es ist immer das Gleiche, ob Männer oder Frauen: Sie trinken freihändig Feiglinge und lassen sich mit dem Filzstift was auf die Brüste schreiben. Aber nicht in meinem Bus! Und dazu dieses angesoffene Gekicher, und hinterher rollen die Piccoloflaschen durch den Gang – nee! Da mache ich nicht mit. Wenn es denn auch nur die paar Berlinerinnen und Berliner wären, die sich auf den Blödsinn einlassen, aber man kann Freitag und Samstag ab spätem Nachmittag in keinen Bus mehr steigen, ohne dass angereiste Truppen aus dem hintersten Winkel Brandenburgs mit Taschen voller Schnaps und albernen Perücken den Nahverkehr entern und besoffen »in der Großstadt mal richtig die Sau rauslassen«. Wo kommen wir denn da hin! Ich bringe DAS ALLES zur Anzeige, jeden einzelnen vollgekotzten Bussitz und jedes Pinkeln gegen die Litfaßsäule. So weit kommt's noch!

Es war mein erster Vertretungseinsatz auf dem großen Gelben. Elvira von der Schichtdispo konnte mich noch nie leiden, und so hatte sie mir die Touristenlinie verpasst. Die weiß genau, wie ich das hasse! Ständig diese Trottel, die nicht wissen, wohin sie wollen, wo sie überhaupt sind und was Tarifbereich C ist. C ist BRANDENBURG, ihr Deppen! Da fahre ich lieber Schulklassen als Touristen, ich sag Sie das, wie es ist. Es war Oktober, die Grippezeit hatte gerade angefangen und so viele Fahrer flachgelegt, dass ich auf einmal wieder gut genug war, um aushelfen zu dürfen. Lieber chinesische Touristen als Brigittes Nörgelei zu Hause, sagte ich mir. Draußen war es nass und kalt, und bei jedem Halt zog mir kalte Luft in den Fußraum, wenn ich die Vordertüre aufmachen musste. Ich hielt schon extra so, dass vorn eine Pfütze war, um die Leute vom Einsteigen abzuhalten. Die meisten warteten auf den nächsten Bus, höhö, aber trotzdem kamen einige Trottel rein und fragten, wie sie zum Fernsehturm kommen. So was Blödes, den sieht man doch!

Na, wie dem auch sei, einer muss mich angesteckt haben mit eingeschleppten Killergrippeviren. Schon bald nach Feierabend fühlte ich mich hundeelend. Ich hatte schon den ganzen Tag keinen Appetit gehabt, was Brigitte freute, denn sie machte sich über meine mitgebrachten Stullen her. »Hasenbrote«, rief sie kauend, »es gibt nichts Besseres! Und ich muss kein Abendbrot machen. Oder willst du noch was essen? Soll ich dir Bratkartoffeln machen, Günter?« Bratkartoffeln sind meine Leibspeise, aber an dem Abend hatte ich nicht mal darauf Appetit. Das hätte Brigitte eigentlich einen Hinweis geben können, wie ernst es um mich stand, aber unsensibel, wie sie ist, freute sie sich nur über die Stullen und darüber, dass sie nicht kochen musste, und fläzte sich aufs Sofa. Sie guckte ihre Lieblingsserie, irgendwas mit schrulligen Nonnen, und kümmerte sich nicht um mich. Derweil wurde das Kratzen im Hals immer unangenehmer, und ich musste stark husten. So stark, dass ich begann, mir Sorgen zu machen.

Brigitte nicht.

Die drehte den Fernseher lauter.

Als ich mir die Nase putzte, brüllte sie nur genervt rüber: »Trompete doch nicht so laut, Günter!« Ich schrubbte mir die Zähne und ging zu Bett. »Eine heiße Badewanne«, dachte ich noch bei mir, »das wäre jetzt schön«, aber ich war zu schwach und zu kraftlos, sie mir einzulassen. Und Brigitte rief mir nur »Aber wehe du schnarchst!« nach.

An Schlaf war gar nicht zu denken. Die Nase war zu, der Hals geschwollen, und meine Lungen prasselten bei jedem Atemzug, als würden sie stöhnend mit letzter Kraft gegen die Viren kämpfen und um Unterstützung flehen. Dazu hatte ich Eisfüße und starke, hämmernde Kopfschmerzen.

Was, wenn das nun … man will es gar nicht aussprechen!

Wie würde Brigitte allein zurechtkommen?

Wen würden sie auf meinen Bus setzen?

Ich dämmerte dem Delirium nah vor mich hin, als Brigitte irgendwann ins Bett kam. Um was zu sagen, war ich zu schwach. Sie würde schon sehen, dass ich schwer krank war, und Hilfe rufen. Den Notarzt. Um die Zeit war nicht viel Verkehr, da kämen sie mit dem Rettungswagen durch und müssten keinen Hubschrauber schicken. Brigitte zog jedoch nur das Nachthemd an, riss das Fenster auf und brummte vorwurfsvoll zu mir rüber: »Günter, du schnarchst!«

Mit letzter Kraft hob ich das linke Augenlid hoch und versuchte was zu sagen, aber es ging nicht. Da bemerkte Brigitte dann doch, dass etwas nicht stimmte, und sagte: »Du bist wohl ein bisschen verschnupft? Nimm lieber gleich eine Ibuprofen, dann kannst du besser schlafen, und es bricht gar nicht erst aus!«

Mit diesen Worten drehte sie sich um und ratzte sofort weg. Brigitte kann das, sie legt sich hin, und in dem Moment, wo ihre Wange das Kissen berührt, fällt sie in einen tiefen, festen Schlaf. Bewundernswert! Da lag ich nun, bei offenem Fenster, mit sicherlich über 40 Fieber und Hunger, denn so langsam merkte mein Magen doch, dass ich den ganzen Tag nichts gegessen hatte. Um eine Tablette nehmen zu können, musste ich vorher einen Bissen in den Bauch kriegen, sonst kriegt man Reizmagen.

Ich setzte mich langsam am Bettrand auf und gab dem Kreislauf genug Zeit, mit der Anstrengung fertig zu werden. Die Hausschuhe standen zum Glück bereit, sodass ich nur reinschlüpfen musste. Bücken hätte ich mich nicht können, mir drehte sich alles im Kopf. Ich zog den Morgenmantel über und trottete vorsichtig in die Küche. Spiegeleier! Eier sind kräftigend und stärkend, dachte ich mir, und schlug drei in die Pfanne. Ich schnitt mir eine Scheibe Brot dazu gleich mit dem Messer vom Kanten und holte mir auch ein Bier. Warmes Bier soll ja helfen bei Erkältung, das ist ein altes Hausmittel. Warm schmeckt es aber eklig. Na, man darf auch nicht päpstlicher sein als der Papst, das Bier kam nicht aus dem Kühlschrank, das war warm genug. Nun hatte ich eine Grundlage im Magen und holte mir aus dem Medizinschränkchen im Bad eine Schmerztablette.

Wie ich schlussendlich in den Schlaf gefunden habe – ich weiß es nicht mehr. Klitschnass, schweißgebadet erwachte ich sehr früh am Morgen. Brigitte war schon angezogen und sagte: »Na, mit deinem Schnupfen solltest du aber zu Frau Doktor gehen und dir was aufschreiben lassen. Es ist doch unangenehm, wenn die Nase zu ist. Die Bürgeln hat bis halb zehn Sprechstunde für Patienten ohne Termin. Soll ich anrufen und fragen, ob es voll ist?«

Ich war fix und fertig, wie gerädert nach der Nacht mit wenig Luft und schlechten Träumen, und meine mir Angetraute sprach von »Schnupfen«?

Ich war zu schwach, um mich aufzuregen. Brigitte hatte den Frühstückstisch schon gedeckt und mir Pfefferminztee eingegossen. Normalerweise trinke ich Kaffee, aber wenn man krank ist, trinkt man Tee. Im Krankenhaus gibt es auch nur Tee, oder zumindest so dünne Plörre, dass man die nicht von Tee oder Abwaschwasser unterscheiden kann. Sicherlich würde ich aber sowieso an den Tropf kommen und keine feste Nahrung zu mir nehmen dürfen.

Zur Arbeit nahm ich auch immer Kaffee mit. Ich habe eine bruchsichere Thermoskanne, in die passen genau vier Tassen. Bevor ich losmachte zur Schicht, kochte ich sechs Tassen, vier für die Kanne und der Rest für meine große Henkeltasse. Die Thermoskanne muss jede Woche richtig sauber gemacht werden. Gründlich, mit heißem Wasser und Kalkreiniger, sonst bildet sich so pelziger Grind innen, und der Kaffee ist muffig. Danach schmeckt der Kaffee den ersten Tag ein bisschen metallen, aber danach ist er wieder richtig. Was nicht in die Thermoskanne geht, reicht genau für die Henkeltasse, die mir Mareike zum Geburtstag geschenkt hat, als sie sechs Jahre alt war. Seinerzeit kam das gerade auf, dass man Fotos auf einer Tasse anbringen konnte. Sie hatte ihre Sparbüchse geplündert und von ihrem Taschengeld den Kaffeepott für mich machen lassen, mit ihrem Bild drauf. Damals hatte sie noch Zöpfe und eine Zahnlücke. Na ja, gut. Aus Kindern werden Leute. Heute ist sie Polizeioberkommissarin und trägt Uniform statt Zöpfe. Wenn, dann bindet sie sich nur einen Zopf, und das auch nur beim Sport.

Stolz bin ich auf das Mädel, sehr stolz!

Ich hatte frei an dem Tag, ich kam aus der Nachtschicht, und bevor ich wieder losmusste zur nächsten Aushilfsschicht mit dem Gelben, hatte ich zwei Tage Luft. Es ist ja immer so: Krank wird man, wie es sich für einen ordentlichen Arbeitnehmer gehört, im Urlaub oder an den freien Tagen.

»Wasch dich aber, und zieh dir frische Unterwäsche an!«, rief mir Brigitte noch zu, bevor sie mit ihrem Marmeladenbrot in der einen und dem Haustürschlüssel in der anderen Hand aus der Tür eilte.

Immer auf den letzten Drücker, die Frau!

Ja.

Waschen.

Ja, gut, was sollte ich schon groß waschen, es war Dienstag, und ich hatte am Sonnabend erst gebadet. So schnell wird man schließlich nicht dreckig. Und frische Unterwäsche zog ich selbstverständlich täglich an, wo kämen wir denn sonst hin?

Ich wählte das grüne Hemd. Es ist ein gedecktes Grün, dunkel kariert. Brigitte mag das nicht, sie sagt, es sieht aus wie von der Nato. Pah! Wenn es nach der ginge, müsste ich in schreiend bunten Leibchen rumlaufen wie ein Dressman. Zum Affen würde ich mich machen. Am liebsten sähe sie es, ich würde rumlaufen wie Manfred Hecht, dem seine Frau immer Zeugs im Katalog bestellt und der sogar rosa Hemden tragen muss. So weit kommt's noch! Das grüne Hemd, und basta. Das hat uns eine junge Verkäuferin als modern aufgeschwatzt, als ich vorletzten Sommer im Schlussverkauf Brigittes Drängeln nicht mehr entgehen konnte. »Wir müssen einkaufen, Günter, dir passt nichts mehr, und für die Silberhochzeit von Hechts brauchst du auch einen neuen Anzug.« Mir gefiel das Hemd, Brigitte nicht. Das Wort »modern« hatte sie allerdings Schach gesetzt, und nachdem sie »bügelfrei« las, war sie matt. Der Preis war auch unschlagbar. 9,90 Euro, da kann man nun wirklich nichts sagen.

Als ich um kurz nach acht ins Wartezimmer von Frau Doktor trat, war es da bumsvoll.

»Habicht, Tach. Meine Frau hatte angeru–«

»Moment, junger Mann, nicht vordrängeln hier«, motzte mich eine alte Dame an.

Ach herrje. Oma Bergmann!

Die fehlte mir noch zu meinem Glück. Ich war dem Ableben nahe, und dann kreuzte die auch noch meinen Weg!

»Herr Habicht, ach, ich habe Sie gar nicht erkannt. Sie sehen aber schlecht aus. Sind Sie erkältet? Na, das geht ja rum, und bei dem Wetter ist es auch kein Wunder. Die Leute laufen aber auch alle mit dünner Jacke los, meist guckt noch das schiere Fleisch hinten auf dem Rücken raus, und sie verkühlen sich die Nieren. Ja, da muss man sich nicht wundern. Ihre Frau soll Ihnen mal eine schöne heiße Hühnersuppe kochen, und dann packen Sie sich ins Bett und schlafen sich richtig aus.«

Die Schwester kochte fast, ich konnte sehen, wie ihre Oberlippe leicht vibrierte.

»Wie nett, dass Sie jetzt hier die Diagnosen stellen und auch gleich die Behandlung übernehmen, Frau Bergmann!«, brachte sie barsch hervor.

An Oma Bergmann prallte das jedoch ab.

»Man hilft doch, wo man kann, Schwester Sabine.«

»ICH HEISSE NICHT SABINE!«

»Jaja, ich weiß. Was ist denn nun mit meinem Termin, wann bin ich denn dran? Frau Brocksiepe ist nach mir gekommen, und sie ist schon raus bei Frau Doktor. Ich sitze immer noch!«

»Frau Bergmann. Sie sind zu elf Uhr bestellt. Frau

Brocksiepe hatte ihren Termin um acht. Sie war pünktlich hier, kam pünktlich dran und ist deshalb nun auch schon wieder zu Hause. Würden sich alle Patienten an ihre Termine halten, wäre das Wartezimmer nur halb so voll. Setzen Sie sich mal raus, Herr Habicht, einen kleinen Moment dauert es noch. Ich komme gleich zu Ihnen wegen der Chipkarte.«

Die Aussicht, nun noch längere Zeit der Befragung von Oma Bergmann ausgesetzt zu sein, verbesserte meine Stimmung nicht. Die Schwester hatte offenbar keine Hemmungen, sie bis elf hier schmoren zu lassen. Ich kenne diese alten Damen, die Stunden vor ihrem Termin zum Arzt rennen, nur zu gut. Meine Mutter ist genauso. Die hat den Arztbesuch, solange sie noch zu Hause gewohnt hat, auch zu einem Ereignis gemacht und es zelebriert. Am Abend vorher wurde gebadet, und zwar mit dem guten Schaumbad, das sie in den 1970er Jahren mal zu Weihnachten geschenkt bekommen hat und das mittlerweile ranzig stank wie das Medikament, das Brigitte damals nehmen musste, als sie den Fuchsbandwurm hatte. Mutter nahm immer nur einen Teelöffel von dem Badezusatz, deshalb reichte es ewig. Als sie ins Heim ging, sollte das Schaumbad mit. Ich habe aber dafür gesorgt, dass es beim Umzug irgendwie verloren ging. Auch wenn sie am Morgen nach dem Bad Parfüm auflegte wie der pubertierende Bengel von Haakes nebenan, welches das ranzige Schaumbad übertünchte, musste das ja nicht sein.

Der Morgen des Arztbesuches begann immer sehr früh, Mutter stellte sich den Wecker zu fünf Uhr und lächelte dem Klingeln strahlend entgegen, weil sie vor

Aufregung und Vorfreude schon wach war. Dann zog sie ihre gute Unterwäsche an, die sie extra für den Besuch beim Doktor angeschafft hatte, drehte sich die Haare auf und marschierte meist gegen sieben in ihrem besten Kleid, frisch frisiert und üppig eingepiffert los zur Arztpraxis, ganz egal, wann ihr Termin war. Genauso hielt es Oma Bergmann offenbar auch.

»Wissen Se, Herr Habicht, die gibt mir zwar immer ein Bestellkärtchen mit mit der Uhrzeit, aber das schmeiße ich gleich weg. Ich lasse mir von Schwester Sabine nicht sagen, wann ich hier … ich meine, man kriegt doch sonst gar nichts mit vom Kiez! Hier kommt man zum Plaudern, man sieht den einen oder anderen … Wie geht es Ihnen denn eigentlich, Herr Habicht?«

Ich holte zwar Luft und hätte auch geantwortet, aber sie streute die Fragen nur so beiläufig in ihren Monolog ein und erwartete keine Antwort.

»Erkältung ist wirklich unangenehm, zu jeder Jahreszeit, und erst recht in dieser. Das kommt vom Hin und Her mit dem Wetter, glauben Se mir. Morgens ist es frisch, dann geht man mit Übergangsjacke los, und später kommt die Sonne raus, und man denkt, es geht ohne. Dann kriegt man geschwitzt ein bisschen Zug, und zack!, hat man sich erkältet. Die Jacke ist ja dann auch nicht zur Hand. Walter, was mein vierter Mann war, hat ständig seine Jacken verbummelt. Der war auch so ein Kandidat wie Sie!« Während sie das sagte, guckte sie mich streng an. »Walter war ein grundsolider Geselle, aber wenn er Schnupfen hatte, tat er so, als wäre es ein Hirntumor. Fast wie meine Freundin Gertrud. Frau Potter, die kennen Se doch, nicht wahr, Herr Habicht?«

»Herr Habicht bitte in Kabine 2«, rief die Schwester, und ich war selten so erleichtert. Oma Bergmann kriegte Schnappatmung und ruderte sich schimpfend aus dem Wartezimmerstuhl hoch, um sich am Empfangstresen nachdrücklich zu beschweren, dass sie noch immer nicht dran war. Die Schwester ließ das jedoch regungslos an sich abprallen und sagte trocken: »Um elf, Frau Bergmann. In eineinhalb Stunden, so, wie Sie bestellt sind. Haben Sie nicht noch einen Weg? Irgendwas zu erledigen?« Sie schob mich ins Arztzimmer, drückte Frau Doktor meine Akte in die Hand und zischte ihr leise zu: »Die Bergmann kocht fast. Aber dieses Mal wartet sie wirklich, bis sie dran ist. Ich lasse mich auch nicht mit einem Päckchen Kaffee bestechen!« Frau Doktor Bürgel lachte und begrüßte mich.

»Nein, nein, Frau Doktor. Ich gebe Ihnen lieber nicht die Hand. Ich will Sie nicht anstecken.«

Ich hustete schwer, wohl ein bisschen zu schwer, denn sie guckte nur über die Brille und sagte: »Nicht so theatralisch, Herr Habicht. Ersparen Sie uns das. Ich schreibe Sie schon krank, keine Sorge.«

Darum ging es mir gar nicht, schließlich war ich als Vorruheständler nicht auf einen gelben Wisch angewiesen. Pah! Unverschämt war das, ich hätte aufstehen und gehen sollen. Aber nun war ich schon mal da, und schwach, wie ich war … Wer weiß, ob ich es zu einem anderen Arzt geschafft hätte. Sie horchte mich ab und leuchtete in alle Körperöffnungen. Na ja, in fast alle. Höhö.

»Haben Sie Fieber?«, fragte sie, während sie was in ihre Affenkiste tippte.

»Gestern Nacht waren es wohl an die 40 Grad«, antwortete ich wahrheitsgemäß. Das Thermometer hatte 37,9 Grad gezeigt, das war gerundet fast 40. Sie zückte eine Art Pistole und hielt sie mir an die Stirn.

»36,8. Das ist ganz normal.«

»Zum Abend hin ist es ja immer höher.«

»Ja, Herr Habicht, Sie haben sich da eine kleine Erkältung zugezogen. Der Hals ist leicht gerötet, da holen Sie sich am besten was zum Lutschen. Was mit Kräutern, oder auch ein Pfefferminz. Das nimmt den Hustenreiz. Und dann holen Sie sich mal ein Meerwassernasenspray aus der Drogerie. Dann schlafen Sie sich schön aus, und in zwei, drei Tagen ist das wieder vergessen.«

Salzwasser wollte die mir verordnen? Bei meinen Schmerzen? Ich würde vielleicht sterben, und die schickte mich mit Hustenbonbons und Salzwasser früh schlafen? Pah! Das war doch eine Quacksalberin, die hatte bestimmt gar nicht richtig studiert. Höchstens Homöopathie. Bestimmt so eine, die keinen Mann hat, nur Gemüse isst und lieber Bäume umarmt, statt Penicillin zu verordnen. Ich hatte jedoch gar keine Zeit, mich richtig aufzuregen, denn dann legte sie schon gleich nach:

»Ich meine, mir ist zu Ohren gekommen, dass Sie jetzt Rentner sind?«

»Vorruhe!«, hustete ich ihr, so rau es ging, entgegen.

»Vorruheständler. Wie schön. Herr Habicht, ich beglückwünsche Sie. Machen Sie das Beste aus der vielen schönen freien Zeit, und vor allem – bleiben Sie gesund! Lassen Sie uns gleich mal einen Termin für einen großen Check-Up ausmachen. Schwester Marlies!«

»Ich dachte, die heißt Sabine?«

»Hier hat noch nie eine Schwester Sabine gearbeitet. Frau Bergmann nennt jede Frau im weißen Kittel Schwester Sabine, das ist so eine Marotte … Aber wir werden alle mal alt. Hoffentlich auch gesund, Herr Habicht, nicht wahr?«

Die Schwester hatte derweil den Kopf zur Tür reingesteckt, flankiert von Oma Bergmann. »Ist es was Schlimmes? Soll ich Frau Habicht ausrichten, dass sie ihm Sachen ins Krankenhaus nachbringt?«

»SETZEN SIE SICH INS WARTEZIMMER UND BLEIBEN SIE DA, BIS ICH SIE RUFE, FRAU BERGMANN!«

Die Schwester war am Ende ihrer Nerven. »Ich kann nicht mehr, Frau Doktor, eigentlich muss sie noch eine Stunde schmoren, aber ich schicke sie als Nächste rein.«

Die Bürgeln nickte belustigt und beauftragte die Marlies-Sabine, mir einen Termin zu verordnen. Mit Blutabnehmen, Pipi ins Röhrchen und Wiegen, das große Programm.

Mhh.

Damit hatte ich kein Problem. Sollen sie mir Blut abnehmen, ich bin nicht die Mimose, die da in Ohnmacht fällt wegen einer kleinen Spritze. Aber Wiegen, das gefiel mir gar nicht. Brigitte moserte seit Jahren, dass ich um den Bauch herum ein bisschen zugelegt hätte. Das nun noch ärztlich bescheinigt zu kriegen, darauf hatte ich nicht wirklich Lust.

Ich schmiss den Terminzettel also gleich weg. So weit kommt's noch!

Mit dem »Rezept« ging ich dann gleich zur Apotheke. Es war ja nicht mal ein richtiges Rezept, eher so ein Notizzettel mit Empfehlungen. Pah! Als wäre ich ein seniler

Opa, der sich »Lutschpastillen« nicht merken kann. Den Wisch zerriss ich gleich in so kleine Schnipsel wie möglich – wegen der Daten! – und entsorgte ihn im Papierkorb. Ich ging trotz meiner schweren Erkrankung noch einen Umweg und schleppte mich zur Ratsapotheke. In der Löwenapotheke hier bei uns im Kiez gäbe das nur Gerede. Die, die nicht reden dürfen, tratschen doch am meisten! Brigitte hat, nett, wie sie nun mal ist, vor Jahren mal Hämorrhoidensalbe für Opa Knabe mitgebracht, als sie in die Stadt ging. Beim nächsten Skatabend kam Ewald, was der Schwiegervater der Angestellten in der Apotheke ist, mit einem Sitzkissen für mich an. Na, da werde ich noch mal was einkaufen!

Es war gerade Hochbetrieb beim Pillendreher. Die ersten Patienten, die beim Doktor raus waren, marschierten mit ihren rosa Zetteln ein, und es hatte sich eine Schlange von bestimmt sechs, acht Leuten gebildet. Dass es keinen Notschalter für Schwerkranke gab, regte mich schon wieder auf.

Hinzu kam noch, dass ja Mittwoch war. Mittwochs haben nicht nur die Ärzte nachmittags alle zu und ballern die Rezepte am Morgen nur so raus, damit sie Ruhe haben und schnell auf den Golfplatz können, nein, da ist auch Markttag. Wir haben hier so einen Wochenmarkt, auf dem sich die Verkäufer als Bauern verkleiden, ein bisschen Blumenerde auf ihre Kohlrabi und ein paar Federn auf die Eier streuen und ihren Kram als bio verscherbeln. Nun ist Spandau in den Augen vieler schon Provinz, aber vor den Toren der Stadt liegt bis Hamburg im Grunde nur Gegend. Also, viel Spargelfeld und Kiefernwald. Die Brandenburger kommen mittwochs gern »in die Stadt«, um hier über den Markt zu bummeln und ihre sonstigen Besorgungen zu machen, unter anderem eben auch in der Apotheke. Das führte zu noch mehr Ansturm, und ruck, zuck war ich nicht mehr der letzte in der Schlange. »Bleiben Sie lieber auf Abstand, ich bin ansteckend!«, warnte ich noch, bevor ich kräftig niesen musste. Die Frau vor mir fasste sich in den Nacken und drehte sich vorwurfsvoll guckend um. Die hatte ich aber gar nicht getroffen, das bildete die sich nur ein.

»Was haben Sie sich denn eingefangen?«, wollte sie gleich ein Gespräch anfangen. Das geht mir oft so bei Frauen, ich habe eben einen gewissen Schlag. Ich muss gar nichts machen!

»Einen Virus. Die Ärzte rätseln noch«, gab ich zurück. Sie machte einen Schritt vor, und ich rückte rücksichtsvoll nicht nach, sondern ließ den Abstand größer werden. Das haben wir schließlich alle gelernt in der Coronazeit, was eins fuffzich sind. Trotzdem konnte ich mich nicht dagegen wehren, das Gespräch zweier älterer Damen mit anzuhören. Der Mann der einen hätte Erfolg gehabt mit dem Prostatamittel, es wäre recht teuer, aber gut. Er müsse nun keine Einlage mehr tragen.

»63, Günter«, dachte ich bei mir, »hoffentlich bleibst du noch ein paar Jahre dicht.«

Die beiden waren schnell fertig, und ich war an der Reihe. Noch bevor ich jedoch den finalen Schritt nach vorn Richtung Verkaufstresen machen konnte, bohrte sich etwas in meine linke Wade, was mich sofort auf die Knie gehen ließ. »Sind meine Stützstrümpfe mitgekommen?«, brüllte eine Stimme von hinten. Ich drehte mich um, und jawoll, ich hatte mich nicht getäuscht: Die Weißhaarige, die immer mit ihrem riesigen Hund und Oma Bergmann durch die Stadt zottelte, hatte den Laden geentert. Auf der Ablagefläche ihres Rollators führte sie ihren Regenschirm mit sich, natürlich mit der rostigen Spitze nach vorn, rammte sich damit den Weg frei und erlegte alles, was ihr in die Quere kam. Alles Taktik, ich kenne solche alten Damen: Die brüllen nur, damit die anderen sie für taub und unbeholfen halten und damit man sie aus Mitleid vorlässt. Aber die Apothekerin kannte sie wohl noch besser als ich, und während ich noch die Einstichwunde untersuchte, fertigte die sie ab.

»Frau Potter, Sie sind noch nicht dran.«

»Aber ich habe den Hund draußen, den kann ich nicht so lange allein lassen.«

»Sie sind noch nicht dran!«

Derweil hatte ich mich aufgerichtet und sprach leise, um die Diskretion zu wahren, mit dem Apothekerfräulein.

»Tetanus habe ich zwar noch, aber ich nehme trotzdem erst mal eine keimtötende Salbe für die Wade«, sagte ich, während die Pottersche überlegte, woher sie mich kannte. Wenn ich sie mit Oma Renate sehe, grüße ich natürlich immer, wie sich das gehört. Aber vorgestellt haben wir uns noch nie, und heute war auch nicht der richtige Zeitpunkt dafür. Ich spürte ihren Blick im Rücken und konnte es quasi in ihren Gehirngängen rattern hören. Sie kam nicht drauf, wo sie mich hinstecken sollte.

Als Nächstes schilderte ich der Fachkraft für Pharmazeuchs meine Beschwerden. »Starkes Fieber, starke Kopf- und Gliederschmerzen. Ich brauche was, das hilft.«

Sie riet zu einem Mittel, das auf acht Euro kam. Na, ob das was taugte? Was sind denn heute acht Euro! Dafür kriegt man gerade mal eine Schachtel Zigaretten. Und dann sollen Pillen, an denen sich die Industrie und der Apotheker goldene Nasen verdienten, auch nicht mehr kosten? Mhh. Ich stutzte und betonte, dass es krampfartige Schmerzen sind. Sie zog die Brauen hoch und legte was für 18 Euro auf den Tisch.

»Das ist zwar … doch, das können Sie auch nehmen. Morgens und abends eine nach dem Essen.«

»Die hatte ich auch mal. Davon habe ich Kreislauf gekriegt«, krähte die Pottern von hinten. Ich beeilte mich zu bezahlen und mich an ihr vorbei nach Hause zu schlagen, ich sag Sie das, wie es ist: Erst zum Arzt und jetzt das hier in der Apotheke, ich war fix und fertig und wollte mich doch dringend ein bisschen hinlegen. Ja, man kann versuchen, nach außen hin stark zu wirken in den Stunden der Krankheit, aber letztlich sind die Kräfte doch begrenzt.

»Herr Habicht!«, kreischte Oma Potter. Der Groschen hatte sich bewegt und war gefallen. »Sind Sie krank? Was haben Sie denn?«

Nun drängelte die Apothekerin. »Was ist denn nun mit Ihren Stützstrümpfen, jetzt habe ich die extra bestellt in Venobeige und Tannenhonig, und nun?« Sie trommelte mit den Nägeln auf dem Verkaufstresen.

Ich dankte ihr innerlich und schlich mich an Oma Potter vorbei. Draußen kläffte mich, freudig mit dem Schwanz wedelnd, ihr Hund an.

Norbert.

Das allein ist ja schon kaum zu glauben. Ich frage Sie: Welcher normale Mensch nennt einen Hund schon Norbert? Noch dazu war das Tier ungefähr so groß wie ein Islandpony und fraß nach den Schilderungen der alten Dame ihre halbe Rente weg.

Mir war das genug für heute. Doktor, Apotheke, Oma Bergmann, die Pottern … mir war hundeelend. Ich schleppte mich nach Hause.

Dort zog ich den gestreiften Schlafanzug an, den Brigitte mir Weihnachten vor drei Jahren »für gut« gekauft hatte, falls ich mal ins Krankenhaus muss. Ich drückte zwei Pillen raus, nahm sie ein und ließ die anderen demonstrativ auf dem Küchentisch liegen. Dann machte ich mir den Fernseher an und guckte bis zehn Minuten bevor Brigitte Feierabend hatte Treckerrennen im Sportfernsehen. Ich legte mich ins Bett und wartete auf meine Witw… auf meine Frau. Die kam pünktlich, wuselte erst zehn Minuten in der Küche rum und ging tatsächlich auch noch erst ins Bad, bevor sie sich mal bequemte, nach mir zu schauen. Dass sich mein Zustand mittlerweile verschlechtert haben könnte und ich litt, das hielt sie offenbar nicht mal für denkbar!

»'n Abend Schatz. Das war heute wieder ein Tag! Die Kratzmann hat mir die Kasse schon mit fast leerer Bonrolle übergeben, und dann kam auch noch die Gewürzlieferung, und ich musste das stinkende Knoblauchsalz einsortieren. Was hat denn die Frau Doktor gesagt?«

Na, immerhin fragte sie, wenn auch nur am Rande.

»Sie hat erst mal von einer Einweisung in Krankenhaus abgesehen. Ich soll strenge Bettruhe halten und muss starke Medikamente nehmen«, erwiderte ich mit schwacher Stimme. Das war vielleicht nicht die reinrassige Wahrheit, aber auch nicht wirklich gelogen. »Früh zu Bett gehen und richtig ausschlafen« hatte sie gesagt!

»Du, ich habe die Tabletten in der Küche liegen sehen. Das sind richtige Hämmer. Die habe ich früher auch immer gegen Regelschmerzen genommen. Ich wusste gar nicht, dass die auch bei Erkältung helfen?«

»Ich … ja.« Ich war zu schwach, um das Thema lange mit ihr zu diskutieren. Ich ließ mich sogar überreden, noch einen Bissen zum Abendbrot zu essen. Brigitte machte mir Hühnersuppe. Zwar nur aus gekörnter Brühe aus der Tüte, aber immerhin. Wir gingen dann früh schlafen, und am nächsten Morgen ging es mir schon sehr viel besser. Auch ganz ohne Salzwasser!

Ich kam überraschend schneller zu Kräften, als ich dachte. Die Regeltabletten nahm ich auch nicht mehr. Man weiß nie, ob sich das nicht auf die Hormone auswirkt und dann untenrum … was lahmlegt. Trotzdem war es richtig, dass ich zum Arzt gegangen bin. So schlimme Kopf- und Gliederschmerzen, wie ich hatte, das hätte auch ein schlimmes Virus sein können! Je eher so was entdeckt wird, desto eher kann man helfen. Nicht nur mir, sondern auch der Menschheit. Keiner weiß das vorher. Wenn es so gewesen wäre, hätte die Welt vielleicht nur noch von Günter21 gesprochen statt von Covid19?

Man muss Ärzten aus dem Weg gehen, solange es geht. Trotzdem erschien ich, obwohl ich den Terminzettel weggeschmissen hatte, zur Untersuchung. Brigitte hatte es natürlich mit einem einzigen Kontrollanruf in der Praxis rausbekommen, dass ich noch mal vorstellig werden sollte, und … na ja. Sie hat ja recht. Ich ging also hin, man weiß ja nie. Mit dem Auto fährt man ja auch zum TÜV, obwohl nichts ist. Ich war allerdings fest entschlossen, mir keine Krankheiten einreden zu lassen. Hat die Bürgel einen erst mal unter ihren Fittichen, macht sie einem nur das Leben schwer.

Schwer … schwer ist ein gutes Stichwort. Jawoll, ich habe ein bisschen mehr auf den Hüften und auch einen leichten Bauchansatz. »Adipös!«, trällerte Frau Doktor Bürgel, als ich auf die Waage stieg und der Zeiger böse pendelte. Wie der Zeigefinger von Brigitte, wenn sie schimpft, wackelte die Nadel. Man muss aber dazu sagen, dass die wahrscheinlich einen Magneten rechts in der Waage verbaut haben, um extra Rezepte schreiben zu können. So viel wie da in der Praxis wiege ich sonst nie! Damals, bei der Bundeswehr, als sie mich gewogen haben … gut, ich räume ein, das ist ein paar Jahre her, aber trotzdem. Ich hatte auch Schuhe an und war noch nicht auf der Toilette, und die Zehennägel hätten auch längst geschnitten werden müssen – das fällt doch alles mit ins Gewicht, das muss man doch abziehen! Nicht jedoch Frau Doktor, die sieht nur eine Zahl und sagt »adipös«. Ein Mann ohne Bauch ist wie ein Pferd ohne Beine, pah!

Sie malte mir dann eine »Ernährungspyramide« auf und meinte, ich solle fünf Handvoll Gemüse am Tag essen, und zwar abnehmend viel von morgens bis abends. Wie man das als schichtarbeitender Busfahrer hinkriegen soll, sagte sie aber nicht dazu. Wahrscheinlich dachte sie, ich würde mir die Arbeitstasche mit so kleinen Döschen vollklabastern und dann in jeder Pause Kohlrabi statt Stullen schrappen? So was Albernes. »Da müssen ein paar Pfund runter, Herr Habicht, sonst geht das auf das Herz. Und erzählen Sie mir nichts von Busfahren, Sie sind Rentner. Geben Sie sich mal Mühe! Gehen Sie mit Ihrer Frau mit zum Nordic Walking, das bringt den Kreislauf schön in Schwung! Bewegung ist das A und O.«

Ich hörte da schon gar nicht mehr hin. Mit Brigitte walken, ja, glaubte die denn, ich machte mich zum Affen? Als MANN mit Stöcken durch die Prärie? Brigitte war auch nur lau begeistert, dass ich dabei sein sollte, wenn sie mit Doris und ihren anderen Weibern ihre Runden drehte.

Das ist immer ein Schauspiel! Sie gehen fest an jedem Mittwoch um sechs. Brigitte ist das ganz wichtig, sie hat früher sogar immer die Schicht getauscht, damit sie da mitmarschieren konnte. Um vier am Nachmittag kam sie abgehetzt nach Hause, schmiss noch im Flur ihre Tasche in die Ecke und ging duschen.

VOR DEM SPORT.

Die Frau duscht immer vor dem Sport. Erklären kann man das nicht, und es nützt auch nichts, wenn man nachfragt, man kriegt nur dumme Antworten. Anschließend föhnt sie sich die Haare, bemalt sich das Gesicht und probiert Sporthosen und Jerseys an. Ich muss dann immer sagen, ob der Hintern dick aussieht oder ob es so geht. Das ist auch ganz vermintes Gebiet – man kann es nur falsch machen. Ich sehe zu, dass ich nicht zu Hause bin, wenn sie sich »zum Sport fertig macht«.

Am Anfang bin ich tatsächlich mal mitgegangen, um mir das anzugucken, schließlich möchte man ja wissen, wo seine Frau aufgedonnert ihren Abend verbringt. Na, ich sag Sie das, wie es ist: Wenn die sich duscht, schminkt und in Schale schmeißt und dann nach zwei oder drei Stunden verschwitzt nach Hause kommt, wieder duscht und dann müde einpennt – da will man als Mann schon genauer Bescheid wissen! Und wo die Doktorn mir das geradezu empfohlen hatte, hatte ich einen guten Vorwand, mal gucken zu gehen.

Brigitte war gleich ganz begeistert und hat Wanderkleidung für uns bestellt.

Im Partnerlook.

Nun bin ich bestimmt keiner, der wie ein Gockel immer nach der neuesten Mode rumrennt. Mir ist das im Grunde egal, was ich anziehe, die Hauptsache ist doch, es ist bequem, sauber und es ist kein Loch drin. Einen schönen Menschen entstellt nichts, sage ich immer, höhö. Aber Wanderkleidung im Partnerlook war mir doch ein bisschen zu viel.

Brigitte hatte lindgrüne Hemden für uns ausgesucht

und beigefarbene halblange Hosen, die bis übers Knie, aber nicht über die Waden reichten. Dazu Hüte mit Sonnenkrempe und Steppwesten, die über die Hüften reichten. »Damit der Rücken nicht verkühlt, wenn es mal frisch wird!« Sie strahlte bis über beide Ohren. Ich nicht.

»Wir gehen walken, Günter!«, flötete sie mir entgegen.

»Das glaube ich nicht!«, sagte ich trocken. »Ich mach da nicht mit, ich guck nur.«

Sie blubberte ein bisschen, schickte die Wanderuniform wieder zurück und war beleidigt. Sie wollte mich nun nicht mehr dabeihaben, aber wenigstens anschauen wollte ich mir das doch mal.

Brigitte trifft sich mit ihrer Gruppe immer am Schlehbuschanger, dann marschieren sie los bis Haselhorst, da machen sie kehrt und trotten über den Spandauer Angerdamm zurück. Sie sind so zehn bis zwölf Frauen, je nachdem. Irgendwas ist ja bei einer immer, von Arbeit über Kniezwicken bis Enkelgeburtstag. Doris ist mit dabei und auch eine Nachbarin von Doris. Die Manja Berber. So eine stämmige Dunkelhaarige ist das, ein richtiger Giftzahn. Ich kenn die nicht groß, aber manchmal reicht auch ein erster Eindruck. Oma Bergmann kann die auch nicht leiden und bezeichnet sie immer als ihren Sargnagel. Sie ist sehr mitteilsam und plappert, ohne Luft zu holen. Oma Bergmann hat sie mal »Gisela Schlüter, gefangen im Körper von Trude Herr« genannt, und das trifft es auf den Punkt. Die hat wirklich eine laute Stimme und ist im ganzen Kiez nur als »die Vuvuzela von Spandau« bekannt. Na ja.

Zuerst begrüßen sie sich mit großem Geschnatter und

Küsschen links und rechts auf die Gesichtsrestaurierungen, und dann übernimmt eine das Kommando. Sie müssen sich dann im Kreis aufstellen und Aufwärmgymnastik machen. Dabei atmen sie ganz theatralisch aus, »damit die negativen Energien den Körper verlassen und wir bereit sind für die erfrischende Erfahrung des Sports«, und sie klatschen noch ein bisschen in die Hände, machen Hampelmann und all so was. Dann klappern sie los.

Nun war ich nicht unvorbereitet, sondern habe mich belesen über die Sache. Es kommt darauf an, dass man die Stöcke zur Unterstützung mitnimmt und in einem bestimmten Winkel zum Oberkörper einsetzt. Den muss man nämlich einbeziehen in die Bewegung, auch die Arme und den Oberkörper, dann macht das Ganze einen Sinn und ist effektiv. Wenn man sich richtig abdrückt, kriegt man ordentliches Tempo drauf und der ganze Körper wird belastet, der Kreislauf kommt in Schwung, und es ist ein gutes Training. Das machen die Fußballjungs auch manchmal. Aber wenn man schnatternd losdackelt und die Stöcke über den Asphalt klappern lässt, ist das bestenfalls Spazierengehen mit Wanderstock und kein Nordic Walking. Dann kann ich es auch gleich lassen.

Ich gab noch ein, zwei wohlmeinende Hinweise, die Doris kichernd mit: »Ach, Günter, nicht nur besser wissen, besser machen! Komm doch mit uns!« kommentierte, aber ich sah Brigittes Blick. Und der sagte: »Untersteh dich. Kommst du mit, gibt es drei Wochen Porreegemüse als Beilage!« Porreegemüse kann ich auf den Tod nicht ausstehen. Ich esse doch keinen Schneckenschleim!

Brigitte brauchte aber nichts sagen, ich hatte vom ersten Eindruck schon genug. Vielleicht watschele ich noch mit einer Horde Weiber mit Stöcken durch die Prärie, so weit kommt's noch! Sie zogen von dannen, schnatternd wie eine Schar Gänse, die zur Weide marschiert, und ich ging rüber zu Erbse ins Vereinseck. Wenigstens zehn Maikäfer hat jede breitgedrückt mit den Stockenden, und das für nichts und wieder nichts.

Nee, da musste ich mir keine Sorgen machen um Brigitte. Da waren keine Männer dabei, und wenn sie wirklich mal später kam, dann, weil eine der sportelnden Damen noch zwei Flaschen Sekt mithatte, den sie sich hinterher noch reinpfiffen. Nach dem Sport ist die Leber ja sooooo weit offen und aufnahmebereit für Alkohol, da reichen dann zwei Schluck, und Brigitte ist lustig. Aber sie ging nie mit zum Essen. Doris und die Dingens, die Berber, gehen ja nach dem Sport immer noch Schnitzel essen. 300 Kalorien verbrannt und 2000 hinterher als Belohnung reingespachtelt, jaja. Und dann wundern die sich, dass sie nicht abnehmen beim Stöckchen-über-den-Asphalt-Schleifen! Und zu so was wollte mich die Doktorn schicken? Die weiß doch gar nicht, wovon sie redet!

Nee, also das fiel komplett aus für mich, und zwar gleich aus mehreren Gründen. Es war an sich kein geeigneter Sport für einen Mann wie Günter Habicht, und noch dazu wollte Brigitte nun auf einmal eh nichts mehr zusammen mit mir machen. Ich hatte gerade verstanden, dass ihr Harmonieratgeber für die Partnerschaft »macht was miteinander« angeordnet hatte, aber ein paar Seiten weiter stand wohl was von »sich aus dem Weg gehen, sich Raum lassen und eigene Hobbys pflegen«. Nun wollte das Pamphlet offenbar, dass wir auf Abstand gingen. So jedenfalls sagte es Brigitte. Mir wäre es wurscht, aber SIE fing ständig mit diesem Partnerschaftsquatsch an. Ich verstand nicht wirklich, was sie eigentlich wollte; bis vor ein paar Tagen war das Wichtigste, dass wir was zusammen machten, aber Sport sollte es wohl nicht sein. Ich diskutierte nicht lange. Es hatte eh keinen Sinn. Und offen gesagt wollte ich auch nicht mit der ganzen Weiberschar jede Woche durch Spandau latschen und vorher zur Erwärmung im Kreis Hampelmänner tanzen. Ich musste es Brigitte nicht sagen, sie sagte es mir.

Sie gab wohl auch der Doktorn einen Hinweis, denn als ich das nächste Mal bei der saß, um meine Leberfettwerte zu besprechen (»gar nicht gut, gar nicht gut, Herr Habicht ...«), kam die von ganz alleine mit einem anderen Vorschlag.

Frau Doktor Bürgel klopfte erst in ihrer Affenmaschine rum, fand aber offenbar nicht, was sie suchte, und fragte mich dann über die Brille hinweg, was ich an Medikamenten einnehme. Ich nehme gar nichts ein, jedenfalls nichts, was die mir aufschreibt. Ihre Blutdruckpillen helfen nicht, und ich vergesse eh, sie zu schlucken, da kann ich sie auch gleich offiziell weglassen. Das weiß die auch ganz genau, die Schnepfe. Und von den Dingern gegen nächtlichen Harndrang muss die nichts wissen. Die sind frei verkäuflich und rein pflanzlich! Brigitte besteht darauf, dass ich das Zeug schlucke. Einmal die Nacht musste ich schon immer raus, aber seit ich meist gegen vier am Morgen noch mal aufstehe, hat sie sich aufgeregt. Erst würde ich schnarchen und dann noch zweimal ... Wasser lassen, das ginge so nicht, sie käme gar nicht mehr in den Schlaf und blablabla. »Hier, die

Dinger nimmst du jetzt«, knallte sie mir so eine Dose auf den Tisch, auf dem ein weißhaariger Greis debil grinste. Neben ihm war eine glückliche alte Dame zu sehen, und es stand: »Schont die Sexualfunktion« zu lesen. Pah! Da brauchte ich keine Schonung, da … das ist ja hier kein Thema, aber ich bin gut im Geschäft. Höhö.

»Sport, Herr Habicht. Sport. Hauptsache, Bewegung. Es muss ja nicht sein, dass Sie Hochleistungssportler werden und einen Marathon laufen oder … oder auch Nordic Walking betreiben. Haben Sie denn einen Garten?«

»Nee. Früher, da …«

»Schon Herr Schreber hat den Garten als Therapie erkannt, Herr Habicht. Nicht nur, dass man sich automatisch gesünder ernährt, weil man eigenes Gemüse anbaut, nein, auch das Graben, Hacken und Rasenmähen bringt einen so richtig ins Schwitzen und den Kreislauf in Schwung. Das wird Ihnen Spaß machen und guttun … SCHWESTER MARLIEEEES!«

Ich wurde gar nicht gefragt. Die Schwester, zu der Oma Bergmann immer Sabine sagte, drückte mir einen Zettel mit einer Adresse und einer Telefonnummer in die Hand, und ehe ich es mich versah, stand ich mit einem zweiten Zettel mit einem neuen Termin zum Wiegen und Tablettenverschreiben wieder vor der Tür.

Immerhin war Gartenarbeit nicht ganz so abwegig wie die eingefädelte Chorgeschichte mit der Kindergärtnerin und das Stöckchenwandern mit den Sektfrauen. Trotzdem fühlte ich mich überfahren und bevormundet. Ich konnte es mir aber ja zumindest mal angucken.

Ich bin dahin in diese Gartenkolonie und schaute mir die Sache an. Es war nicht weit, mit dem Rad gut zu schaffen und mit dem Bus erst recht. Man muss ja in Bewegung bleiben. Sportler war ich nie und werde es auch nicht mehr, aber schon, um zu Hause ein paar Stunden raus zu sein, drehe ich meine Runde mit dem Rad, bei Wind und Wetter, wann immer es geht. Wenn Brigitte sich den Staubsauger schnappt, greife ich mir den Fahrradschlüssel.

Was man zu sehen kriegt, wenn man nur zehn Minuten durch den Kiez fährt, Sie, ich sage Sie das, wie es ist: Das geht auf keine Kuhhaut! Da sind Radfahrer auf dem Gehweg, da wird falsch geparkt, da sind Leute, die stur auf der falschen Seite spazieren. Links! Wenn einer rot und grün nicht unterscheiden kann, soll das ja eine Krankheit sein, aber links und rechts? Pah! Da geht mir die Hutschnur hoch.

Es wird ja immer schlimmer. Rücksichtslose Raser und offenbar verrückt gewordene Radfahrer sind nur die Spitze des Eisbergs, nur die Spitze! Fußgänger warten auch nicht mehr bei Rot, sondern rennen einfach über die Straße, weil sie sich für berechtigt halten. »Ich habe gedrückt, es wurde nicht grün. Ich habe lange genug gewartet!«, hat mir mal eine alte Frau geantwortet, wegen der ich gerade noch so bremsen konnte. Eine ganze Horde Schüler ist mir durch den Bus geflogen wie die Würfel im Paschbecher, na, da war was los! Und das ist noch nicht alles, was da mit im Verkehr rumkraucht: Neuerdings haben ja viele einen Akku am Rad und fahren mit Stromunterstützung. Die ballern einem dann auf der Busspur von links und rechts vor die Räder, so schnell kann gar keiner gucken. Aber rollt man drüber, wer ist dann in der »Abendschau« wohl der Buh-Mann? Doch mit Sicherheit der böse Busfahrer, der rücksichtslos den armen, schutzlosen Radler überrollt hat!

Rollen ist ein gutes Stichwort.

Die größte Seuche der Menschheit ist ja wohl die Erfindung dieser Elektroroller, die überall rumstehen. Ich habe da noch nie draufgestanden und werde es auch nicht tun, das gleich vorneweg. Man muss die mit dem Handy starten, und so einen Quatsch mache ich nicht mit. Deshalb bin ich an der Stelle schon raus aus der Nummer. Schon allein, dass die Dinger überall in der Landschaft stehen, regt mich auf. Am Straßenrand, auf dem Gehweg, auf dem Radweg – wo auch immer Platz ist, werden die rücksichtslos hingeschmissen. Und auf dem Gehweg ist es nun so schon eng genug.

Alle haben ja eine Lobby, die sich für ihre Rechte einsetzt: Autofahrer sowieso, aber auch die Radfahrer. Für die wird gekämpft, die kriegen Platz. Breite Spuren zum Fahren und freie Fahrt. Dann bleibt noch ein kümmerlicher Streifen Gehweg von meist nicht mal einem Meter Breite, und auf dem tummelt sich dann alles, was die Radler und Autofahrer nicht auf ihrer Spur wollen: Roller, Elektroroller, Kinder unter zehn auf Fahrrad – auch in Begleitung von einem Erwachsenen! –, dazu Opas mit Rollator, spazierende Mütter mit Kinderwagen und natürlich das Volk, das seine Köter Gassi führt. Wenn man da als rechtschaffener Bürger auf dem Trottoir entlangspaziert auf der rechten Gehwegseite, wie es sich als Konzept seit Jahrhunderten bewährt hat, na, da eckt man aber an! Und nicht nur an die verträumt durch die Gegend latschenden Leute, auch an die Mülltonnen und am abgestellten Sperrmüll. Es ist ein Jammer, da müsste man viel mehr durchgreifen, auch mit drakonischen Strafen!

Also, wenn ich was zu sagen hätte, wäre das anders. Aber so muss ich eben die Straßenseite wechseln, weil die Töffe von Opa Knoppe pischern will. Da kollidiere ich dann mit Oma Bergmann und ihrer Freundin Oma Potter, die – natürlich beide nebeneinander – mit ihren Rollatoren den Damm lang schlendern. Na, und wenn ich es schaffe, denen auszuweichen, kommt mit Sicherheit so ein Kiffer auf seinem Elektroroller und fährt mir fast den Hintern ab. Früher ist man spazieren gegangen, um sich zu entspannen. Heute muss man nur aufpassen, niemanden umzurennen, auf keinen Hund zu latschen und nicht angekarrt zu werden.

Nee, der Verkehr ist furchtbar nervenaufreibend, ein Spaziergang auf dem Gehweg genauso wie hinterm Buslenker auf der Straße, ich sag Sie das, wie es ist! Da müsste viel mehr kontrolliert und durchgegriffen werden. Dazu bräuchte es aber die Autorität der Behörden, auf mich hört ja keiner, ich kann sagen, was ich will. Da wird man nur noch dumm angepöbelt und kann nicht hinterher, weil die auf ihren Stromrollern natürlich schneller sind. Man kann nur wünschen, dass die alle einen Organspendeausweis haben und dass die Allgemeinheit dann vielleicht doch noch was von der rücksichtslosen Raserei hat. Wenn die ihre Stromdinger da mit dem Handy scharf schalten, müssten sie automatisch auch aktivieren, dass im Falle des ... also, wenn es sie erwischt, dass dann die Nieren entnommen werden dürfen. Es geht doch angeblich alles mit ihren Wischgeräten, warum dann nicht auch das?

Wenn die mit ihren Gefährten angekommen sind, wo sie hinwollten, wird nicht etwa ordentlich geparkt und das Geschoss wird so verräumt, dass es niemanden stört, sondern es wird hingeschmissen, abgestellt oder stehengelassen, wo es gerade passt. Fast wie Frau Gabelstein aus der Brennereistraße, die parkt ihren Polo auch nicht, sondern macht einfach irgendwann den Motor aus und steht dann da, im Zweifelsfall eben mitten im Weg. Die Roller liegen vorzugsweise auf dem Gehweg. Jeder regt sich drüber auf, aber keiner macht was. Das wäre doch ein Leichtes! Für den Verleih der Roller braucht man nämlich eine Genehmigung oder eine Lizenz oder so was, und da könnte man doch nun ohne großen Aufwand den Satz reinschreiben: »Der Verleiher trägt die Verantwortung dafür, dass die Roller der Straßenverkehrsordnung entsprechend abgestellt werden und niemanden behindern. Die Einhaltung der Regelung wird überwacht, Zuwiderhandlungen werden bestraft.« Ich habe sogar schon eine Eingabe gemacht an den Bezirk, an den Senat und an den Bundestagsabgeordneten, aber ich sag Sie das, wie es ist: Passiert ist nichts. Der Einzige, der sich gemeldet hat, war der Abgeordnete. Er hat mir geschrieben, dass er nicht zuständig ist, und mir einen Luftballon geschickt.

Einen Luftballon!

Als wäre sein Geschreibsel nicht schon heiße Luft genug gewesen.

Die Dinger liegen überall im Weg rum, weil die natürlich auch von erbosten Bürgern umgetreten werden. Und dann liegen sie da mit abgerissenen Kabeln und sind eine Gefahr für Leib und Leben. Wie leicht stolpert da einer und bricht sich was? Ich als Busfahrer muss mein Fahrzeug ja auch ordentlich abstellen und kann es nicht einfach auf dem Gehweg stehen lassen, weil ich Feierabend habe!

Konnte. Nun bin ich ja Rent... zu Hause.

Da tat es gut, mal ein Stück raus aus dem Großstadttrubel zu kommen. Die Idee mit dem Garten gefiel mir schon, bevor ich überhaupt in der Kolonie »Abendfrieden« angekommen war. Ich radelte langsam, ich hatte ja Zeit. Es ging nicht darum, die Olympianorm zu schaffen oder Rekorde aufzustellen. Nee, ich übertrieb es nicht. Alle Viertelstunde machte ich halt und gönnte mir mein Päuschen. Ich habe da auch meine Stammplätze, wo es schöne Parkbänke gibt und eine gute Aussicht und oft auch Bekannte, mit denen man einen kleinen Plausch machen kann. So was ist ja nicht drin, wenn Brigitte dabei ist, da heißt es dann gleich: »Steh hier nicht rum und quatsch dumm, Günter, ab, zu Hause wartet die Arbeit!« Damit würgt sie jedes Gespräch ab. Furchtbar.

Die Gartensparte in einen ansehnlichen Zustand zu bringen würde eine Herausforderung werden, das sah ich schon auf den ersten Blick. Wildwuchs, verdreckte Wege, die Hecken standen teilweise über zwei Meter hoch, obwohl nur 1,50 Meter erlaubt waren, aber vor so etwas bin ich noch nie zurückgeschreckt. Die Aufgabe nahm ich gerne an. Wenn es darum geht, Ordnung zu schaffen, na, da ist Habicht aber vorne dabei! Ich quasselte nicht lange mit dem Vorsitzenden der Kolonie, sondern sagte direkt zu.

Gleich ein paar Tage nach meinem Amtsantritt stellte ich fest, dass sich um Parzelle 9 am Rosenweg zwei alte Damen kümmerten, die mir beide schon recht vertraut waren: Im Garten eines gewissen Gunter Herbst werkelten Oma Bergmann und eine Freundin. Erbse sagt immer, dass Babys für ihn alle gleich aussehen, ich hingegen kann die alten Frauen kaum unterscheiden. Für mich sehen die mit ihren Blumenkohllöckchen alle gleich aus, eine wie die andere.

Oma Bergmann hier in der Kolonie, noch dazu mit einer Freundin: Da sage noch einer, die Welt wäre kein Dorf! Erst im letzten Jahr war ich mit der Bergmannschen auf dem Campingplatz aneinandergera… na, sagen wir, wir sind uns in die Arme gelaufen, und nun streunte die hier wieder rum. Und nicht nur sie allein, sie war wieder in Begleitung. Allerdings waren dieses Mal nicht die alten Gläsers dabei, sondern ihre beste Freundin Gertrud Potter.

Die Pottersche ist ein ähnliches Kaliber wie Oma Bergmann. Sie ist ihre beste Freundin. Also, so richtig blicke ich da bis heute nicht durch. Oma Bergmann hängt auch viel mit den ollen Gläsers rum, aber ich glaube, nur, weil Opa Kutte noch selber Auto fährt und sie kutschiert. Er wiederum ist froh, dass er von seiner Ilse wegkann, da ist er in gewisser Weise ein Leidensbruder. Renates Busenfreundin heißt Gertrud und ist ein ganz anderer Schlag als die damenhafte Ilse Gläser. Die muss der gleiche Jahrgang sein, es sei denn, eine von beiden ist mal sitzen geblieben. Auf jeden Fall waren sie schon zu Schulzeiten zusammen. Diese Gertrud muss in ihrer Jugend ein heißer Feger gewesen sein, der nichts hat anbrennen lassen, jedenfalls hört man das aus den Geschichten so raus, die die Bergmannsche zum Besten gibt. Angeblich hätte die sich fast mal den späteren Gatten von Oma Bergmann geangelt, auf einer Silvesterfeier in den 1960ern. Aber Oma Bergmann war damals schon eine trinkfeste Schwester und hat eine Buddel Korn in die Bowle getan, das hat die Gertrud entschärft. Die Bergmann hat sich ihren Wilhelm dann wohl geschnappt und bei einem Spaziergang bei Mondschein alles klargemacht, wie man heute sagt, und der Pottern blieb das Nachsehen und ein dicker Kater.

Gertrud hält sich bis heute für unwiderstehlich. Die geht ran an die Kerle wie ihr Köter ans Gehackte, ich sag Sie das, wie es ist! Sie hat einen mannshohen Hund, einen Mischling aus Deutscher Dogge und Dobermann, so genau weiß das keiner. Mit dem im Schlepptau streunt sie den halben Tag durch Berlin, weil der ja seinen Auslauf braucht und sie hinter sich herzerrt. Sie flirtet gern und hemmungslos, ich könnte Ihnen da Geschichten erzählen … Selbst vor mir machte sie nicht halt! Ein Mann, der wohl an die 20 Jahre jünger, verheiratet und als gut aussehender Kerl nun wirklich nicht ihre Liga ist. Sie hat einen sozusagen festen Lebensgefährten, den Opa Herbst. Und der wiederum ist nun Pächter in der Gartensparte, in der ich … na, sagen wir mal, nach dem Rechten sah.

Opa Herbst war mein Sorgenkind. Also nicht er selbst, sondern sein Garten. Ich lernte ihn nicht persönlich kennen, denn als ich hier das Ruder übernahm, lag der schon mit getackerter Bandscheibe auf dem OP-Tisch. Aber wenn es um Ordnung geht, ist keine Zeit für Gefühle. Fakt ist, er ließ seine Parzelle verwildern. Bei aller Sympathie, das durfte ich nicht durchgehen lassen. Wenn das jeder machte, wo kämen wir denn da hin? Na ja, als ich ihm gerade – ich betone, schweren Herzens! – eine Abmahnung schreiben wollte, tauchten hier besagte Gertrud und Oma Bergmann auf und übernahmen im Garten die Regie. Eigentlich war die Gertrud nur mit da, die Regie führte Oma Bergmann. Gertrud und Renate gibt es nur im Doppelpack, und den Ton gibt die Bergmannsche an, das muss man ganz klar sagen.

Gartensparten gibt es ja kaum noch, es wird gebaut an allen Ecken und Enden. Wo eine Brache ist, auf die drei Ziegelsteine passen, wird ein Haus hochgezogen, und alles mit der Begründung: »Wir brauchen dringend Wohnraum.« Das ist ein Totschlagargument, gegen das sich keiner was zu sagen traut. Ob das am Ende gut ausgeht, na, da habe ich meine Zweifel. Wenn wir jetzt hier die Blöcke dicht an dicht bauen und sich alle gegenseitig auf den Teller gucken können, wenn kein Baum und kein Stück Park mehr vor den Baukränen sicher sind und nun sogar die Gartenkolonien dafür geopfert werden – ich weiß nicht, ob das die optimale Lösung ist. Aber Wohnungen müssen her, da beißt die Maus keinen Faden ab, denn die sind knapp und teuer, und es werden immer mehr Leute, die hier wohnen wollen.

Ach, Berlin ist nicht mehr, was es mal war. Das hat mit den ganzen Hippies und Jungschen zu tun, die hierherkommen und erwarten, hier wäre jede Woche Fashion Week und wir würden alle nur in der Sonne sitzen und Latte Macchiato durch nachhaltige Strohhalme schlürfen. Es stand neulich erst in der Zeitung: In Berlin verdient nur etwa ein Viertel der Menschen sein Geld, indem sie morgens aufstehen und zur Arbeit gehen. Die große Mehrheit sind Rentner, Kinder, Student… Studierende sagt man heute, ein paar Arbeitssuchende, etliche, die Teilzeit arbeiten wollen oder müssen und ganz viele Selbstständige. Unter denen unzählige, die ständig auf der Suche nach Geld sind und auf große Investoren für ihre Ideen hoffen. Spinner eben. Das ist nicht die Mehrheit, aber die krakeelen laut und setzen sich in Szene und prägen so das Bild der ganzen Stadt. Die machen im Internet die Leute verrückt, indem sie Sachen schreiben wie »Ort der Kreativität«, dass man sich hier entfalten und seine Träume umsetzen kann. Diesen Quatsch lesen dann wieder irgendwelche unreifen Träumer auf den Dörfern und in kleinen Städten, und wenn sie die Schule fertig haben und keine Lust verspüren, Gas-Wasser-Installateur zu werden, ziehen sie nach Berlin, weil sie denken, hier fliegen die gebratenen Tauben rum. Sehr schnell merken sie dann, dass nicht nur die ganzen mit Kokosblütenzucker aufgehübschten Käffchen teuer sind, sondern auch die Wohnungen, und deshalb kommen die nun sogar schon zu uns nach Spandau raus. Das gab es früher nicht! Da blieben die in Kreuzberg, aber selbst das ist mittlerweile so teuer, dass das Jungvolk ausweicht. Sogar bei Doris im Haus wohnt schon eine WG. Aber Oma Bergmann, die da ja mitwohnt, hat ein Auge drauf und spielt sich auf wie eine Herbergsmutter aus den 1950ern. Das sind Jurastudenten, ganz vernünftige und fleißige Menschen, die keine Probleme machen und die die Oma im Griff hat.

Drüben in der Brennereistraße haben sich vor Jahren schon merkwürdige Leute eingenistet, na, da fehlt mir ein bisschen das Verständnis. Die sind nicht in direktem Sinne alternativ und umstürzlerisch, aber trotzdem komisch. Das passt alles gar nicht richtig zusammen: Sie sind im Grunde sehr bürgerlich, verheiratet und haben drei Kinder. Aber dann geht es schon los: Er als Mann hat den Doppelnamen und lange Haare, sie ist so eine dürre, ausgemergelte Person. Geschätzt hat die keine 90 Pfund und nichts auf den Rippen, ich glaube, die hat gestillt, bis die Kinder laufen konnten. Das zehrt natürlich. Die Mädchen heißen Coco, Ruby und Pepper. Nicht, dass jetzt der Eindruck entsteht, ich würde mich in dem Milieu auskennen, aber so heißen doch eigentlich Stripperinnen! Diese Bindestrich-Doppelnamen haben da mit Gleichgesinnten vor zehn Jahren einen alten Wohnblock günstig gekauft und in Selbstverwaltung ausgebaut, und nun wohnen sie da »nachhaltig«, aber, damit sich das halbwegs rechnet, auf engstem Raum und reden sich selbst ein, dass sie glücklich sind. Nicht nur sich selbst, sondern sie erzählen es auch allen Leuten, die nicht bei drei auf dem Baum sind.

Also, für mich plappern sie ein bisschen zu oft darüber, als dass ich es glauben könnte. Sogar im Fernsehen waren sie mit ihrem Wohnprojekt schon und wollten es als Vorbild für alle verkaufen, aber ich weiß ja nicht. Ich war da mal zum Noteinsatz, als die Wasserleitung geborsten war. Die brauchten dringend Hilfe, so wie das da sprudelte, und ich war zufällig gerade auf Patrouille vor dem Haus, nur daher kenne ich die ein bisschen. Die leben den Ansatz, dass kein Mensch mehr als 20 Quadratmeter für sich beanspruchen darf, wegen CO_2 und Ressourcen und was weiß ich. Die hausen mit fünf Personen auf 65 Quadratmetern in drei Zimmern. Das ist doch kein Leben! Die Küche, der Flur und die Garderobe sind alles eins, das geht alles ineinander über und ist verkramt. Da steht sogar noch der Kleiderschrank vom Doppelnamenvater, weil der in das kombinierte Wohn- und Schlafzimmer nicht reinpasst, und bis vor den Herd reihen sich die Schuhe. Das ist ja klar, bei drei Nachtclubkindern ... die Mauken müssen ja irgendwohin. Ich kam nicht an die Wasserhähne dran, die ausgemergelte Dürre musste erst Winterjacken, die Biogemüsekiste und Gummistiefel aufs Bett räumen.

Das sieht aus da! Die Frau ist auch deshalb so mager, weil die natürlich den ganzen Tag hin und her läuft und irgendwas wegräumt. Wenn die ein Küchenmesser sucht, fällt ein Turm von Wäsche um, oder Regenschirme purzeln hervor, die unter Dörrobst lagen. Na ja, wenn man keinen Platz hat ... aber das ist ja keine Armut, so ist der Lebensentwurf! Jeder, wie er mag. Jedem Tierchen sein Pläsierchen, sage ich immer, solange es alles nach Recht und Ordnung zugeht, sollen sie machen. Aber es widerspricht natürlich der Sicherheit, dass man nicht an die Leitungen kommt.

Während ich noch den Haupthahn suchte, trafen die Kolleg… die Fachleute von den Wasserbetrieben ein. Ich gab gleich einen Hinweis, wie es da in der Bude aussieht, und machte auch Meldung beim Gesundheitsamt. Unsereins, der gesittet und bürgerlich in drei Zimmern lebt, kann sich das ja kaum vorstellen, aber die haben in ihrem Wohnprojekt im Erdgeschoss eine Gästewohnung, die jeder Mieter für Besuch beanspruchen kann, und in dieser Gästewohnung ist die einzige Badewanne im ganzen Wohnblock. Neben der Gemeinschaftswaschmaschine steht der Gemeinschaftsgefrierschrank im Keller. Wie früher bei den Russen, sage ich Sie, die hatten auch eine Schlafstube für die ganze Sippe und den Flur runter dann einen Herd für acht Familien. Und das mitten in Berlin, im 21. Jahrhundert! Also, wenn das der Fortschritt ist, dann bleibe ich lieber rückständig.

Wir wohnen auf drei Zimmern, und das bleibt auch so. Wohnzimmer, Schlafzimmer, Küche, Flur und Bad, und das dritte Zimmer war früher Mareikes Kinderstube. Als sie auszog, blieb das erst mal so. Brigitte traute dem Frieden nicht, dass das funktioniert mit ihrem Ami, und dachte, die wäre nach ein paar Wochen wieder da mit der Reisetasche in der Hand. War sie aber nicht. Nun ist es ein Gästezimmer. Uns besucht zwar niemand, aber wir haben ein Gästezimmer. Wer sollte denn auch kommen? Mutter ist über 90 und wohnt im Heim, die ist zwar über Weihnachten hier, aber das ist auch Besuch genug. Mehr will ich gar nicht. Das ist jedes Mal eine Nervenprobe, ich sage Sie das, wie es ist. Mutter will grundsätzlich Mittagsschlaf auf der Couch machen, wenn »Winnetou« läuft, statt ins Gästezimmer zu gehen. Mittags will sie aufs Sofa und nicht ins Bett und basta. Brigitte sagt, meinen Starrsinn habe ich von ihr. Ansonsten haben wir selten Besuch, und schon gar nicht über Nacht. Brigittes Tante Gerda lebt noch, aber die schlafwandelt. Die will ich auch nicht im Haus haben. Die kommt auch nicht, da besteht keine Gefahr. Das letzte Mal war die zu Mareikes Taufe hier, das war neunzehnhundert... lange her. So eng ist der Kontakt zu ihr nicht. Wir sehen es immer an den Weihnachts- und Geburtstagskarten, die zuverlässig kommen, dass sie noch lebt. Ja, und alle anderen Bekannten und Verwandten wohnen in Berlin, die können abends mit dem Bus nach Hause fahren. So weit kommt's noch, dass Doris hier pennt!

So einfach ginge das auch gar nicht, denn im Laufe der Zeit hat sich da eine Menge Plunder angesammelt. Brigitte nutzt das Stübchen mittlerweile auch als Bügelzimmer, und sie hat da ihre Bastelecke eingerichtet. Dort beflimmert sie ihre Salzteigkunstwerke, und ihre Stöcke vom Nordic Walking stehen da rum und was sie zu viel bei IKEA eingekauft hat an Deko.

Wir behalten die Wohnung, das kommt gar nicht in die Tüte, dass ich wegen einem Raum zu viel jetzt umziehe auf meine alten Tage. So weit kommt's noch! Und der Raum ist auch gar nicht zu viel. Wenn man eine Art Rumpelkammer hat, ist der Rest der Wohnung umso aufgeräumter. Ich habe da auch ein paar Haken angebracht, an denen ich Mettwurst, Salami und Schinken aufhängen kann. Ach, das duftet herrlich! Früher hatte jeder eine Speisekammer, und Geräuchertes ist da viel besser aufgehoben als im Kühlschrank. Da lasse ich mir auch kein schlechtes Gewissen einreden, von wegen »nicht nachhaltig« und meine Biobilanz wäre dramatisch. Öko. Ökobilanz. Das hat mir die ausgemergelte Dreifachstripperinnenmama vorgeworfen! Ich dachte, ich höre nicht richtig. So was lasse ich mir nicht sagen, nicht von so einer! Die haust in einer Kommune wie die Russen nach dem Krieg mit ihrer Kommunalka-Waschmaschine und wirft anständigen Leuten vor, sie würden die Gesellschaft zerstören? Die spinnt ja wohl. In Mareikes Abstellkammer wird nicht mal geheizt, da steht die Heizung immer auf »Mond«, gerade so, dass es nicht einfriert. Da lasse ich mir doch nicht Ressourcenverschwendung vorwerfen! Und überhaupt, wer sollte denn da wohnen? Am Ende vielleicht noch eins von ihren Mädchen, die jetzt in einem Dreifachstockbett übereinanderliegen? Das hätte die wohl gerne! Soll sie mal zusehen, wie sie klarkommen in ihrer selbstverwalteten Grünkerngemeinschaft!

Ich habe die immer im Auge seither. Sie wohnen drei Straßen weg, also keine direkte Nachbarschaft. Trotzdem: Schwappt der Schlendrian hier erst mal rüber, ist es zu spät. Letztes Frühjahr hat sich eine Familie aus ihrer Gemeinschaft eine neue Matratze bestellt. Ich habe gesehen, wie sie geliefert wurde, zwei Männer hatten gut zu tragen. Ich schätze, eins vierzich auf zwei Meter, oder anders ausgedrückt: bei denen für fünf Personen. Höhö. Die Männer trugen aber keine Altmatratze runter, was heutzutage ja wohl das Normalste der Welt wäre, die gleich mitzugeben. Die liefen mit leeren Händen zurück zum Auto. Das kam mir verdächtig vor, und ich dachte: »Günter, das musst du im Auge behalten.«

Man kennt das ja, solche Leute haben eine große Klappe und demonstrieren gern und laut, wie gut sie sind, die sind gegen Kohlestrom und für Biofleisch – aber wenn es ans Portemonnaie geht, ist Schluss mit der Moral. Und Tatsache: Ziegenbrechts – zweiter Stock links! – waren zu knauserig, die 20 Euro für die Entsorgung der alten Matratze zu bezahlen, und haben sie stattdessen mit dem Brotmesser in kleine Stücke geschnitten und nach und nach unter den Hausmüll geschummelt. Mir ist das gleich aufgefallen, dass die Mülltüte auffallend groß, aber nicht schwer war, die der Langhaarige da schleppte. Ich bin also unauffällig ran an den Müllkübel und habe reingeschaut. Als ich die Tüte aufgeschnitten habe, sah ich die Schweinerei: Schaumgummi. Das ist Sondermüll und gehört auf den Recyclinghof und nicht in die Tonne! Ich habe das genau beobachtet, jeden Tag hat der eine Scheibe vom Matratzenschaumgummi abgeschnitten und unter den Hausmüll gemogelt. Unglaublich, so eine Dreistigkeit. Aber da habe ich auch Meldung gemacht an die Müllbetriebe. So was käme in unserem Haus nicht vor, jedenfalls nicht, solange sie mich nicht mit den Füßen voraus aus der Wohnung tragen. Das bin ich der Gesellschaft schuldig!

Die von der Stadtwirtschaft haben Ende letzten Jahres extra einen Abfallkalender verteilt, auf dem alle Abfuhrtermine stehen. Also, wann welche Tonne geleert wird. Aber es ist nicht nur ein Kalender, sondern es ist auch genau beschrieben, was wie entsorgt werden muss und was in welche Tonne gehört und was nicht. Alles schwarz auf weiß, wer das liest, weiß Bescheid. Ich habe den Kalender laminiert und für Brigitte in der

Küche über den Mülleimer gehängt. Die ist auch so eine, die nicht genau guckt und manchmal den Deckel am Joghurtbecher dran lässt. Dabei ist da Alu dran, und es kann besser von der Maschine sortiert werden, wenn der Deckel ab ist. Wenn das nun jeder machen würde, wo kämen wir denn da hin! Dabei steht es klipp und klar in der Müllfibel geschrieben. Bevor die Plastikverpackungen abgeholt werden, schütte ich die Tonne immer noch mal auf dem Hof aus und gucke durch. Man will ja nicht angezählt werden von den Fahrern. Ich bleibe auch meist neben der Tonne stehen, bis die Jungs von der Müllabfuhr kommen. Nicht, dass da noch einer Fremdmüll in unsere Tonne schmeißt und dann heißt es: »Der Habicht hat nicht sauber getrennt.« HAT MAN ALLES SCHON ERLEBT!

Letztes Frühjahr nämlich, kurz vor den Ferien, kamen die Kinder von Steinackers hier vorbei und haben am frühen Morgen auf dem Weg zum Schulbus schon Süßkram gegessen. Immerhin haben sie die Verpackung nicht auf die Straße geschmissen, immerhin nicht das! Aber ich traute meinen Augen kaum, der Benno – ein vorlauter Sportsfreund sondergleichen – schmiss seinen Abfall in meine Tonne. IN MEINE TONNE! Na, da bin ich aber von der Leiter. Wie ich es mir dachte, es war Plastik vom Schokoriegel, was er obenauf in meine Papiertonne geworfen hat. Das ist um Haaresbreite noch mal gut gegangen, das Müllauto bog schon um die Ecke, und ich konnte in letzter Minute das Corpus Delicti sichern. Da ist mir ein Stein vom Herzen gefallen. Ich habe das Beweismittel in einem Gefrierbeutel gesichert, wie man das aus Krimis kennt, und bin abends rüber zu

Steinackers. Ich habe die Abfallverordnung mitgenommen – das ist ein staatlicher Erlass, da steht es schwarz auf weiß! – und auch die laminierten Trennhinweise vom Entsorger. Als ob ich vom Mond käme, so haben die mich angeguckt. Ich sollte mich hinsetzen und »nicht so einen Aufstand machen«.

NICHT SO EINEN AUFSTAND.

Wo ein glasklarer Verstoß gegen die Müllverordnung vorlag!

Na ja, Mutter geht arbeiten, Vater geht arbeiten, die Kinder sind auf sich allein gestellt – was soll aus denen schon werden, wenn sich keiner kümmert? Aber die müssen ja alle Karriere machen. Wie die Kinder lernen sollen, sich wie vernünftige Menschen zu benehmen, das bleibt dann auf der Strecke. Das fällt hinten runter. Ich möchte nicht wissen, ob die die Folie von ihrer Fertigpizza nicht heimlich mit im Pappkarton entsorgen! Denken könnte ich mir das. Jedenfalls haben die mich gar nicht ernst und den Bengel noch in Schutz genommen. Wie die Kinder von solchen Menschen Anstand und Gesetzestreue lernen sollen, ist mir ein Rätsel. Solche Leute schummeln bestimmt auch beim Bananen-Wiegen im Supermarkt, ich sag Sie das, wie es ist!

Da hilft sich aufregen allein nicht, da muss man sich kümmern. Und das mache ich gern. Man muss den Sportsfreunden doch eine Chance geben. Viele haben es nicht leicht. Wenn die schon so aufwachsen, dass die Eltern sie morgens in der Werbepause der Wiederholung von »Frauentausch« wecken und manchmal ohne Frühstück zur Schule schicken – ja, was soll denn aus den Kindern werden? Da liegt es nicht fern, dass die

Dämlichkeiten machen. Aber kein Mensch wird schlecht geboren, sondern es sind die Umstände, die ihn formen.

Und so traurig es ist: Die, die in der Werbepause zur Schule geschickt werden, sind noch nicht mal am schlechtesten dran. Es gibt auch »Elternhäuser«, da wird durchgepennt. Einen Erziehungsführerschein müssten die Leute machen, wenn ich was zu sagen hätte! Und deshalb bin ich immer dabei, wenn es darum geht, den Rüpeln ein Angebot zu machen. Ich habe mich mal erkundigt, wie die Bedingungen sind, da was auf die Beine zu stellen. Das ist aber nicht so einfach. Will man so ein Jugendprojekt angehen, hat man einen Berg Formulare und ein Labyrinth von Ämtern vor der Brust. Ick bin kein Papiermensch, sondern einer, der eher mit Menschen kann.

Jetzt ist mir ein »ick« rausgerutscht, dabei wollte ich doch so darauf achten, dass ich nicht berlinere. Aber wie sagt Erbse immer? »Du kannst Jünther aus Spandau rausschicken, aber du kriegst nie Spandau janz aus Jünther raus.«

Man muss aber auch die Welt nicht neu erfinden, Kümmerervereine gibt es genug, und die freuen sich über jeden, der mithelfen will. Die ganzen sozialpädagogisch durchstudierten Fräuleins sind so mit den Nerven durch wegen der Amtspersonen, mit denen sie sich rumzuärgern haben, dass sie gar keine Zeit mehr für die Kinder selbst haben. Die freuen sich über jeden, der mitmacht. Ich musste nur ein Führungszeugnis vorlegen, aber das war ja nun das geringste aller Probleme. Meins ist blütenweiß, selbstverständlich. »Auto fahren mit Latschen« war nur eine ärgerliche Rüge, die kam nicht ins Führungszeugnis. Es ist ein bisschen ärgerlich, dass dort nicht auch aufgeführt wird, was man alles positiv beigetragen hat zur Verbrechensbekämpfung und zur Aufrechterhaltung von Sicherheit und Ordnung. Dann bräuchten die aber einen neuen Stapel Papier für ihren Drucker! Ich hatte das mal angeregt, aber Mareike meinte nur kurz, ich solle aufhören mit dem Quatsch und mich nicht wie ein Blockwart aufführen. Pah!

Ja, jedenfalls war diese Annika von der »Jugendperspektive« – »wir sagen hier alle DU, Günter« – gleich Feuer und Flamme, als ich fragte, ob sie mir nicht ein paar von ihren Sportsfreunden in die Gartenkolonie schicken will. Ich hatte ja Zeit und wollte mich gern kümmern, und Handwerker fehlen heute schon an allen Ecken und Enden. Woher soll denn das Interesse der Kinder auch kommen? Solche Dinge wie Werkunterricht, Schulgarten oder Arbeitslehre gibt es doch schon lange nicht mehr standardmäßig, und wenn, dann nur als Projekt und ausnahmsweise. Da haben wir seinerzeit noch eine Feile, einen Grubber und einen Tischlerhobel in die Finger gekriegt und konnten ausprobieren, ob uns das liegt und Spaß bereitet. Nicht jeder hat das Zeug zum Studierten, und so manch einer entdeckte sein handwerkliches Talent in diesem Unterricht. Aber es wird gespart, und bei solchen Sachen als Allererstes. Na ja.

Und dann kommt dazu, dass in unseren globalisiert durchoptimierten Tagen alles so gebaut wird, dass es nicht mehr repariert werden kann, sondern weggeschmissen wird, wenn es kaputt ist. Beispiel: Brigittes Mixer. Brigitte hat ihren Küchenrührer aus den 1970er Jahren noch heute. Der ist aufschraubbar und hat innen

Bauteile aus Metall. Alle paar Jahre, wenn das Ding mal Mucken macht, schraube ich es auf, putze da die Spritzer vom Kartoffelbrei, die sich im Laufe der Zeit angesammelt haben, raus und sprühe alles mit WD40 ein, und zack!, schnurrt das Gerät wieder wie ein Bienchen. Es war ein Hochzeitsgeschenk und hält bis heute, genau wie unsere Ehe. Manchmal ruckelt es ein bisschen, und man muss nach dem Rechten sehen, aber läuft tadellos. Beides, der Mixer genau wie die Ehe. Höhö.

Na ja.

Aber heute? Heute kriegt man so ein Ding doch gar nicht mehr auf! Alles ist verklebt, bestenfalls, meist ist die Plaste so fest verschweißt, dass überhaupt kein Drankommen an die Technik ist. Und wenn, dann hat man einen in sich verleimten Klumpen Plastik vor sich, der durchgeschmort stinkt und den man nur noch wegschmeißen kann. Wie sollen die Bengels oder auch Mädchen, die vielleicht durchaus ein Grundinteresse an Technik und Handwerk hätten, sich denn da mal ausprobieren? Wir haben früher Omas olles Kofferradio auseinandergenommen und uns gefreut, wenn es nach dem Zusammenschrauben noch funktionuckelte. Heute kriegen sie doch alle schon einen »Hä?«-Blick, wenn man nur »Kofferradio« sagt!

So war jedenfalls meine Idee, dass ich mit den Sportsfreunden, die da in Annikas Jugendprojekt kamen, Karnickelställe bauen wollte. So erst mal offiziell, für die Akten. Dass die nebenher noch ein bisschen mit anpacken konnten beim Urbarmachen der Brachflächen, das ist ein anderes Thema. Die müssen für die Akten ja einen Projekttitel haben.

Die Freundin von Oma Bergmann … es ist eine lange Geschichte, und ich kann die Familienverhältnisse da auch nicht so gut aufsagen. Also, kurz: Der Gunter Herbst, das ist der Lebensabendsgefährte von Renates Freundin Gertrud. Der hatte seine Parzelle einfach okkupiert wie der Russe die Krim und dort Schuppen aufgebaut und Schrott gelagert. Als ich das Sagen übernommen hatte in der Kolonie und eine erste Bestandsaufnahme machte, war mir das gleich ein Dorn im Auge. Einerseits hatte ich eine Liste von über hundert Anfragen nach einem Stück Garten, und es wurden angeblich jeden Tag mehr. Es kamen jedenfalls immer wieder Leute vorbei und fragten, ob ihre E-Mail angekommen wäre und wann sie Antwort bekämen. »Gemach, gemach, ist alles in Arbeit«, sagte ich dann und schickte die wieder nach Hause, auch wenn ich keine Ahnung hatte, wovon die eigentlich faselten. Das musste wohl was mit dem Computer zu tun haben, aber den fasste ich ja nicht an. Ich sollte Ordnung in die Gartensparte bringen und war nicht als NASA-Ingenieur angeheuert, der da die Datentechnik aufräumt. Wo kommen wir denn da hin! Ja, einerseits gierten etliche Leute nach einer Parzelle – und da waren auch durchaus Anständige dabei, die bereit waren, sich an die Satzung und Ordnung zu halten! – und andererseits rottete hier Gunters Schuppenanger vor sich hin.

Ich machte den beiden Omas – also Renate und Gertrud – erst mal ein bisschen Angst, dass ich den Pachtvertrag für die Parzelle von Opa Herbst kündigen würde, wenn da nicht klar Schiff gemacht würde. Na, da sind die aber aktiv geworden! Schrott-Jockel haben sie bestellt und sogar ein paar der Studenten, die bei der Bergmann im Haus wohnen, rückten an, na, und da aktivierte ich, nett, wie ich bin, auch die Jungs aus Annikas Jugendprojekt. Die Bengels schleppten, hackten und wühlten, dass es eine wahre Freude war, ihnen zuzugucken. Wie ich bereits sagte: Wenn man denen die Chance gibt, ihre Kräfte sinnvoll einzusetzen, treten die auch keine Parkbänke kaputt. Die brauchen ein bisschen Anleitung und jemanden, der sich kümmert und ihnen was zeigt und erklärt. Fordern und fördern. So geht das! Man darf nicht jeden gleich abschreiben und abstempeln, nur, weil er mal Dämlichkeiten gemacht hat. Die Annika hat mir die Akten der Bengels nicht gezeigt, wegen Datenschutz. Es ist vielleicht auch besser, dass ich gar nicht weiß, wer was genau verzapft hat, dann rege ich mich nur wieder auf. In dem Fall geht es doch darum, die Hand auszustrecken und zu helfen.

Und ich sag Sie das, wie es ist: Wenn einer der Rabauken dann merklich und erkennbar einlenkt auf die richtige Bahn, dann macht mich das regelrecht stolz. Da freut man sich doch, dass man hat helfen können. Der Amir zum Beispiel, das ist ein ganz armer Hund. Der kam vor ein paar Jahren mit der Nussschale übers Mittelmeer und musste dann hier klarkommen, ohne dass er die Sprache kannte oder irgendjemanden überhaupt. Hilfe gab es nur in Form von einer Plastiktüte voll mit Altkleidern und Broschüren und Telefonnummern.

Na, da hat er erst mal ein paar Böcke geschossen, die nicht so gut waren. Aber mit ein bisschen Unterstützung und Hilfe entwickelt der sich prächtig. Der spricht besseres Deutsch als so mancher, dessen Eltern bei der

Zeugung einen hiesigen Pass in der Tasche hatten, und nachdem wir vier Karnickelbuchten zusammengebaut hatten, sägte der mir Zargen wie kein Zweiter. Der macht jetzt ein Praktikum bei der Tischlerei Düsterwald, und wenn er es nicht verbockt, kann er da wahrscheinlich eine Lehre machen. Den klingele ich jeden Morgen mit dem Telefon an, dass der ja nicht verpennt. So weit kommt's noch! Meine eigene Mutter kam nach dem Krieg als Flüchtlingskind aus Ostpreußen, und hätten sie und Oma damals nicht Menschen gehabt, die ihr unter die Arme gegriffen haben … da hat man doch eine Verpflichtung!

So brachte die Rentnertruppe mit ihren Helfern den Garten vom ollen Herbst wieder so auf Vordermann, dass die sogar bei der Prämierung der Bezirksabordnung den Silberrang abräumten, passend zum Haar. Höhö. Oma Bergmann war erzürnt und haderte noch lange, denn Elisabeth, die alte Kifferin von Parzelle 6, hatte ihr für ihre Esoterik-Tochter ein Töpfchen Hanf ins Gewächshaus geschummelt. Als das bei der Prämierung aufflog, war natürlich was los. Ich hatte den Blutdruck auch auf 180 hoch, so habe ich mich aufgeregt. Aber bei so was machen die Behörden ja nichts, die ignorieren das eiskalt und nehmen solche Leute noch in Schutz. Drogen gehören verboten und basta. Aber dann basteln sie hier eine Lücke und da eine Ausnahme, da heißt es dann »für den Eigenbedarf ist es nicht erlaubt, aber auch nicht strafbar«, der Handel ist zwar verboten, aber als Medizin ist es, wenn man ein Attest hat, auch erlaubt … ein Chaos, das öffnet dem Verbrechen jedenfalls Tür und Tor.

In Kreuzberg – gut, das ist nun wirklich das Zentrum des Anarchismus und der Gesetzlosigkeit – haben sie die Dealer nun schon als Kulturbestandteil geschützt. Die wollten es vonseiten der Verwaltung durchdrücken, dass die zwar niemanden ansprechen, aber auch nicht weggejagt werden dürfen, weil sie die Grundversorgung gewährleisten. DIE GRUNDVERSORGUNG! Als würden die da geschnitten Brot verkaufen. Ich kriege schon wieder Herzklabastern, wenn ich über diesen Skandal nur schreibe. Das muss man sich mal vorstellen, die sollten in aufgemalten Kästchen stehen und da in diesen Arealen nicht belangt werden dürfen. Rechtsfreie Räume, skizziert mit Freistoßspray. Ja, wo kommen wir denn da hin?

Das kam zum Glück nicht durch, da haben sich Gott sei Dank noch genügend ehrbare und verantwortungsbewusste Bürger gefunden, die protestiert haben und SO WAS zu verhindern wussten. Aber es zeigt, wie schludrig damit umgegangen wird, und es knabbert alles an dem Grundsatz, dass Drogen verboten sind. Elisabeth, der alten Kifferin, passierte auch nichts. Ein bisschen »Du, du!«, der Hinweis, dass sie das ja nicht noch mal machen soll, und das war's. Wer darunter zu leiden hatte, waren die Omas Potter und Bergmann, die eben »nur« den zweiten Platz kriegten. Keiner sagte, dass es an dem Rauschgift lag, aber so was spielt doch unterschwellig eine Rolle. Leidtragende bei solchen Geschichten sind immer die anderen!

Diese Elisabeth ist überhaupt eine ganz verrückte Zeitgenossin. Im Grunde ist so eine Gartenkolonie ein Abbild der Gesellschaft. Es gibt welche, die Ruhe suchen, andere haben am liebsten Remmidemmi und jeden Abend das Radio laut am Dudeln, es gibt Ältere und Jüngere, vernünftige Leute und solche, die einen kleinen Knall haben. Da muss man gucken, dass sich alle an die Regeln halten, damit das Zusammenleben klappt – na, da war ich in meinem Element.

Mitten zwischen gestutzten Rasenflächen und ordentlich geharkten Wegen hauste Elisabeth auf einer völlig verwilderten Parzelle. Mit der Dame bin ich ständig aneinandergeraten und habe alles an Drohungen, Abmahnungen und Maßnahmen aufgefahren, was rechtlich möglich war, aber an der biss ich mir die Zähne aus. Das war eine, die '68 auf der Straße gewesen war und offenbar gegen die Kälte bei ihren Protesten in Wackersdorf nicht nur gesoffen, sondern auch kräftig geraucht hatte. Und da blieb was zurück, das sag ich Sie, wie es ist. Der ganze »Garten« war völlig zugewuchert. Elisabeth sah in jeder Pflanze, selbst in Ackerquecken, ein Geschöpf Gottes mit einer Seele, das ein Recht hatte zu wachsen.

Im Klartext: Die ließ das Unkraut wuchern und schlabberte den lieben langen Tag lang Weißweinschorle. Man konnte nicht mit ihr reden, weil sie so abgedreht war, dass man gar nicht unterscheiden konnte, was Suff war und was Klassenkampf. Die trieb mich zur Weißglut. Sie verließ nie die Parzelle, nicht mal, um zum Altglascontainer zu gehen. Ihre leeren Weinflaschen steckte sie kopfüber als Wegeinfassung in die Erde.

Aber einmal war sie doch weg, ich vermute, bei ihrem Dealer in der Stadt. Die Chance nutzte ich und ging mit der Sense durch ihren Garten. Das Geschrei, das die veranstaltet hat, kann sich keiner vorstellen. Sie betrauerte jeden Schachtelhalm, trank auf seine Seele und belegte mich mittels einer Voodoopuppe mit dem Fluch, dass mir auf ewig die Socken rutschen sollten. Pah, ich trug gar keine Socken in meinen Gartensandaletten!

Die Dame hatte zeit ihres Lebens die freie Liebe propagiert und … es ist nicht meine Aufgabe, da moralisch zu urteilen. Lassen wir das einfach so stehen. Trotzdem muss sie wohl – ich vermute im Drogenrausch – zu einem Kerl »Ja« gesagt und ihn geheiratet haben, denn an einem Wochenende im Sommer war auf einmal großer Auflauf in der Kolonie, mit Blumensträußen und Konfektschachteln. Es hieß, Elisabeth hätte goldene Hochzeit. Sie lebte zwar allein, einen Mann hatte man noch nie im Garten gesehen, aber wenn es was zu feiern gibt, nehmen solche Leute es nicht so genau. Am Jubeltag plünderten die Alten aus der Nachbarschaft alle ihre Dahlienbüsche und marschierten mit dicken Sträußen hin, weil sich das so gehört. Den ganzen Tag ging das zu wie im Taubenschlag. Eine nicht enden wollende Karawane stapfte mit mir über den frisch geharkten Hauptweg; wenn ich das vorher gewusst hätte, hätte ich Schotter gestreut, und die hätten das gleich verdichtet. Das hätte den Rüttler gespart!

Als Erstes kam gleich im Morgengrauen Oma Bergmann. Oma Potter, die mit der Dogge, die pennt gern länger, die Bergmannsche hingegen war immer schon früh raus und wühlte im Morgengrauen im Kohlrabi. Einmal ist sie mit der Baumschere die Leiter so hoch in die Kirsche gekrabbelt, dass sie sich nicht mehr runtertraute. Da musste ich sie retten, und seitdem hatte ich bei ihr einen Stein im Brett. Sie zwitschert gerne mal einen Korn, angeblich aus gesundheitlichen Gründen, um den Zucker zu drücken. Als sie mit ihrem Blumengebinde rübermarschierte zu Elisabeth, hatte sie in der Handtasche auch einen Flachmann dabei. Die denkt immer, das merkt keiner, aber da sie einen Korn und ihre Parfümflasche in der Tasche hat, klappern die Glaspullen aneinander. Wenn einer verwundert guckt, zeigt sie ihr Omalächeln, und man kann nur schmunzeln und ihr nicht böse sein. Na ja. So ging das lang hin mit dem Gratulieren, Elisabeth hatte schon mittags die zweite Flasche Weißwein am Wickel.

Auf einmal gab es einen Krach, und es stand ein geschmückter Bus bei uns vorne, wo der Hauptweg in die schmale Sackgasse zu den Parzellen führt, und stieß rückwärts rein. Na, da bin ich aber raus. So weit kommt das noch! Wir hatten hier unsere Regeln in der Kolonie, und eine der wichtigsten war: DURCHFAHRT VERBOTEN. Und zwar strengstens. Da gibt es keine Ausnahme, schon gar nicht für Busse! Ich habe lange genug auf so einem Bock gesessen, um zu wissen, dass man da Löcher wühlt beim Anfahren und Rangieren. Und wer darf die wieder wegmachen?

Mit Müh und Not brachte ich die meisten dazu, wenigstens auf ihrer eigenen Parzelle halbwegs so was wie Ordnung halten, aber was draußen auf den Gemeinschaftswegen ist, interessiert keinen Menschen. Ich bin also raus, mein Puls war bestimmt auf 180 hoch, und habe sehr laut zu verstehen gegeben, dass das so nicht geht. Am Steuer saß eine Frau, was mich nur noch mehr zur Weißglut brachte. Das ist doch bekannt, dass … ich sage lieber nichts, sonst heißt es nur, ich wäre ein Chauvi. Aber ein Buslenker ist nun mal schwerer zu bedienen als eine Herdplatte, das ist ein Fakt. Die Fahrerin war mit dem geschmückten Ausflugsdampfer auf vier Rädern aber schon den halben Weg rückwärts bis vor Elisabeths Parzelle zurückgestoßen, ohne dass was passiert war. Na ja. Es war ja auch ein kleiner Bus, kein richtiges Linienfahrzeug.

Die geschmückte Affenschaukel war die Hochzeitstagsüberraschung des Ehemanns und der Anverwandten gewesen. In ihrem Alter – Stichwort goldene Hochzeit – mit wem sollen die da groß feiern? Die, die noch da sind, halten alle nur noch eine Mahlzeit durch, bevor sie am Tisch einpennen oder Pillen nachschmeißen müssen. Also haben sie eine Art Rundreise organisiert. Einen Oldtimerbus haben sie gechartert und den mit Girlanden, Lampions und Fotos aus 50 Jahren Ehe geschmückt. Da haben sie die Elisabeth, die schon schwankte und lallend jeden herzlich umarmte, in den Bus geschoben, und ein paar Rentner aus der Kolonie, die mit der Verwandtschaft unter einer Decke steckten, kletterten mit rein. Das war ein Bild für die Götter! Mutter Bergmann gehörte ganz offenbar nicht zu den Eingeweiden … Entschuldigung, das war die Autokorrektur.

Zu den Eingeweihten muss es heißen, gottverdammmich noch mal!

Ich habe der Prinzessin am Steuer noch geholfen, ohne allzu viel Flur- und Heckenschäden aus der Sackgasse rauszukommen. Die ganze Hochzeitsgesellschaft reichte da schon kleine Spaßflaschen rum und lötete sich zu. Bis sie vom Hauptweg auf die Straße bogen, hatte einer der Gäste schon das CD-Deck erobert und Andrea Berg in den Schlitz geschmissen, und sie ballerten schunkelnd zu »Tausendmal belogen« von dannen. Wenn es wenigstens Erbse mit »Die Sonne von St. Tropez« gewesen wäre! Unser Weg sah aus, na, ich sag Sie, da stand aber ein Arbeitseinsatz für die gesamte Kolonie auf dem Plan!

Erst abends, nach neun, waren sie zurück. Ich hatte aber aufgepasst und vorne am Hauptweg gewartet. Die ließ ich nicht noch mal hier rein in die Sackgasse. Die mussten direkt an der Straße aussteigen. Nicht mit Habicht, so weit kommt's noch!

Sie waren überall und nirgends gewesen, hörte ich später raus. Der Bus machte halt in allen Kiezen der Umgebung, wo Elisabeth Verwandte und Bekannte hatten. Überall wurde eingekehrt und entweder zu Mittag gegessen oder Kaffee getrunken. In Spandau, in ihrer Stammkneipe, stieß dann sogar der Bruder mit seiner Schalmeienkapelle als Überraschung dazu. Da war es dann vorbei mit Andrea Berg, das ganze Orchester mit 60 Leuten, die alle irgendwas blasen oder schlagen konnten, übernahm das Kommando und brachte ein Ständchen. Sie hatten einen schönen Tag und ich die Arbeit, denn wer harkte den aufgewühlten Weg wieder glatt? Das blieb an Habicht hängen!

Der Herbst kam, und es wurde Zeit, die Gärten winterfest zu machen. Die Pächter kamen nun nur noch alle paar Wochen, um zu gucken, ob eingebrochen worden war, und um heimlich Kartoffelfeuer anzuzünden, obwohl das strengstens verboten ist. Auch wenn ich sporadisch Kontrolle machte, war nun viel weniger in der Kolonie zu tun, und ich war wieder mehr zu Hause.

Das brachte den häuslichen Frieden in Gefahr, denn Brigitte holte sofort ihren vermaledeiten Beziehungsratgeber wieder raus. So demonstrativ, wie sie den Wälzer vor mir auf den Couchtisch ballerte, dass fast die Chips aus der Schüssel flogen, war das wohl ein Hinweis, den ich besser nicht übersehen sollte.

Den Sommer über, wo ich viel in der Gartenkolonie gewesen war, hatte ich mich richtig an ein bisschen mehr Ruhe gewöhnt. Jetzt, wo ich wieder fast nur in Spandau war, machte mich die ganze Hektik der Stadt regelrecht nervös. Was konnte ich mich aufregen! Das ist doch eigentlich nicht so schwer: Mülltonnen haben auf dem Radweg, der oft nur ein schmaler Streifen ist, nichts zu suchen. Dann weichen die Radler auf den Gehweg aus und bringen die Fußgänger in Gefahr! Da wird mir doch hoffentlich jeder zustimmen und beipflichten. So sind die Vorschriften. In der Großstadt ist der Platz knapp, da funktioniert das Leben nur reibungslos, wenn sich jeder an gewisse Regeln des Miteinanders hält.

Das Problem ist jedoch, dass die Regeln immer nur für andere gelten sollen und viele für sich eine Ausnahme in Anspruch nehmen. Da dürfen zunächst mal auch die auf dem Gehweg Rad fahren, die jünger sind als zehn, und dazu noch ein Erwachsener als Aufsichtsperson. Das ist auch richtig so, um die kleinen Bälger zu schützen, dass wir uns da nicht falsch verstehen. Das steht in der StVO, und die Kinder wissen es ganz genau, weil es ihnen die Lehrerinnen in der Grundschule eintrichtern. Die erzählen es zu Hause den Eltern, und schon ist das Problem da: Was nämlich zum persönlichen Vorteil der Leute ist, das merken sie sich. Allerdings sind sie schon zu blöde, mal selber in die StVO zu gucken und nachzulesen, dass sie trotzdem auf der rechten Seite fahren müssen und dass sie es bitte gesittet tun sollen und unter Wahrung von Vorsicht und gegenseitiger Rücksichtnahme. Da hört es bei vielen ja schon auf. »Ich darf das«, ist die Einstellung, und zwar auch, wenn das Kind gar nicht dabei ist. Und so ballern sie mit einem Affenzahn über das Trottoir, dass man als Spaziergänger zur Seite springen und sich in Sicherheit bringen muss, wenn einem sein Leben lieb ist. Viele gewöhnen sich dann auch nicht um, wenn die Kinder zehn werden. Da tummeln sich dann ganze Horden Halbstarker auf den Rädern, mit Zigarette in der Hand und dazu laut Musik aus dem Handy.

Aber das sind ja nicht die einzigen, die sich nicht an die Regeln halten. Hundehalter … bei Hundehaltern gehen bei mir sofort die roten Lampen an! Die glauben, sie haben extra Rechte. Da musste neulich Oma Bergmann mit dem Rollator durch die Pfütze, weil so ein Jung-dynamisch-erfolgreich-Hippie mit seiner Mode-Töle und Telefon am Ohr auf der falschen Seite von vorn kam. Da bin ich aber dazwischen!

»Hören Sie mal, wissen Sie denn nicht, dass man rechts läuft? Das ist seit Jahrhunderten gängige Praxis, und die hat sich bewährt. Und kommen Sie mir nicht mit England. Unverschämtheit, entschuldigen Sie sich wenigstens bei der alten Frau!«, habe ich den gleich strammstehen lassen.

Der machte sich aber nicht mal die Mühe, sein Handy auszudrücken, sondern zuckte nur mit den Schultern und murmelte: »Sorry, aber ich habe einen Hund!«

Na, da bin ich aber erst richtig in Fahrt gekommen.

»Das rechtfertigt aber nicht, dass Sie sich wie ein Flegel benehmen, Sportsfreund! Soll die alte Frau nun die Straßenseite wechseln, weil Ihr Köter pinkeln muss, oder wie denken Sie sich das? Sie geben mir mal gleich Name und Anschrift, das wollen die beim Ordnungsamt immer gern haben.«

Der machte aber gar keine Anstalten, sondern zerrte nur ruckartig an seinem Hundchen und machte sich aus dem Staub. Dabei murmelte er in sein Wischteil: »Sorry, ich bin wieder da. Hier war so ein Alman mit Assiletten und Poloshirt, der mich angemacht hat, weil ich auf der falschen Straßenseite gehe … hahahahaha!«

Frechheit. Aber immerhin war er weg!

Das ist typisch für einen mit Handy am Ohr, am Rande bemerkt. Es wird ja viel telefoniert in der Öffentlichkeit, was ich für eine Belästigung halte und was mich aufregt. Das konnte ich auch im Bus schon immer noch leiden, wenn da telefoniert wurde. Dass die Leute ihr Privatleben laut vor allen diskutieren müssen, ist mir unverständlich. Aber bitte, jeder darf sich blamieren bis auf die Knochen, es gibt keine gesetzliche Handhabe, die Leute vor sich selbst und ihrer Entblößung zu schützen. Wenn aber wieder eine einstieg, die mit Kopfhörern in den Lauschern mit ihrer Freundin diskutierte, ob sie nun mit einem Georg schlafen soll oder nicht, dann habe ich Erbses Hitalbum ins Kassettendeck gedrückt und laut gemacht. So laut, bis Georgs Vielleicht-Eroberung angenervt »ES IST SO LAUT HIER ICH RUF DICH SPÄTER NOCH MAL ... ODER WIR SCHICKEN SPRACHNACHRICHTEN ... GENAU ... WAS SAGST DU?«, rief und auflegte.

Erbse hatte noch eine andere gute Idee. Er ist ja auch so einer, der Internet gut findet. Der hat manchmal kein Geld, um den Strom zu bezahlen, und sogar der Gerichtsvollzieher war schon zum Pfänden da, aber Internet, das hat er! Na ja, jedenfalls hat der so einen kleinen Kasten bestellt, einen Störsender. Mit dem hatte keiner Empfang in meinem Bus, und Georg hatte Flaute im Bett. Höhö.

Unter den Straßen-Telefonierern gibt es verschiedene Typen. Da ist erst mal die klassische Gattung, die das Gerät ans Ohr hält. Darüber hinaus laufen auch noch viele mit ihren Geräten durch die Gegend, indem sie die wie eine Tafel Schokolade vor sich hertragen und vorn in das kleine Mikrofon am Giebel sprechen. Dann halten sie einen Monolog von – na, ich schätze mal einer bis fünf Minuten – und schicken das los. Das muss der andere dann anhören, und meist schickt der dann auch so eine Nachricht, die ellenlang ist. Natürlich wird im ersten Versuch noch aneinander vorbeigeredet, oder einer versteht nur die Hälfte, weil der Daumen auf das Mikrofon gerutscht ist oder gerade ein lauter LKW vorbeifuhr, und so kann die Klärung der Frage: »Soll ich noch ein Brot mitbringen, oder haben wir noch welches zu Hause?«, durchaus eine halbe Stunde und länger dauern.

Ich hin ja grundsätzlich gegen diesen Quatsch und stecke nur im Ausnahmefall das Handy ein. Wenn ich beim Arzt bin oder so, damit ich Brigitte gleich durchgeben kann, was er gesagt hat. Oder damit Brigitte durchgeben kann, dass das Essen fertig ist. Was Wichtiges eben. Aber dann ruft sie an, und wir reden kurz – also, ich sage »Jo«, und damit ist es auch gut. Das ist in 15 Sekunden erledigt. So weit sind die mit ihren Sprachnachrichten noch nicht. Na ja, bitte. So ein Telefon hat ja tausend Funktionen, da muss man sich erst einfuchsen. Die kommen auch noch drauf, dass man damit richtig telefonieren kann und GLEICHZEITIG sprechen und hören!

Es gibt aber auch noch eine dritte Gruppe, und die finde ich richtig gruselig. Die haben so kurze, abgeschnittene Zahnbürstenköpfe in den Ohren und kriegen die Sprache vom Telefon durch Funk übertragen. Das Gerät selbst haben die in der Tasche. Sie laufen wie ferngesteuert durch die Gegend und reden scheinbar mit sich selbst. Die machen mir regelrecht Angst. Man sieht die von vorne kommen und denkt sich: Warum starrt der denn so ins Leere? Ist die Zombie-Apokalypse nun da?, aber wenn sie näher kommen, erkennt man die Stöpseldinger in den Ohren. Und falls man es nicht sieht, erschrickt man spätestens, wenn sie unvermittelt anfangen, zusammenhangloses Zeug zu prasseln.

»Ja, das habe ich Laura auch gesagt, aber sie meint, wenn er ihr jetzt auf die Art ihre Gefühle zeigt, beweist das, dass er mehr empfindet, weißtwieichmein? Und dazu kommt ja auch, dass die Bitch jeden angemacht hat und er im Grunde genommen das Opfer ist und gar nicht fremdgegangen in DEM Sinne. Er ist nur auf sie reingefallen. Aber sie muss das selber wissen, trotzdem …«

Ich sag Sie das, wie es ist, so einen Stuss reden die nicht mal in der albernen Vorabendserie, die Brigitte ständig guckt. Wer so einen Schwachsinn blubbert, na, von dem kann man auch nicht erwarten, dass er auf der richtigen Straßenseite geht. Wer das Privatleben anderer öffentlich herausposaunt, der weiß nun mal nicht, was sich gehört, und der weiß auch nicht, wo links und rechts ist. Da kann man dann auch laut was sagen und hinterherrufen, das stört diese Menschen gar nicht. Die nehmen nichts wahr, die sind wie in einer Scheinweltblase mit ihrer Unterwegstelefoniererei und begehen quasi ganz nebenher Verkehrsverbrechen.

Und über was die sich da auch unterhalten! Da darf man gar nicht zuhören, sonst kriegt man einen zu viel. Die haben alle einen an der Klatsche! Ich mache ein Beispiel: Nehmen wir mal an, ich bin mit Erbse zum Spaziergang verabredet. Das ist albern, ich weiß. Zwei Männer, die spazieren gehen, höhö. Aber nehmen wir das mal an. Bevor ich losgehe, gucke ich raus und sehe, dass es nach Regen aussieht. Was mache ich da? Ich stecke einen Schirm ein und gehe los.

Nicht so jedoch diese Telefoniermenschen.

»Haaaaaaallooo, Monika, hier ist Isabella … du, bei uns sieht es nach Regen aus … ja. Ja. Ja! Doch, wir gehen trotzdem, wir sind ja nicht aus Zu… hihihihi, genau das wollte ich auch sagen! Was meinst du, soll ich einen Schirm mitbringen? Nein, das macht keine Mühe! Ich habe noch den von Elvira, der hat sogar UV … oder so. Aber ich kann auch einen mitbringen. Nein! Ich müsste nur schnell nach Hause und den holen … Nein … ja … ja! Nein. Oder ich nehme den kleinen, den wir damals in Hamburg gekauft haben, der liegt im Auto …«

Das ganze Zeug hat die in ihren Apparat gequatscht, während sie wie ein Bremsstopper einfach auf dem Gehweg stehen geblieben war und den fließenden Fußgängerverkehr aufhielt. Das störte die überhaupt nicht, dass ich daneben anhielt und sie offensichtlich belauschte. Einmal – ich sag Sie das, wie es ist! –, einmal habe ich sogar reingerufen ins Telefonat: »Die Wolken ziehen aber schon wieder ab.« Das hat die nicht mal gemerkt, dass es ein Einwurf eines Fremden war, sondern einfach weitergeplappert und meine Bemerkung behandelt, als wäre sie ein Einwand vom Gesprächspartner gewesen.

Die lassen sich gar nicht aus der Ruhe bringen und beschallen alles um sie herum mit ihrem Privatleben. In meinen Augen ist das auch eine Art Umweltverschmutzung. Na, vielleicht keine Verschmutzung, aber zumindest eine Störung. Aber leider ist ja so was nicht verboten, von keinem Gesetz und von keiner Verordnung.

Vieles könnten ja die Städte selber regeln und in Verordnungen verbieten. Ich bin, wie ich schon erwähnte, kein Freund von diesem Internet, aber da hat es auch seine guten Seiten: Man kann die Regelungen aller Städte und Gemeinden einsehen. Ich habe erst Brigitte gebeten, mir die mal alle zu besorgen, aber die hat mir einen Vogel gezeigt und »So weit kommt's noch, du hast sie wohl nicht mehr alle?« geantwortet. Und auch Mareike meinte: »Ist das ein Witz, Papa? Hast du nichts Besseres zu tun?« Eine Enttäuschung, das Kind, da denkt man, man hat sie zu Ordnung und Gesetzestreue erzogen und ist stolz darauf, dass sie Polizistin geworden ist, und dann so was. Dabei ist es doch wichtig, informiert zu sein!

Die Straßenverkehrsordnung – die StVO – kenne ich auswendig aus dem Effeff, das gehört sich wohl so für einen, zugegeben, ehemaligen Berufskraftfahrer. Wenn man mich fragte, wäre ich dafür, dass der Führerschein immer nur für ein Jahr ausgehändigt wird und die Prüfung dann wieder erneuert werden muss. Da sind ein paar Ritter der Landstraße unterwegs, mein lieber Mann! Ich frage mich nicht selten, wie die wohl zu ihrem Lappen gekommen sind.

Aber ich darf mich nicht aufregen, sonst geht der Blutdruck hoch, und wenn man erst zwei, drei Mal auffällig geworden ist mit den Werten, zückt die Frau Doktor ihren Rezeptblock und schreibt was auf. »Einen ganz leichten Blutdrucksenker, Herr Habicht, morgens eine und abends eine, unzerkaut zum Essen.« Pah! Damit ist man chronisch krank, und die bestellt einen alle paar Wochen ein. Das kann die vergessen. Ich habe mir das Gelump ein paarmal verschreiben lassen und am Anfang unregelmäßig, dann gar nicht mehr eingenommen. Einmal habe ich das Rezept dann noch abgeholt und die

Pillen im Ofen verbrannt. Aber nun spare ich mir das. Ich löse das Rezept gar nicht mehr ein, mir geht es auch ohne ihren Chemiedreck gut. Sie hat gemessen und meinte: »Sehr schön, Herr Habicht, da können wir zufrieden sein. Die Gartenarbeit tut Ihnen gut. Wir bleiben erst mal bei der Medikation, Sie nehmen die Tabletten so weiter wie bisher.«

Wer bin ich denn, dass ich mich den Anweisungen der Ärztin widersetze? »Weiternehmen wie bisher.« Also gar nicht. So habe ich meine Ruhe und sie ihren Frieden. Alle Vierteljahr soll ich »vorstellig werden«, und wenn ich da bin, murmelt sie was von: »Wir müssen mal wieder einen großen Check-up machen, Herr Habicht.« Das hätte die wohl gern. Nicht nur, dass sie Blut und Pipi haben will, nee, die will dann auch Gummihandschuhe überstreifen und … Ich sage nur: große Hafenrundfahrt. Da soll die mir gar nicht mit kommen. So weit kommt's noch! Meist gehe ich auch gar nicht hin, sondern lasse Brigitte das Rezept mitbringen. Die ist ja immer mal wieder da. Brigitte hat vom ewigen seitlichen Sitzen an der Kasse ständig Schmerzen in der Schulter. Da lässt sie sich dann Strom, Massagen und Yogastunden aufschreiben. Das hilft zwar nicht, aber sie ist raus und unter Leuten.

Ja, so weit zur StVO … die sollte jeder kennen. Aber auch in den Satzungen der einzelnen Städte stehen spannende Sachen! Vieles ist anderswo ein bisschen anders geregelt, aber meistens haben alle voneinander abgeschrieben. Üblich ist beispielsweise, dass in Friedhofssatzungen steht, dass der Abstand zwischen zwei Gräbern mindestens 30 Zentimeter betragen muss. Es gibt aber auch Verordnungen, da steht 40 Zentimeter. Das hört sich nicht viel an und als wäre es nur eine Formalie, aber Ordnung muss eben sein. Und deshalb war ich, als wir letztes Jahr in der Eifel im Urlaub waren, mit dem Maßband auf dem Friedhof und habe es kontrolliert und Meldung gemacht, wo es Abweichungen gab.

Brigitte hat getobt, die ist fast im Dreieck gesprungen. Ob ich sie noch alle hätte, ich wäre ein »pingeliger Nörgelpeter, der selbst im Urlaub allen das Leben schwer macht«. So was muss man sich sagen lassen, von seiner eigenen Frau! Nach über 40 Jahren Ehe! Dabei mache ich niemandem das Leben schwer, ganz im Gegenteil. Ich mache es den Leuten leichter, denn wenn jeder eine gewisse Ordnung einhält, ist doch alles viel einfacher!? Dass die Leute das nicht einsehen wollen, ist mir unverständlich. Genauso, dass Brigitte den Rest des Urlaubs über schlechte Stimmung hatte.

Urlaub.

Wo ich das jetzt so schreibe, fällt mir auf, dass wir nicht ein Mal im Urlaub waren, seit wir im Ruhestand sind. Wenn man berufstätig ist, ist es selbstverständlich, da freut man sich auf die Auszeit und auf das Rauskommen aus dem Alltag. Wir waren jedes Jahr weg, auch im Ausland. Ich habe auch eine gesellige Seite, so ist das nicht. Aber die zeige ich nicht jedem. Ich bin ein großer Freund von Schlagermusik, nicht nur von Erbse. Wenn ein flotter Discofox gespielt wird, na, da lege ich mit Brigitte aber eine gepflegte Sohle aufs Parkett! Schlager ist wie Balsam für die Seele, sage ich immer. Ein schönes Lied knipst die Sorgen und den Alltag aus.

Wir haben vor Jahren mal eine Schlagerreise nach

Mallorca mitgemacht, herrlich war das! Alles nette Leute, Schlagerfans sind ja allesamt freundlich. Da gibt es keinen Miesepeter und keinen Schlechtgelaunten. Wunderbar, das war ein großartiger Urlaub, und mit Annette und Hans aus Duisburg schreiben wir uns heute noch Weihnachtskarten.

Vor zwei Jahren waren wir dann mit dem Bus in Tschechien. Wir hatten zwei Wochen Erholung in einem Kurbad gebucht. Die Ruhe war paradiesisch, und das saure Heilwasser neutralisierte ich mit Pilsner. Brigitte taten die Ferien auch gut, sie bekam mittags Fango auf ihre verspannte Schulter, und abends gab es Tango auf dem Parkett des Kursaals.

Nicht mit mir, höhö, die haben da extra alte Herren, die Tango tanzen mit den Frauen. Ich und Tango, so weit kommt's noch! Es war rundum ein schöner Urlaub, selbst die Anreise war ein Genuss, wir sind nämlich mit dem Bus gereist. Der erste Teil der Fahrt bis Dresden war noch nervenaufreibend, aber später wurde es entspannt.

Wie die das mit den Baustellen immer hinkriegen, ist mir ein Rätsel. So eine Sanierung der Autobahn wird lange geplant, da sind Dutzende Behörden eingebunden, meist auch viele verschiedene Firmen, und die Planungen und Vorarbeiten ziehen sich über JAHRE hin. Das ist gar nicht auf die Woche vorhersehbar, wann es denn nun zu welchen Arbeiten kommt, aber eins ist ganz sicher: Pünktlich zu Beginn der Ferien wird eine Spur mit Hütchen zugestellt, mit sogenannten Pylonen, und zwar über zehn Kilometer und weiter. Mehr passiert nicht, als dass erst mal über zehn Kilometer Hütchen aufgestellt werden und eine Spur gesperrt wird. Es darf nur noch 60 Stundenkilometer gefahren werden, was natürlich zu Stau und Gehupe führt, da meiner Erfahrung nach 80 Prozent aller Autofahrer zu blöd sind, das Reißverschlussprinzip zu kapieren. Statt sich erst vorn an der Verengung einzuordnen, mogeln die sich schon ewig vorher in den kriechenden Verkehr. Jeder Reindrängler verursacht Bremsen, was sich nach hinten potenziert und dazu führt, dass alles stillsteht, und so ist schon lange vor der eigentlichen Baustelle kein Durchkommen mehr.

Ich vertrete ja die Theorie, dass die vom Ministerium vor Jahren mal ein paar Millionen solcher Hütchen billig in China bestellt haben und nun nicht wissen, wo sie die lagern sollen. Deshalb ballern sie die auf die Autobahnen. Ich glaube, meist ist gar nicht wirklich geplant, dass da überhaupt gebaut werden soll, es geht nur drum, dass die Pylonen nicht im Betriebshof rumstehen und Platz wegnehmen!

Ich war froh, dass ich damals nicht selbst fahren musste. Der Kollege am Reisebuslenker tat mir leid. Er war aber ein ruhiger Geselle, der sich nicht stressen ließ. Ich habe natürlich Hilfe angeboten, falls was wäre, und auch vorn rechts auf der ersten Bank gesessen und ein bisschen ein Auge mit auf den Verkehr gehabt. Wir sind prima durchgekommen. In Tschechien auf der Autobahn gab es eine kurze Schrecksekunde, denn vor uns lag wieder eine Baustelle. Mir wurde heiß und kalt, und ich wollte schon Brigitte übers Bordmikro durchgeben, dass wir nun wohl wieder mit längerem Stau rechnen müssten, aber Pustekuchen. Erstens darf sowieso nicht mehr als 130 gefahren werden, was ein zügiges Tempo ist, aber trotzdem zu einer gewissen Gelassenheit im Verkehr führt. Das Limit gilt nämlich für jeden, und niemand fühlt sich genötigt, Gas zu geben, weil er sich bedrängt fühlt, weil hinter ihm schon wieder ein wilder Raser Lichthupe macht (was, am Rande bemerkt, unter Strafe verboten ist, weil es den Tatbestand der Nötigung erfüllt!). Mit 130 kommen alle gesittet, zügig und lebendig an.

Aber nicht nur die recht entspannte Fahrweise, sondern auch die Baustelle an sich war ganz anders als hier bei uns. Die hatten da auch Hütchen, jawoll, aber nicht zehn Kilometer in einer Reihe, sondern nur vielleicht 200 Meter. Wenn die Bauarbeiter mit ihren Gerätschaften ein Stück Straße fertig hatten, räumten die das einfach weiter und trugen die Pylonen von hinten nach vorn, und weiter ging es. Bei uns fährt man ja oft eine Viertelstunde Spiegel an Spiegel mit dem Wagen auf der Nachbarspur an abgesperrter Straße vorbei, und wenn es hochkommt, sieht man auf der ganzen Strecke zwei Kipper, einen Kran und vier Bauarbeiter, die auch noch gerade Pause machen. Das stört niemanden, denn wenn die Baustelle erst mal abgesperrt und eingerichtet ist, rollt der Rubel. Das schreiben die alles auf die Rechnung!

Vor ein paar Jahren hat der Verkehrsminister mal gesagt, das geht so nicht weiter, und jeder, der eine ruhende Baustelle sieht, auf der nicht Tag und Nacht gearbeitet wird, soll das melden. Na, da war ich aber am Hörer! Denen habe ich erzählt, wo der Frosch die Locken hat! Passiert ist aber nichts, irgendwie sind wohl die Mittel für die Straßensanierung wieder verfallen, weil sie nicht rechtzeitig abgerufen wurden, und da haben die noch schnell den Standstreifen gemäht, weil schon alles zugewuchert war, und dann zum Herbst hin die Hütchen wieder weggeräumt. Soweit ich weiß, sind die danach auf der A7 aufgestellt worden, so jedenfalls hat es mein alter Kollege Rudolf erzählt, und da stehen sie heute noch.

Es ging langsam wieder auf Weihnachten, und um Brigittes Vorbereitungen zu entgehen, ließ ich mich mal wieder bei den Verkehrsbetrieben blicken. Das ist gar nicht so verkehrt, sich da in Erinnerung zu bringen für den Vertretungsfall. Der Winter ist lang und der Beziehungsratgeber dick, da konnte es nicht schaden, ab und an eine Schicht auf dem großen Gelben zu übernehmen. Ute Jablonsky aus der Verwaltung war jetzt zuständig, und mit der kann ich gut. Die konnte auch in Sachen Schichttausch im Notfall immer was für mich tun. Sie versprach, mich anzurufen, wenn sich was ergäbe, und erwähnte auch ganz stolz, dass sie dieses Jahr für die Weihnachtsfeier verantwortlich wäre.

Na, da witterte ich doch gleich eine Chance für Erbse. Ich freue mich immer für ihn, wenn er mal einen Fünfziger verdienen kann und einen kleinen Auftritt hat. Deshalb schlug ich ihn für das Unterhaltungsprogramm vor. Das wäre Erbses Chance gewesen, die hätten gutes Geld bezahlt, aber er stand sich mal wieder selbst im Weg. Als Ute bei ihm anrief, war er so lattenstramm, dass er ihr am Telefon gleich lallend sein Repertoire sang. Und nicht nur »Die Sonne von St. Tropez«, sondern auch

»Schatzi, schenk mir ein Foto«. Er singt ja auch viele bekannte Hits anderer Sänger, von Roland Kaiser bis Vicky Leandros. Ute nahm beim dritten Refrain von »Theo, wir fahren nach Lodz« von einem Engagement Abstand, und mein Telefon stand auch still. Das mit der Vertretungsschicht hatte sich erst mal erledigt. Ich war sauer auf Erbse, das muss ich Sie sagen, wie es ist. Da verwendet man sich für jemanden, und der versemmelt es so. Das fällt doch auch auf mich zurück!

Aber in einer so langen Freundschaft verzeiht man sich auch wieder. Ich hatte zu Dienstzeiten vorn im Bus immer Erbses größte Hits auf Kassette und sogar auf CD liegen. Eine Kassette kostete zehn Euro, eine CD fünfzehn. Es ging nicht viel weg, aber manchmal, wenn ich die 100er Linie fuhr mit den vielen Touristen, kauften die Chinesen. Die kauften ja alles, wenn man es ihnen nur als »typisch German« anpries: Tony Cordino, famous from Funk and TV-Shows, only fifteen Euros! Better than Schweizer Taschenmesser and Kuckucksuhren! Da ging so manches Silberscheibchen rüber nach Asien, höhö.

Im Grunde genommen kann man sich auf Erbse verlassen. Das ist ein feiner Mensch, und er ist immer für eine Gefälligkeit zu haben. Beruflich lief es bei ihm gerade wieder dünne, die Kneipe plätscherte so lang hin, und Auftritte waren nicht in Sicht. Da heuerte er als Aushilfe beim Bestatter an. Das traf sich gut, denn ich hatte Einkellerungskartoffeln bestellt bei Bauer Bottwich. Das machen wir jedes Jahr, da weiß man, wo sie herkommen und dass sie schmecken. Nur mit der Schlepperei ist das immer ein Problem. In jedem Sack ist ein Zentner drin, und den hebt man nicht so leicht, selbst ein Mann in Saft und Kraft und in der Blüte seines Lebens wie ich. Erbse sagte, das wäre kein Problem, er käme mit dem Auto, und wir holten die Kartoffeln ab. Statt ihm Benzingeld zu geben, was er eh nur versoffen hätte, habe ich ihm einen Zentner mitbezahlt. Das hatte ich mit Brigitte so abgesprochen. So war seine Gefälligkeit ehrlich abgegolten, und er hatte was zu beißen über den Winter im Keller.

So weit, so gut. Wir sind also hin mit dem Leichenwagen zu Bottwich und haben fünf Zentner eingeladen. Das war für das Auto kein Problem, bei dem Übergewicht heutzutage haben die manchmal Fälle, die da bald drankommen. Zwei Säcke sollten für uns sein, zwei hatte Brigitte ihrer Freundin Doris versprochen.

Ich sag mal so: Wenn man mit dem Leichenwagen vorfährt, erregt man eine gewisse Aufmerksamkeit. Aber was sollte ich machen? Der Kadett war frisch gesaugt, in dem wollte ich den Dreck nicht haben. Und mich kennt doch da keiner, auch wenn es nur ein paar Straßen um die Ecke ist.

Na ja. Was ich nicht bedacht hatte, war, dass ja Oma Bergmann bei Doris mit im Haus wohnt. Erbse meinte, wir müssten uns nicht abschleppen, sondern könnten die beräderte Bahre nutzen. Also machten wir kurzen Prozess, hievten einen Kartoffelsack auf die Bahre und rollten Richtung Hauseingang und gleich durch Richtung Keller. Das ging wunderbar!

Na, da ging was los! Selbstverständlich waren wir dem Eingangskontrollblick von Oma Bergmann nicht entgangen. Sie war gerade im Vorgarten dabei, Unkraut aus der Erde zu gucken, und schaute irritiert zu uns rüber.

»Mir geht es gut, bei mir ist nichts! Und außerdem

habe ich bei Bestatter Rachmeier vorausbezahlt«, rief sie, um gleich überrascht nachzuschieben: »Habicht! Was machen Sie denn hier? Sie sind aber auch ein Hansdampf in allen Gassen, erst auf dem Campingplatz, dann im Garten und jetzt … wer ist denn von uns gegangen?«

Sie äugte neugierig auf die Bahre, wo der Kartoffelsack … na ja. Es sah recht merkwürdig aus, und wenn man nur flüchtig hinschaute, konnte man einen falschen Eindruck bekommen.

»Nichts, Frau Bergmann. Alles in Ordnung. Es ist niemand gestorben. Wir bringen was!«, rief ich ihr laut und deutlich zu. Man weiß ja nie, ob sie nicht wohl langsam schwerhörig wurde.

Man konnte richtig sehen, wie es in ihr ratterte.

»Hat der Herr Distelfink nun doch Homeoffice?«, fragte sie erschrocken. »Der ist Gerichtsmediziner, wissen Se, und als es beim Conora damals losging, dass von zu Hause gearbeitet wurde, da war das schon mal ein Thema. Da hat er aber nur gelacht und gesagt, ich solle mir keine Sorgen machen … Ach, Frau Meiser!«, unterbrach sie sich selbst und begrüßte Doris, die aus ihrer Wohnung runtergekommen war. »Frau Meiser, ich bin gesund und munter. Es ist nichts!«, sprach sie laut in Richtung Doris, um mir danach mit vorgehaltener Hand zuzuflüstern: »Die lauert nur darauf, dass ich mal gehe. Die will meine Wohnung für ihren Bengel, aber den Gefallen tu ich ihr nicht. ICH BIN PUTZMUNTER UND GESUND! DIE HERREN BRINGEN NUR WAS!«, fuhr sie wieder lauter und an alle gerichtet fort.

Doris schüttelte nur mit der Andeutung eines Augenrollens den Kopf und schloss uns den Keller auf.

»Kartoffeln, Frau Bergmann!«, löste ich das Rätsel. »Einkellerungskartoffeln, frisch vom Bauern.«

Sie guckte nicht schlecht und staunte. »Das hätte ich Ihnen gar nicht zugetraut, Frau Meiser. Wo Sie doch sonst nur Büchsen aufmachen und Dönner essen. Aber Sie fegen den Flur hier nachher noch mal durch, ja? Es ist ja doch immer mit Dreck verbunden, wenn so viele Leute hier rumtrampeln«, gab sie noch mit auf den Weg, bevor sie sich Erbse zuwandte. »Sie kenne ich doch auch.«

Erbse freut sich immer, wenn ihn jemand auf der Straße erkennt. Er grinste ganz verlegen und nestelte nach einer Autogrammkarte, die er immer in der Sakkotasche parat hat.

»Vielleicht aus dem Fernsehen, ich war mal ...«

»Nee. Sie haben damals auf der Dampferfahrt gesungen, als wir die schöne Havelreise gemacht haben. Tony Marshall! Nee. Cordalis!«

»Cordino.«

»Ja, ganz genau. Aber damals hatten Sie ... ach, dann war das ein Toupet? Habe ich mir gleich gedacht, aber Gertrud hat ja gemeint, die Haare waren echt. Aber es steht Ihnen viel besser so ›oben ohne‹, Herr Cordalis.«

»Cordino.«

»Jaja. Sage ich ja. Können wir beide nicht ein Selfie machen? Sonst glaubt mir Gertrud doch nie, dass ich Sie hier ... und dazu mit dem Leichenwagen ...«

Erbse wollte das Gespräch nicht fortsetzen und drängelte, dass wir ins Auto kamen. Oma Bergmann bekam das so schnell gar nicht sortiert, wie das alles zusammenhing: Schlagerstar, Einkellerungskartoffeln und Leichenwagen. Ich hatte mich schon fast angeschnallt, da stand sie am Beifahrerfenster: »Herr Habicht, sagen Se mal, wohnen Sie denn weit von hier? Sie müssen doch gleich in der Nähe ...«

»Gib Gas!«, rief ich Erbse zu, und der drehte auch schon den Zündschlüssel und legte den Gang ein.

»Das ist ja 'ne Marke, woher kennst du die denn?«, fragte Erbse deutlich irritiert, aber ich winkte nur ab. Wir hatten beide keine Lust, uns dem Verhör von Renate Marple ... Entschuldigung, Bergmann, noch länger zu stellen.

Eines Morgens, es war noch nicht sechs, ging die Haustürklingel. Da läutete jemand richtig Sturm, nicht so einmal aus Versehen, sondern lange, wütend und ganz laut. Sowohl Brigitte als auch ich haben jahrzehntelang Schicht gearbeitet und waren immer wieder auch morgens sehr früh raus. Seit wir uns ins Private zurückgezogen hatten, schliefen wir jedoch gern aus. Was hatten wir denn zu versorgen? Weder Katz noch Hund. Mareike war auch längst aus dem Haus, und Enkelkinder, die sie uns zum Betüddeln aufs Auge drückte, waren weit und breit nicht in Sicht. Deshalb standen wir meist nicht vor halb acht, acht etwa auf. Brigitte sprang beim Sturmklingeln gleich hoch, die hat ja einen so leichten Schlaf, die ist auch wach, wenn der Zeitungsbote unten im Flur mit der Einwurfklappe scheppert.

»Brigitte, hier ist Doris. Es ist ein Notfall, mach bitte auf!«, brüllte die Meiserin so laut durch die Sprechanlage, dass ich es bis ins Schlafzimmer hören konnte. Brigitte drückte die Tür auf, und wir zogen uns beide die Morgenmäntel über, die uns Mareike letztes Weihnachten geschenkt hatte.

Doris kam außer sich in die Wohnung gestürzt, sie zitterte am ganzen Körper und hatte unter ihrem notdürftig übergezogenen Jogginganzug noch das Nachthemd an.

»Komm erst mal rein, Doris. Was ist denn bloß passiert? Günter, setz doch mal einen Kaffee auf!«

Na typisch. Es war wahrscheinlich wieder so eine Frauensache wie damals, als ihr Kerl sie hat sitzen lassen. Da werde ich immer rausgeschickt, weil Brigitte Angst hat, ich mache dumme Bemerkungen, die Doris verletzen. Sie hatte aber gar kein Problem mit mir, im Gegenteil, sie kam gleich hinterher in die Küche. Während ich die Kaffeemaschine befüllte – einen Löffel mehr für die Kanne und noch einen mehr wegen der nachtschlafenden Zeit –, legte sie los.

»Eigentlich wollte ich Mareike was fragen, aber Günter, du kennst dich doch auch aus mit den Gesetzen. Die Bergmann hat um kurz nach fünf angefangen, mit dem Drahtbesen die Blätter im Hof zu harken. Die ist doch nicht mehr ganz normal! Das ist doch Ruhestörung, oder nicht? Kann man da nichts machen? Ich wollte nicht um diese Zeit den Notruf wählen, wisst ihr, sie hat ja auch ihre guten Seiten, und ich will nicht, dass sie sie mit Handschellen abholen und vielleicht entmündigen und ins Heim stecken. Aber die ist doch nicht ganz dicht!«

Ich konnte mir ein Grinsen nicht verkneifen. Ja, genau so war Oma Bergmann! So hatte ich sie auch kennengelernt in der Gartensparte. Da hat sie morgens um vier mit dem Kärcher die Gehwegplatten sauber gefräst mit der Begründung: »Die schwere Arbeit macht man besser, bevor die große Hitze kommt.«

Doris hat jedenfalls genauso erschrocken im Bett gesessen wie wir bei ihrem Klingeln. Drahtbesen auf Pflasterstein ist fast wie Fingernagel auf Schultafel, höhö. Sie hat es wohl erst im Guten versucht und mit Oma Bergmann reden wollen, aber sie machte ihr schwere Vorhaltungen, dass »das ganze Jungvolk ja bis mittags in den Betten liegt« und dass »hier das Laub wegmuss, bevor noch jemand ausrutscht und sich was bricht«. Dann schilderte sie wohl so laut und ausdauernd, WÄHREND SIE HARKTE!, die Gefahren eines Oberschenkelhalsbruchs bei alten Leuten, dass auch Manja Berber wach wurde. Doris hat dann auf die Hausordnung verwiesen, aber das beeindruckte die Bergmann wohl in keinster Weise, sondern bestärkte sie bloß noch.

Sie wedelte mir besagte Ordnung nun entgegen, während Brigitte uns vom starken, duftenden Kaffee einschenkte. Der erste ist doch der Beste, hach, herrlich! Ich brauche den morgens, vorher bin ich nicht ansprechbar. Der erste Schluck versickert meist auf dem Weg zum Kreislauf irgendwo und kommt gar nicht richtig an. Aber nach dem zweiten Schluck komme ich langsam in die Gänge. Ich setzte mir also die Brille auf und las die Hausordnung, die Doris mitgebracht hatte.

»Hier, schwarz auf weiß: ›Die Gehwege sind von Schnee und Eis zu befreien und freizuhalten, und zwar in der Zeit von 5:30 Uhr bis 22:00 Uhr. Gleiches gilt für nasses Laub, von dem Rutschgefahr ausgeht.‹ Da steht nichts davon, dass sie erst um 5:30 Uhr anfangen darf. Im Gegenteil, ab halb sechs muss alles sauber sein. Die Oma ist wohl im Recht.«

Doris schmeckte meine Auskunft ebenso wenig wie mein Kaffee. Sie warf das vierte Stückchen Zucker nach.

Ja, typisch, beim Nordic Walking mit den Stöcken schludern und dann vier Stück Zucker in den Kaffee nehmen, da muss sie sich nicht wundern, dass die Bluse kneift! Aber sagste was, biste der Dumme. Früher konnte man einer Frau noch sagen, dass sie eine schöne weibliche Figur hat, heute ist das gleich Body-Schäming. Ich sagte also nichts. Das muss man als Mann auch erst lernen, wobei ich da von Brigitte gut erzogen bin im Mundhalten. Ich reichte ihr ihre Hausordnung wieder rüber, während sie ziemlich bedient das Gesicht verzog. Auf einmal ging ihr Handy. MANJA BERBER hüpfte auf dem Bildschirm, was ihre Nachbarin ist, und es erklang das Lied der Biene Maja.

»Ja, Süße?«, säuselte Doris ins Telefon, aus dem laute Marschmusik dröhnte.

»SIE IST JETZT FERTIG MIT DEN BLÄTTERN IM HOF. JEZT PUTZT SIE DAS TREPPENHAUS MIT MARSCHMUSIK. DIE ALTE WACHTEL MUSS HIER WEG, ICH HALTE DAS NICHT MEHR AUS!«

Ich war froh, dass bei uns im Haus vernünftige Leute wohnten. Gut, der Hermeling aus dem zweiten Stock ist Puppendoktor und hat die ganze Stube vollstehen mit Glasaugen, der ist von Berufs wegen komisch, und die Büssenschlick isst nur selbst geschrotetes Getreide. Aber sonst hatten wir nur unauffällige Mieter. Wir grüßen uns, und wenn einer in Urlaub fährt, gucken die Nachbarn nach Post, aber wir feiern nicht zusammen oder so. Das fehlte mir noch. So eng muss es dann doch nicht sein, erst recht nicht mit Oma Bergmann.

Aber es sollte anders kommen, die Schlinge zog sich langsam, aber sicher zu.

Weihnachten ist jedes Jahr großes Tohuwabohu bei uns. Da läuft die Verwandtschaft hier auf. Also genau genommen meine Mutter und Mareike und Dennis. Eigentlich sind wir unter uns, aber Brigitte kocht, putzt und zetert ab Anfang November.

Ich bin auch ein reinlicher Mensch, damit das ganz klar gesagt ist. Im Bus hatte ich immer ein Auge gehabt auf Sauberkeit. Bei mir stieg keiner hinten ein. Vorne ging es rein und basta! Wer in meinen Bus wollte, musste an mir vorbei. Von wegen: »Die härteste Tür Deutschlands hat das Berghain«, pah! Das sagen nur Leute, die nie bei mir in den Bus geklettert sind. An mir kam keiner vorbei, der rote Augen vom Kiffen hatte oder eine Fahne vom Saufen. Ja, einmal gab es Stunk, weil ich so einen Sportsfreund nicht mitgenommen habe, der nachweislich eine Bindehautentzündung hatte, aber das konnte ich ja nun wirklich nicht ahnen. Ich bin kein Doktor, sondern Busfahrer. Und hätte der mir in die Polster gereihert, wer hätte es wegmachen müssen? Günter Habicht, und zwar in seiner Pause.

Nee, da ging ich auf Nummer sicher. Vorne rein, und zwar über die Fußabstreifer. Ich hatte immer Fußmatten auf den Stufen liegen, über die jeder drübermusste. Daran habe ich auch nie gespart, sondern immer die guten handgeknüpften aus Kokosborsten genommen. Die habe ich dem dicken Jakob aus der Behindertenwerkstatt zweimal im Jahr abgekauft für einen horrenden Preis, aber es war für eine gute Sache und die allerbeste Qualität!

Das habe ich privat bezahlt, abgespart vom Taschengeld. Da geben die Verkehrsbetriebe kein Geld für, das soll man bloß nicht denken. Wie es in dem Karren aussieht, das ist denen egal. Alles kaputtgespart haben sie, damit der Schnitt stimmt. Erst haben sie uns die Fußmatten gestrichen, dann das Reinigungsintervall erhöht, und letztlich wollten sie auch noch ans Weihnachtsgeld, aber da war zum Glück die Gewerkschaft vor.

Gucken Sie doch mal rein in so einen Wagen, da wird einem ganz übel! Da mischt sich der Sabber von Kötern mit dem Energy-Drink, den die Halbstarken verplempern – obwohl essen und trinken im Bus verboten ist. Aber Verbotsschilder interessieren die doch alle nicht. Ich als Fahrer kann meine Augen auch nicht überall haben, erst recht bei dem Verkehr heutzutage. Noch dazu, wenn man kontrollieren muss, dass keine Schwarzfahrer einsteigen. So was sieht man den Leuten ja schon an, wenn man 40 Jahre hinterm Lenker sitzt. Wenn die Kollegen von der Schwarzfahrerkontrolle bei mir zugestiegen sind, habe ich immer nur schulterzuckend gegrüßt. Die haben bei mir nie einen gefunden. Wie sollten sie auch, an mir kam keiner vorbei ohne gültigen Fahrausweis. Wo kämen wir denn da hin?!

Nee, bei mir herrschte Ordnung im Bus, und es war

auch immer sauber. Die Verkehrsbetriebe haben über die Jahre die Intervalle für die Reinigung weiter und weiter gestreckt, und am Ende, als ich in Rente ging, war da nur noch alle paar Wochen jemand mit dem Lappen drin und hat mal die Stangen abgewischt, an denen sich täglich Hunderte Leute mit ihren Griffeln festhielten. Dafür muss man als Fahrer schon selbst mal zum Besen greifen. Ich habe nun auch nicht die Fenster gewienert, das wohl nicht. Aber wenn grober Dreck rumlag, na, dann musste ich das wegmachen. Alle reden schließlich von »Fahrgästen«, und Gäste empfängt man nicht in verdreckten Höhlen, sondern man bemüht sich, dass es halbwegs sauber ist. Also, Brigitte zumindest verschwindet sofort mit ihrem Poliertuch im Bad und wienert die Fliesen, wenn sie weiß, dass Besuch kommt. Es könnte ja sein, dass mal einer austreten muss. »Bei mir kann man vom Boden essen«, ist ihre Devise. Bisher bevorzugten die meisten zwar einen Teller, aber es ist doch gut zu wissen, dass der Gastgeber Wert auf Reinlichkeit legt.

Wie gesagt, ich bin auch für Sauberkeit, aber Brigitte übertreibt, ganz besonders, wenn sie Weihnachtsputz macht. Sie ist immer gründlich, aber in den Wochen vor Weihnachten ganz besonders. Meist geht es damit los, dass sie die Sessel und das Sofa wegrückt und dahinter staubsaugt. Ein paar Tage später shampooniert sie dann die Polstermöbel, und von da an darf ich nicht mehr darauf sitzen. Erst heißt es: »Günter, der Polsterschaum muss erst trocknen, setz dich da nicht hin!«, und wenn nach etlichen Stunden das stinkende Zeug bröselig auf den Sesseln liegt, rückt sie mit dem Staubsauger an. Das geht dann über zwei Stunden oder so lange, bis der

Staubsauger heiß gelaufen ist und den Geist aufgibt. Der Gestank von Polsterschaum, Milbenkot und heiß gelaufenem Staubsauger ist widerlich, ich sag Sie das, wie es ist. Ich ziehe den Duft eines kühlen Bierchens eindeutig vor und sehe zu, dass ich zu Erbse an den Tresen komme, sobald Brigitte mit ihrer Teppichspraydose vor mir steht. Nach so vielen Jahren Ehe weiß man doch, was passiert, das ist jedes Jahr dasselbe und gehört bei uns genauso zu Weihnachten dazu wie bei anderen Familien das Plätzchenbacken. Die Couch sieht danach übrigens genauso aus wie vorher, aber sie stinkt nach Chemie. Von da an heißt es bis Weihnachten immer: »Günter, musst du dich in der alten Hose auf den Sessel setzen? Den habe ich sauber gemacht.« Diskutieren bringt da nichts, und es nervt auch gewaltig, wenn Brigitte ständig mit einem Tuch auf der Sitzfläche rumrubbelt.

Also sitze ich ab November meist auf einem Esszimmerstuhl, wenn ich fernsehe. Das ist aber auch nicht richtig, denn da muss ich aufpassen, dass ich mit den Stuhlbeinen keine Schrammen auf das Laminat kratze, und darf die Unterarme nicht auf den Tisch lehnen, weil der nämlich schon poliert ist. In anderen Familien ist der Advent eine Zeit der Besinnlichkeit, bei uns nicht. Bei uns wird alles geschrubbt und sterilisiert, als würde am Heiligabend eine Kommission vom Gesundheitsamt kommen und Proben nehmen.

Jeden Tag wird es ein bisschen schlimmer. Alles, was sie fertig poliert und geputzt hat, darf ich nicht mehr anfassen. Brigitte räumt die Schrankwand aus, es kommt neues Schrankpapier in die Fächer, und sie wäscht sämtliche Speise- und Kaffeeservices ab.

Obwohl die sauber sind, wir stellen doch kein dreckiges Geschirr in die Schränke!

Auch die Gläser werden alle heiß gespült und poliert. Die spinnt in meinen Augen. Mit jedem Schrankfach, das sie fertig hat, wird mein Entfaltungsradius kleiner. »Da gehst du nicht mehr dran, Günter, da habe ich schon sauber gemacht« ist in dieser Zeit der am meisten gesprochene Satz von ihr. Nicht mal mehr an die Salzstangen darf ich. Die liegen im zweiten Schubfach von oben, das ein bisschen klemmt. Ich soll die Lade schon seit zehn Jahren reparieren, und das Thema kommt natürlich dann auch wieder auf den Tisch.

»Nicht mal die Schublade kriegst du gangbar, Günter, wie lange reden wir schon darüber, dass das mal gerichtet werden muss?«

WIR reden gar nicht drüber, SIE redet darüber. Nur, um das mal klarzustellen.

Ich kann von dieser Presspappe aber nichts abhobeln, dann fiele der ganze Schlamassel auseinander. Alle paar Monate reibe ich Kerzenwachs drüber, dann geht es wieder ein bisschen leichter. Richtig repariert kriegt man das nicht. Es ist eben billiges Holz! Aber die Nörgelei über die Schublade hält nicht lange an, denn spätestens, wenn sie mit dem Waschen und Bügeln der gewaschenen und gebügelten Tafeltücher fertig ist, geht es an die Gardinen. Das kann Brigitte nicht ohne mich, denn sie ist nicht schwindelfrei. Ich merke das schon ein paar Tage vorher, dass ich auf die Leiter muss. Plötzlich heißt es: »Guten Abend Schatz«, wenn ich zur Tür reinkomme, und nicht mehr: »Lass die Luke nicht so lange offen stehen, wir heizen doch nicht für die Straße!«

Auf einmal gibt es dann auch abends warm zu essen. Spätestens, wenn außer der Reihe Steak in der Pfanne brutzelt, Brigitte mir ein Bier zum Essen auf den Tisch stellt – natürlich mit Glas dazu und auf einem Untersetzer – und sagt: »Du musst doch nicht auf dem Esszimmerstuhl sitzen, Günter, geh doch in den Sessel – aber leg dir eine Decke drunter«, weiß ich, dass am nächsten Tag Gardinen waschen dran ist.

Mir macht das nichts aus, im Gegenteil, es macht sogar ein bisschen Spaß. Es ist mal was anderes, und bei Gardinen sieht man ja auch wirklich, dass sie gewaschen wurden. Im Gegensatz zu den Tischtüchern. Ich lasse mich trotzdem gern ein bisschen bitten, und ein Steak abends mitten in der Woche ist auch nicht zu verachten, oder?

Die Gardinen weicht Brigitte in der Wanne mit allen möglichen Mittelchen über Nacht ein. Backpulver, glaube ich. Ja, genau, Backpulver streut sie da auch mit rein, etliche Päckchen. Ich weiß das, weil ich vor ein paar Jahren mal deswegen losmusste zu ALDI. In der Eile habe ich aber Vanillezucker gegriffen, und das gab wieder so ein Gekeife, dass ich zu Erbse rübergegangen bin an dem Abend, das weiß ich noch genau.

Ich muss ihr dann auch immer die Fenster putzen. Oben mache ich es auch richtig, da traut sie sich nämlich nicht hoch, um es zu kontrollieren und es besser zu machen. Aber unten hat sie wieder zu meckern. Erst lässt sie mich auf der fünften Stufe alles in relativer Ruhe machen, aber bis zwei Trittstufen hoch auf die Leiter wagt sie sich selber und wienert da, dass man fürchten muss, sie rubbelt das Glas durch. Das ist die erste große

Grundreinigung vor Weihnachten, bis zum Fest selbst poliert sie da nach jedem Windstoß noch ein paar Dutzend Male drüber.

Na ja, so geht das ab Mitte November Zimmer für Zimmer. Selbst die Ehebetten baut sie auseinander und saugt die Matratzen von unten ab. Die Frau hat einen Putzwahn, normal ist das nicht. Meine Mutter ist sicher neugierig und steckt ihre Nase gern in Sachen, die sie nichts angehen, aber ich kann mir keine Situation vorstellen, in der sie am Weihnachtsabend in unser Schlafzimmer geht, die Betten aufschlägt und die Matratzen kontrolliert.

Na ja, außer vielleicht, sie überfrisst sich wieder und muss sich hinlegen, weil ihr der Kräuter zur Verdauung auf den Kreislauf schlägt. Aber da haben wir sie bisher immer auf die Couch gelegt und nicht ins Ehebett, und nach einer Stunde war sie auch wieder an der Kaffeetafel und hat Cremeschnitten gespachtelt. Mutter hat viel zu viel Angst, dass sie was verpasst.

Dieses Jahr war nun auch das Kinder-Bügel-Gästezimmer steril gereinigt und auf Hochglanz poliert und wartete darauf, von Mutter bewohnt zu werden. Alles war wie immer und doch ein bisschen anders.

Erst ging alles seinen gewohnten Gang. Brigitte schrubbte und scheuerte. Wenn man sie suchte, war sie entweder mit der Zahnbürste an den Fugen der Fliesen in der Dusche oder einkaufen. Ab November verkündete sie nämlich in immer kürzer werdenden Abständen, dass sie dieses Jahr auf keinen Fall wieder stundenlang in der Küche stehen und kochen und backen würde, sondern dass es nur Würstchen und Kartoffelsalat gäbe. Und einen Blechkuchen. Für dieses einfache Mahl kaufte sie sechs Wochen lang ein und schleppte Blätterteigpastetchen, Parmaschinken und einen neun Kilo schweren Truthahn herbei.

Ich staunte, was alles in den Kartoffelsalat gehörte.

So weit war alles wie immer, aber in der Woche nach Nikolaus überschlugen sich die Ereignisse. Brigitte war unterwegs, ich glaube, sie kaufte gerade Weinbrandbohnen und Erdnussflips für ihren Kartoffelsalat, da klingelte Mareike. Ich setzte mich vorsichtig mit ihr an den Küchentisch, wir legten selbstverständlich Hussen über die Stühle, damit nichts drankommt. Ich brühte uns einen Kaffee, aber Mareike meinte: »Papa, das ist lieb, aber während der Schwangerschaft passe ich ein bisschen auf mit Kaffee.«

Bums.

Kein: »Du, ich muss dir da was sagen, nun setz dich erst mal«, nee. Knallhart und ohne Vorwarnung gab mir meine Tochter zu verstehen, dass ich Opa werde. Mareike ist nicht der Typ Frau, der mit dem Zaunpfahl winkt. Sie packt sich die Holzlatte und schlägt zu.

Mareike war schon immer ein Papa-Kind. Wenn was war, kam sie zu mir, und das ist bis heute so. Brigitte hat sich immer aufgeregt und mir vorgeworfen, ich würde sie verhätscheln und verwöhnen, aber was soll man denn machen, wenn einen so ein kleines Menschenkind mit Augen wie rundgelutschte Dropse ankiekt? Da werde ich eben weich. Und unterm Strich kann man sich nicht beschweren, dass nichts aus ihr geworden wäre. Wir können wirklich stolz sein, ich meine, in der heutigen Zeit ist das alles nicht selbstverständlich. Sie hat die Schule mit Bravour gemeistert, hat einen ehrbaren Beruf ergriffen, in dem sie sogar das Lebenswerk ihres Vaters in gewisser Weise fortführt, und sie hat einen Kerl, der … na ja. Wie gesagt. In der heutigen Zeit muss man zufrieden sein.

Mareike kam schon immer zu mir, wenn sie abends länger wegbleiben wollte, um »bei einer Freundin zu lernen«. Höhö! Ich habe genau durchschaut, dass die Freundin Kevin hieß und das Einzige, was es zu lernen gab, Knutschen war, aber man konnte sie ja nicht einsperren. Das hätte nur dazu geführt, dass sie sich aus Mangel an Gelegenheiten dem erstbesten Sportsfreund an den Hals geworfen hätte, und das hätte nichts mit Aussuchen, sondern mit Verzweiflung zu tun gehabt. Also spielte ich das Spiel mit, zwinkerte ihr zu und wünschte gute Lernerfolge. Wäre es nach Brigitte gegangen, hätte Mareike um sieben zum Abendbrot mit am Tisch sitzen müssen. Ich erlaubte zweimal die Woche raus bis neun, und das Mädel hat das nie ausgenutzt und Blödsinn gemacht. Sie war immer pünktlich zu Hause, obwohl Brigitte ab halb neun den Blick nicht mehr vom Regulator in der Wohnstube nahm und es quasi herbeisehnte, dass Mareike zu spät kam. Dann hätte sie aber Wasser auf der Nörgelmühle gehabt! Aber nee, Mareike kam meist zwei Minuten vor neun, rief vom Flur aus »Bin da-ha, gute Na-hacht« und schlich erst ins Bad und dann in ihr Zimmer.

Nun also würde mich mein Mädchen zum Opa machen? Ich wäre gern gelassener gewesen, so »cool« wie meine Tochter selbst, aber ich muss zugeben, dass mir das doch naheging.

»Wie ist das denn … ich meine …«, datterte ich ein bisschen benommen vor mich hin und hielt mich an meiner Kaffeetasse fest. Die, auf der Mareike Zöpfe und Zahnlücke hatte. Ein bisschen verblasst war das Bild, obwohl ich die Tasse nie in den Geschirrspüler gestellt, sondern sie immer nur mit lauwarmem Wasser ausgewaschen hatte. Und dieses kleine, unschuldige Mädchen würde Brigitte und mich nun zu Großeltern machen!

»Was heißt hier ›wie‹, Papa. DAS wirst du doch wohl wissen. Und wann und wo, geht keinen was an. Freust du dich?«

Sie strahlte. In diesen kitschigen Filmen, die wir gucken, wenn der Tatort mal wieder zu bekloppt ist, sagen die immer, dass schwangere Frauen so ein besonderes Glitzern in den Augen haben. Ich fand das bisher stets albern und an den Haaren herbeigezogen, aber jetzt … jetzt, wo ich Mareike so freudig und glücklich strahlen sah, musste ich zugeben: Da war was dran.

»Wenn alles glattgeht, kommt das Kleine im Mai, ich arbeite noch bis März, aber natürlich nur noch im Innendienst. Dennis freut sich auch, es ist alles geregelt.«

»Bis auf …«

»Ja.«

»Du musst es Mama sagen.«

»Ich dachte, dass du mir hilfst?«

Ich hatte zwar noch keine Idee, wie wir das Brigitte beibringen sollten, aber selbstverständlich würde ich meine Tochter nicht im Regen stehen lassen. »Das regeln wir am besten zu Weihnachten, da seid ihr sowieso hier, und sie ist bis dahin vom ganzen Zinnober, den sie veranstaltet, so groggy, dass sie sich nicht groß aufregt. Da findet sich schon eine Gelegenheit.«

Das ist doch meist so: Man plant große Reden und Ansprachen, aber was man sagen will, passt dann in dem Moment nie zur Stimmung. Die Gelegenheit würde schon kommen, man musste sie nur abpassen.

Der Advent ging rum, und als Brigitte die siebte Flasche Meister Proper verputzt hatte … also, nicht getrunken. Verputzt im Sinne von verwischt, höhö. Als die siebte Flasche leer war, stand das große Fest vor der Tür. Meinetwegen hätte der ganze Quatsch ausfallen können. Die sollen mich in Ruhe lassen mit Besinnlichkeit und Geschenken. Es reicht, wenn sie »Winnetou« im Fernsehen bringen, das ist mir genug Weihnachten. Aber es ist nun mal das Fest der Familie, und die ganze Aufregung gehört dazu. Es hat gar keinen Sinn, lange zu diskutieren und sich dagegen zu wehren. Das macht es nur schlimmer. Weihnachten ist eigentlich nicht anders als der Rest des Jahres: Wenn man tut, was Brigitte sagt, bleibt alles friedlich.

Ich wollte mir ein Bier holen und machte den Kühlschrank auf, und ich sag Sie das, wie es ist – ich dachte im ersten Moment, das KaDeWe hat eine Filiale in unserer Küche eröffnet. Man musste wirklich staunen, was alles in den Kartoffelsalat kommt; das ging von geräucherter Lachsforelle über kandierte Äpfel bis hin zu Buttercremetorte. Brigitte sah, wie ich irritiert und mich am Kopf kratzend in den Kühlschrank schaute und zwischen den 400 kunstvoll aufgestapelten Frischhaltedosen nach meinem Hopfentrunk suchte.

»Dein Bier steht auf dem Balkon, Günter, komm, geh da mal weg, ich muss da noch mal schnell wischen. Du trinkst jetzt bitte auch nichts mehr, denk daran, du musst deine Mutter vom Bahnhof abholen. Wie rennst du eigentlich rum? Zieh dir doch mal ein vernünftiges Hemd an. Das blaue! Wann gehst du eigentlich baden, bevor du zum Bahnhof fährst oder hinterher?«

Brigitte war in Hochform.

»Nun hopp, weg da«, war das Letzte, was ich hörte, bevor mich der Schrubber von hinten durch die Füße am kleinen Zeh traf.

»Mutter kommt heute schon?«

»Günter. Seit WOCHEN steht das fest; sie kommt am 23. um vier nach zwei auf Gleis sechs an, und du holst sie ab. Das haben wir HUNDERTMAL besprochen!

»Aber heute ist Dienstag.«

»Ja. Dienstag, der 23.!«

Diese Feiertage können einen aber auch wirklich verwirren! Dieses Jahr fiel Weihnachten besonders blöd, gleich nach dem zweiten Feiertag begann das Wochenende. Da kommt doch alles durcheinander, vom Fernsehprogramm bis hin zum Einkaufstag! Mein »Sportecho« erschien auch zwei Tage früher, was aber egal war, denn die Bundesliga pausierte. Auf Schalke schossen jetzt die Biathleten. Na, die trafen wenigstens. Höhö. Hier stand ich sowieso nur im Weg, also zog ich mich um und fuhr zum Bahnhof. Mutter kam um sechs nach vier auf Gleis zwei an, aber das machte nun auch nichts mehr. Es hatte keinen Sinn, es Brigitte zu sagen, sie hätte es abgestritten und mir die Schuld gegeben.

Brigitte hatte für den Abend den Esstisch mit weißen

Tafeltüchern eingedeckt und servierte als »kleinen Gruß aus der Küche« flambierten Lachs mit Ingwer drauf. Offenbar war Schuhbeck wieder dran gewesen bei der Küchenschlacht. Mutter bat um eine saubere Gabel, weil ihre wohl schmutzig war, und polkte sich alsdann eine Gräte aus den Zähnen. Brigitte weinte. Ich glaube, sie machte diese ganze Putzorgie nur, weil sie vor Mutter glänzen wollte, und dann das. Es war irgendwie keine schöne Stimmung an dem Abend, und wir gingen früh schlafen.

Am Heiligen Abend verzog ich mich nach dem Frühstück erst mal, denn hier brach nun das große Wuselfinale an. Brigitte würde den Baum schmücken, und da ist man besser nicht dabei. Ich habe vor Jahren schon gelernt, dass es meine Schuld ist, wenn ein Reh einen Zweig abgefressen hat oder der Baum schief gewachsen ist. Ich ging meiner Wege. Gerade am Heiligen Abend gibt es viel zu kontrollieren, den Tag halten etliche Menschen ja für einen Feiertag und denken, dass Parkverbote da nicht gelten. Es ist aber ein Werktag wie jeder andere! Auch Mutter verzog sich. Sie sprach kein Wort mehr mit Brigitte, weil die ihr eine entwürdigende Gummiunterlage ins Bett gelegt hatte. Sie machte erst einen Spaziergang und ging dann am frühen Nachmittag zur Kirche.

Als ich nach Hause kam, hielt mir meine Frau noch im Flur eine schrecklich hässliche Häkelarbeit unter die Nase.

»Was ist DAS denn?«

»Topflappen. Die hat deine Mutter mitgebracht aus

der Kirche. Von ihrer neuen Freundin Renate. Mit besten Grüßen für den lieben Herrn Habicht, und ein gesegnetes Weihnachtsfest, lässt sie ausrichten.«

»Renate? Freundin? Ich verstehe gar nichts mehr!«

»Mutter wollte um den Block, wohl ... du weißt, sie verdaut den Lachs nicht so gut. Da hat sie wohl bei Doris vorm Haus ...«

Brigitte musste nicht weiterreden. Der größte anzunehmende Unfall war eingetreten: Meine Mutter hatte Renate Bergmann getroffen! Nun würden alle Dämme brechen, sie wusste nun, wo wir wohnten. Wir würden Oma Bergmann hier jede Woche auf dem Küchensofa sitzen haben, und sie würde uns aushorchen und in unser Leben kriechen wie in das von Doris.

Mir war ganz schwummerig. So weit kommt's noch!

»Mutter meinte, über Topflappen freut sich ja jeder«, sprach Brigitte süffisant und wedelte mit den ausgesprochen hässlichen Häkelstücken rum. Neongelbe Streifen auf schnitzelbraunem Grund. Wir mussten beide lachen.

Mareike schob sich zum Türrahmen rein und küsste mich zur Begrüßung auf die Wange. Sie zwinkerte mir zu und biss herzhaft in eine saure Gurke.

»Mama, kannst du eigentlich auch häkeln?«

»Bin ich eine Oma, oder was?«, fragte Brigitte schroff.

Mareike biss noch mal in die saure Gurke, strich sich über den Bauch und blinkerte mit den Augen.

Der Groschen fiel dann recht schnell. Es war, wie ich es mir gedacht hatte, man darf da nicht groß planen, die Situation dreht sich schon irgendwann so, dass der Augenblick günstig ist und passt. Brigitte juchzte auf und wusste vor Schreck gar nicht, wen sie als Ersten herzen und drücken sollte. Nachdem Mareike in meinem Sessel platziert und ihr sogar ein Kissen zur Schonung des Rückens aufgedrängt worden war, widmete sie sich Dennis.

»Wir freuen uns sehr. Herzlichen Glückwunsch«, sagte sie laut und sehr deutlich, wie man mit einem Kind spricht. Dennis kicherte und murmelte so was wie »You'll be a great grandma, Mum«.

Brigitte guckte verwirrt, und ich schob noch schnell nach: »Na, das ist aber eine Überraschung! So eine Freude, und das zum Weihnachtsfest!« Wenn Brigitte jetzt rausgefunden hätte, dass ich das vorher gewusst hatte, dann hätte die Stimmung noch kippen können. Meine Frau fächelte sich ein bisschen Luft zu, strahlte und ging in die Küche.

Nach ein paar Minuten rief sie nach mir.

»Günter, kommst du mal!«

Ausrufezeichen, kein Fragezeichen.

Da weiß ein Mann, was er zu tun hat. Ich beeilte mich, in die Küche zu kommen.

Brigitte reichte mir ein eingewickeltes Päckchen. Das war gemein, wir hatten, seit wir verheiratet sind, die Vereinbarung, dass wir uns nichts schenken. Und zwar gar nichts, auch keine Kleinigkeit. Wenn sie mir jetzt ... wie stand ich denn da?

»Mach schon auf«, murmelte sie verstohlen. Ich wickelte vorsichtig das Papier ab, und was hielt ich in den Händen? Den Beziehungsratgeber von Doris!

Jetzt guckte ich ähnlich dackelig wie Brigitte vor ein paar Minuten. Was sollte ich denn damit?

»Den darfst du wegschmeißen. Den brauchen wir nicht«, sagte sie und drückte mich. »Wir haben unsere

Tochter doch prima hingekriegt. Und wir werden auch ohne Nachschlagewerk gute Großeltern sein und dabei auch so miteinander auskommen, dass wir keine Übungen aus einem Buch machen müssen, wenn wir uns beide ein bisschen Mühe geben.«

Sie hatte mich ganz auf ihrer Seite, bis kurz vor dem letzten Komma. »Mühe geben« ließ schon wieder alles offen. Es war ein schönes Geschenk. Ich hatte mir ja auch was überlegt, und es war wohl der richtige Moment, mit der Sprache rauszurücken.

»Brigitte, du, ich habe mir auch was durch den Kopf gehen lassen. Du sagst ständig, dass ich eine sinnvolle Beschäftigung brauche. Da hast du im Grunde genommen recht, und nach reiflicher Überlegung ... also, ich will Erbse ein bisschen mehr unterstützen im nächsten Jahr.«

Erbse könnte viel erfolgreicher sein, hätte der nur einen guten Manager. Vielleicht reicht es nicht für die Liga, dass er in den »Fernsehgarten« eingeladen wird, aber Erbse macht solide, gute Unterhaltung, und mit den richtigen Textern und Komponisten könnte der ... dann würde er bestimmt auch nicht so viel saufen, und es würde mit den Auftritten besser klappen.

Aber er ist nicht in guten Händen. Die Dame, die ihm eigentlich Auftritte vermitteln sollte, ist einfach nicht auf Zack. Das ist so eine verpeilte Koryphäe, nee, ich sag Sie das, wie es ist: Das wird so nichts mit der Karriere. Die Frau ist unzuverlässig und bringt alles durcheinander! Die letzte Tournee von Erbse hat sie so verhauen, dass er ständig am falschen Tag am falschen Ort war. Und das waren große Sachen, die Strandmuschel im Kurpark von Bad Soldesheim, der 70. Geburtstag des Spielmannszugs »Wacker Schalmeie« und dann der Tag der offenen Tür bei der Wohnungsbaugesellschaft in Altenbratlingen – überall kam Erbse zu spät, und ein Hotel war auch nicht für ihn gebucht. Das fiel natürlich alles auf ihn zurück, die Leute sagten: »Wir haben doch mit Ihrer Managerin alles abgesprochen!«, und waren sauer. Dass die ihm aber verquirlten Quark gesagt hat, das kommt im Eifer des Streits dann gar nicht auf den Tisch, und wenn Erbse dann wie so oft eine kleine Fahne hat, na, das ist dann auch nicht förderlich.

Ich habe die Frau Managerin nur zweimal getroffen. Das erste Mal stand sie Zigarette rauchend am Bierwagen beim Burgfest von Klückow, da hat Erbse uns vorgestellt, und wir haben kurz geplaudert. Das zweite Mal ein halbes Jahr später, bei Erbses Auftritt bei der Kaffeefahrt im Rasthof Tannenberg. Dort habe ich sie gleich begrüßt und sagte: »Tach, Frau Klatschke, heute gar nicht nervös vor Erbses Auftritt? Keine Zigarette?« Die guckte mich an wie ein Insekt und sagte: »Ich habe in meinem ganzen Leben noch nie geraucht, Sie müssen da was verwechseln.«

Pah! Da stand ich erst mal dumm da. Aber nach und nach merkte ich, wie wenig genau die Dame es mit der Wahrheit nahm und dass die Klatschke einen an selbiger hatte. Nee, es wurde allerhöchste Zeit, dass ich mich selbst ein bisschen um Erbses Karriere kümmerte. Termine buchen, die Gage aushandeln und ihm den Ton schieben – na, das war doch ein Kleines für mich! Da lagen Chancen drin, ich sah das schon. Der Schlager ist wieder im Kommen, und »Die Sonne von St. Tropez«

kriegt eines Tages noch eine goldene Schallplatte, ich sag Sie das, wie es ist!

Brigitte nickte. Sie sah mich wohl vor ihrem inneren Auge schon 300 Tage im Jahr mit Erbse zu Auftritten über die Autobahn heizen mit dem Kadett. Die Idee, dass ich immer mal wieder außer Haus sein würde, gefiel ihr offenbar fast so sehr wie der Gedanke, ein knuffeliges Baby im Arm zu halten. Sie strahlte.

»Ach Günter«, sagte sie, und ihre Augen leuchteten fast wie die von Mareike neulich, als sie mir von dem Baby erzählt hatte, »ich freue mich auf ein schönes Jahr. Frohe Weihnachten!«

Brigitte trat auf das Mülleimerpedal und guckte mich auffordernd an.

»Nun schmeiß das Ding schon rein!«

»Papier? In den Restmüll?«

Wo kommen wir denn da hin!